C.N. FERRY

Morsures Nocturnes

1 – Traquée

Prologue

La nuit est noire, sans lune. Une nuit propice aux prédateurs. D'ailleurs, n'importe quelle personne sensée ne s'y promènerait pas toute seule. Apparemment, tout le monde n'a pas cette présence d'esprit. À moins que ce ne soit un goût pour le danger, une attirance pour les ténèbres, ou une envie de mourir.

Ils sont là, perchés sur un toit, tapis dans l'ombre. Ils l'observent.

Peggy vient de se disputer avec son fiancé et a rompu sur un coup de tête. Elle en pleure encore. Ils ne sont pas d'accord sur le sort à réserver à Andy, le frère malade de Drew, son futur mari. Il n'en démord pas, il veut qu'il vienne vivre avec eux. Mais Drew est journaliste, et elle, avocate. Ils n'auront jamais le temps de s'occuper d'Andy. Pourtant, le fiancé ne veut rien entendre.

Peggy marche à l'aveuglette, ne sachant pas où elle va, et encore moins où elle est. Il semble qu'elle se soit trop enfoncée dans les rues sombres de Montréal. Elle essaie finalement de retrouver son chemin, dénicher un plan de la ville ou quelqu'un pouvant la renseigner. Cela semble être une mission impossible, l'endroit est désert.

Elle se résigne à sortir son portable de son sac à main en cuir noir pour appeler Drew. Elle n'a pas de réseau. La poisse !

Une petite brise se lève, la faisant frissonner. Elle ne porte qu'une robe courte et échancrée dans le dos. Elle, qui était au restaurant quand elle a décidé de planter son fiancé, aurait peut-être dû y réfléchir à deux fois, ou prendre le taxi qu'elle

3

a hésité à arrêter. Elle avait besoin de marcher, il semble que ce fut une erreur. Ses pieds dans les talons hauts lui font mal.

Un bruit sourd retentit, la faisant sursauter. Elle perçoit plus loin une canette vide glisser sur le sol.

Elle s'est alarmée sans la moindre raison.

Il faut qu'elle parte d'ici.

Elle quitte la bouteille des yeux et aperçoit des silhouettes. Quatre, pour être exacte. Sans doute une bande de jeunes qui passe par là et pourrait la renseigner. Seulement, son instinct lui crie de s'enfuir en courant, de les fuir comme la peste. Pourtant, elle reste figée, essayant de distinguer leurs visages, une quelconque bienveillance en eux, avant de paniquer.

Les silhouettes sont totalement immobiles et semblent la fixer. Cela ne présage rien de bon.

Elle déglutit.

Ils s'approchent d'elle d'un même pas rapide, s'arrêtant à deux mètres de son corps tétanisé. Elle distingue maintenant leurs visages grâce au seul lampadaire de la rue qui fonctionne. Il s'agit d'un homme, de deux femmes, et le quatrième paraît un mélange des deux, un transsexuel, sans doute. Ils sont vêtus en noir exclusivement et le maquillage marque leur peau d'une manière effrayante. L'homme est blond, les cheveux coiffés à la brosse dont les pointes sont noires. L'une des filles a de longs cheveux foncés alors que l'autre est une rousse pulpeuse. Le dernier est apparemment un homme déguisé en femme. Il a des cheveux sombres et un visage méprisant. Ils ne semblent pas là pour faire la conversation. Ils n'ont vraisemblablement rien d'amical. Prise de panique, Peggy se met à courir dans la direction opposée. Elle entend leurs pas la suivre, fait ce qu'elle peut pour ne pas tomber et maintenir une certaine distance. Sa vie en dépend, elle en a la certitude. La jeune femme se retourne malgré elle, après plusieurs mètres, pour voir où ils sont. Figés au milieu de la rue. Est-ce un jeu ? Une traque ?

Elle pivote pour s'enfuir au plus vite quand elle se heurte à quelque chose… ou plutôt quelqu'un. Il lui maintient le poignet pour qu'elle ne s'échappe pas tandis qu'elle lève les yeux sur lui. Un homme tout en noir, des cheveux foncés tombant sous les oreilles, une barbe de plusieurs jours. Il

4

porte des lunettes de soleil, il est divinement beau. À tel point qu'elle est hypnotisée et n'esquisse aucun mouvement.

L'inconnu libère son poignet avant de retirer ses lunettes, dévoilant ainsi ses yeux d'un noir profond. Elle le confirme, ce mec est à se damner tant il incarne la beauté parfaite. C'est du moins la pensée fugitive qui la traverse, jusqu'au moment où il ouvre la bouche et lui dévoile ses canines acérées.

Un vampire.

Mon Dieu, comment est-ce possible ? Les vampires n'existent pas. Ce ne sont que des légendes. Et pourtant...

Ce Dieu de la beauté plante ses crocs dans sa gorge sans qu'elle arrive à se débattre, et pour cause, il l'a hypnotisée. Peggy sent son sang quitter son corps, sa vie l'abandonner. Elle va mourir sans même pouvoir se défendre.

Le vampire s'abaisse avec sa proie dans les bras en s'abreuvant d'elle. Quand il a terminé, il la laisse tomber sur le sol et essuie ses lèvres sur la manche de son pull.

Il adresse un seul regard aux autres et, sans un mot, ils disparaissent dans les ténèbres.

Chapitre 1

– Oh, mon Dieu ! Il est canon ! s'exclame Délila.

Sa collègue, Anaïs, regarde avec effarement la jeune femme qui semble hypnotisée.

Délila a les yeux rivés sur un homme en costume trois-pièces qui vient de pénétrer dans la salle de réception. Il est grand et d'une beauté à couper le souffle. Ses cheveux noirs sont plaqués sur sa tête avec du gel, il est loin, mais il lui semble qu'il a les pupilles sombres.

– Délila ? l'appelle Anaïs en claquant des doigts. C'est le Duc Lancaster.

– Celui qui vient d'arriver en ville ?

– Exactement.

– Il a acheté le château à la lisière de Montréal.

– Oui.

Délila est incapable de détacher son regard de cet être quand elle parle avec Anaïs. Heureusement pour elle, il est en grande conversation avec un homme et ne la remarque pas.

Il se raconte que le Duc Lancaster vient d'acquérir un château à l'abandon aux abords de la ville. Il paraît aussi que le bellâtre aime beaucoup voyager et qu'il ne reste jamais longtemps au même endroit. Si elle en croit les rumeurs, cet homme est plus riche que le président des États-Unis et participe activement aux œuvres caritatives. D'ailleurs, Délila en a la preuve ce soir.

Anaïs et elle sont les seules journalistes autorisées à couvrir l'événement. Une exposition d'œuvres d'art dont le profit des ventes ira exclusivement à un orphelinat de Montréal.

– Il faut que je lui parle ! Je vais l'interviewer, décide Délila.

– Évite de te pâmer devant lui comme tu le fais !

– Je sais me contrôler !

– Ah vraiment ! rit Anaïs.

Il est vrai que Délila n'a pas sa langue dans sa poche – indispensable pour une journaliste –, mais à côté de ça, elle est très professionnelle et ne laissera pas ce Duc Lancaster comprendre qu'elle a purement et simplement craqué pour lui. De toute façon, un homme de cet acabit ne regardera jamais une fille comme elle.

Bon d'accord, elle n'est pas laide. Loin de là. Drew, l'un de ses collègues et amis, dit tout le temps qu'elle ressemble à un ange. Elle est blonde et a de beaux yeux bleu océan. Elle arrive à apaiser les tensions au sein de son équipe et parvient quasiment toujours à faire accepter ce qu'elle veut à la rédaction du journal pour lequel elle travaille.

Ce qui lui rappelle d'ailleurs qu'elle est là pour le boulot et qu'il serait temps de partir en quête d'éléments pour son article.

Elle va donc commencer par le Duc Lancaster ; elle se dirige vers lui, son dictaphone dans les mains.

– Bonsoir, monsieur le Duc, accepteriez-vous de m'accorder une entrevue ? Je suis Délila Nagar, journaliste pour le Journal de Montréal.

– Mademoiselle Nagar, ce serait un immense plaisir.

Sa voix glisse sur elle telle une caresse. Il est le descendant d'un ange de Dieu, il n'y a aucune autre option possible.

– Asseyons-nous, si vous le voulez bien.

Il tire une chaise à son attention.

Galant, en plus !

Elle s'y installe et son charmant interlocuteur prend place juste à son côté. Bon sang, ce qu'il est intimidant ! Elle enclenche la touche d'enregistrement de son dictaphone qu'elle pose sur la table.

– Pourriez-vous m'en dire un peu plus sur le château que vous venez d'acquérir à la sortie de la ville ?

– Je compte le faire rénover. J'ai d'ailleurs contacté

7

plusieurs entreprises à ce sujet.

– Vous allez y vivre ?

– Un temps seulement, car je voyage beaucoup. Je ne reste jamais en place très longtemps.

Il esquisse un sourire. Il est magnifique. Il a des dents d'une blancheur éclatante.

– Qu'en ferez-vous, une fois rénové, lorsque vous déciderez de voguer vers une autre ville ?

Il esquisse un nouveau sourire.

– Je viens d'arriver, chère demoiselle, rien ne me donne encore l'envie de partir.

Oui. Quelle idiote ! D'autant qu'elle n'a aucunement le souhait de le voir s'en aller. Elle veut apprendre à le connaître. Qu'est-ce qu'elle raconte, là ? Elle ne le reverra malheureusement sans doute plus après cette soirée.

– Avez-vous prévu de faire une acquisition, ce soir ?

– Je n'ai pas encore fait le tour, mais peut-être auriez-vous des suggestions ?

Elle qui n'est absolument pas amatrice d'art serait de bien mauvais conseil, et le regrette en cet instant.

– Ce n'est pas mon domaine, vous savez.

– C'est bien dommage. Veuillez m'excuser, je dois aller serrer un nombre incalculable de mains.

– Je vous en prie.

Elle éteint son enregistreur alors que le Duc se lève et quitte la table. Délila ne peut s'empêcher de regarder ses fesses que moule parfaitement son pantalon noir à pinces. La veste qu'il porte en cache la moitié, mais ne laisse aucune place à l'imagination, il a un cul d'enfer !

Pourquoi n'est-elle pas destinée à vivre une vie d'amour et de sexe avec lui ? Il est sans doute un amant parfait ! Par malheur, elle est là pour glaner des informations intéressantes à mettre dans sa chronique. Alors, au boulot !

Elle observe les tableaux exposés à la vente. Aucun style pour la plupart, rien ne l'attire, alors qu'ils semblent tous ébahis par les dessins qui ne lui évoquent rien. Elle le savait, l'art n'est pas fait pour elle.

En entendant un groupe d'hommes parler du Duc Lancaster, elle s'approche, feignant un intérêt au tableau qu'elle a sous les yeux. Son côté espionne journaliste lui suggère de mettre son dictaphone en fonctionnement pour ne pas manquer une miette de ce qui pourrait finir en exclusivité.

– Apparemment, ce Lancaster est marié, je l'ai vu avec une rousse à son bras dans la rue hier soir, apprend Léo Bardeur, un cinéaste débutant.

Quelle déception !

– Je ne sais pas dans quelles magouilles il trempe pour avoir autant d'argent sans lever le petit doigt, mais j'affirme qu'il n'est pas net !

Délila n'est pas surprise d'entendre une telle insinuation de la bouche de ce Greg Monders. Il est le PDG d'une enseigne de vêtements qui fait faillite. Un jaloux, voilà tout.

– D'où vient-il ? interroge Laurent Sistan, le directeur de l'orphelinat auquel seront reversés les bénéfices de cette soirée.

– Du Mexique, à ce qu'on m'a dit. Je pense que ce Duc mériterait qu'on fouille dans son passé.

Juste parce qu'il gagne plus d'argent que lui ! Pitoyable !

– Je n'irai pas jusque-là, le défend Laurent. Après tout, il a fait un don généreux à mon orphelinat.

Greg Monders pouffe avant de mettre de côté cette dernière remarque, d'un revers de la main.

– Quel joli tableau !

Délila sursaute en entendant ce charmant timbre de voix qu'elle reconnaîtrait entre mille. Le Duc Lancaster. Elle tourne la tête pour apprécier la beauté angélique de cet homme… marié. Pff !

– Je trouve aussi. On dirait du Picasso.

Il esquisse un sourire avant d'ouvrir la bouche.

– C'est une œuvre impressionniste. Regardez, chère demoiselle, c'est inscrit juste ici.

Ça fait plus de cinq minutes qu'elle est plantée devant cette toile, feignant d'y trouver un quelconque intérêt, et elle n'a même pas pensé à regarder l'étiquette avant de parler. Idiote !

– Je ne suis pas faite pour l'art, se défend-elle.

Il considère le tableau avec attention comme s'il pouvait voir au-delà de la peinture. Il semble apprécier ce qu'il

9

regarde et se perdre dans le paysage. Ce qu'elle aimerait qu'il la contemple ainsi ! C'est sans doute ce même regard d'adoration qu'il pose sur sa femme. Elle est terriblement jalouse.

Elle vient de fêter ses trente ans et n'a toujours pas trouvé l'homme de sa vie. C'est lui qu'elle voudrait. Dès qu'il a passé la porte, elle a fondu comme neige au soleil. Aucun homme ne lui a fait un tel effet dans toute son existence.

Il faut qu'elle en apprenne plus sur lui, qu'elle le revoie... elle ne peut pas le laisser partir sans l'espoir d'une nouvelle rencontre.

– Vous aimeriez que je fasse un article sur vous ?

– Je ne suis pas intéressant.

– Vous plaisantez ? Personne ne vous connaît, vous êtes nouveau à Montréal. Au lieu de laisser la place aux ragots, offrez la vérité aux gens.

Elle a encore en mémoire les allégations de Greg Monders qui prétend qu'il est forcément dans l'illégalité pour gagner autant d'argent. Un tel article pourrait lui clouer le bec, et à bien d'autres aussi.

– Je n'aime pas attirer l'attention.

Eh bien, c'est raté !

– Acceptez au moins d'y réfléchir. Je vous laisse ma carte au cas où vous changeriez d'avis.

Elle en extirpe une de son sac à main et la lui tend ; il la prend puis l'examine hâtivement.

– Je ne vous promets rien, mademoiselle Nagar, articule-t-il en la rangeant dans la poche intérieure de sa veste. Maintenant, veuillez m'excuser, j'ai quelques options d'achat à placer.

– Bien sûr.

***

Devant son ordinateur, à essayer d'écrire ce détestable papier sur la vente d'œuvres d'art de la veille, Délila n'arrive pas à se sortir le Duc Lancaster de la tête. Elle ne rêve que d'une chose : qu'il l'appelle. Mais le fera-t-il, c'est une autre histoire. Elle aimerait pianoter son nom sur le clavier qui ne demande que cela et en découvrir davantage sur l'homme qui a touché son cœur, il y a quelques heures à peine. A-t-elle la moindre chance avec lui ?

Bon sang, ce que c'est agaçant ! Elle n'a jamais été autant attirée par un mec. Elle n'est pour ainsi dire jamais tombée amoureuse. Bien sûr, elle a eu quelques flirts, mais qui lui sont vite passés. Avec le Duc, ça semble totalement différent. Elle se sent charmée comme jamais, séduite par son apparence, son regard, son sourire… Cet homme l'a touchée et elle le ressent dans chaque particule de son corps. Elle chasse ses pensées pour se concentrer plus en profondeur sur le sujet.

LANCASTER

Elle le tape sur son clavier et attend de voir.

Rien. Aucun article ne fait mention de lui. Ce qui est pour le moins étrange. Il est riche et a un titre de noblesse ; alors pourquoi ne trouve-t-elle rien sur son compte ? C'est absolument étonnant ! Puis elle repense à ce qu'il a dit : il n'aime pas se faire remarquer. Peut-être qu'il tient à sa vie privée, ce qui expliquerait pourquoi elle ne parvient pas à dénicher quoi que ce soit à son sujet.

Tout cela n'a fait qu'accroître sa curiosité sur ce superbe milliardaire fraîchement installé en ville. Elle se demande s'il habite déjà dans le château ou s'il loge à l'hôtel.

Elle est forcée de sortir de ses pensées quand son téléphone portable sonne.

Le Duc Lancaster ? Arrête de rêver, idiote !

Non, c'est Drew, l'un de ses collègues.

– Allo.

– *Salut, Délila. Le patron réclame ton article. Je sais que tu n'es pas censée bosser aujourd'hui, mais…*

– Oui, je suis en train de le finir, je l'apporterai à la rédaction avant la mise sous presse.

– *Parfait.*

Après les formalités d'usage, ils raccrochent.

Drew se jette à corps perdu dans le travail depuis deux semaines pour oublier la mort de sa fiancée. Peggy respirait la joie de vivre et Délila s'entendait bien avec la jeune avocate avec laquelle elle a travaillé plusieurs fois. Elle s'est

11

fait attaquer, un soir, dans une rue de Montréal. La police a annoncé qu'il s'agissait d'un animal. Quel genre de bête aurait pu tuer une femme dans une si grande ville ? Un chat ? Un chien ? Un rat ? Peu de monde a accepté cette version des faits. Délila a bien obtenu l'autorisation de son patron pour mener son enquête, mais personne n'a rien voulu lui dire et elle n'était pas autorisée à voir le corps. Drew, non plus. Personne, en fait. La police prétendait que ce ne serait pas bon pour la famille de la découvrir ainsi déchiquetée, alors son fiancé n'a pas cherché plus loin. Mais il est du même avis qu'elle et ne croit pas à la thèse de l'attaque animale. À moins qu'une bête féroce rôde et que la police préfère ne pas effrayer les habitants. C'est la seule explication plausible. Délila a joué la petite fureteuse, mais n'a rien trouvé non plus.

Qu'importe. Cela ne ramènera pas Peggy.

La jeune femme se plonge dans la rédaction de son article avec beaucoup de mal tant ce Lancaster occupe ses pensées. Il lui est d'autant plus difficile de ne pas centrer le récit sur lui. À vrai dire, elle doit s'y reprendre à plusieurs reprises avant d'être satisfaite et de réussir une chronique digne de ce nom. Digne de Délila Nagar, la grande journaliste.

Chapitre 2

La musique bat son plein au *Stéréo-nightclub* – l'un des clubs les plus prisés de Montréal – et les gens dansent à en perdre haleine, mais cela n'empêche personne de se retourner sur le groupe de cinq individus qui pénètre dans la grande salle.

Les deux femmes attirent les regards désireux de la gent masculine. Une rousse et une brune, habillées courtement et dévoilant beaucoup de leur poitrine généreuse.

Les hommes font rêver les dames du club. Le blond d'abord, les cheveux aux pointes noires, coiffés à la brosse, un regard de braise qui ferait s'enflammer n'importe quelle femme. D'ailleurs, elles sont toutes à littéralement se pâmer devant lui. L'autre ensuite, des cheveux d'un noir luisant tombant sur ses oreilles, une barbe de plusieurs jours, il a des lunettes de soleil malgré l'obscurité de l'endroit. Les demoiselles dans la salle retiennent leur souffle en le voyant passer. Le dernier, un transsexuel qui porte une perruque de longs cheveux noirs et une robe ajustée, n'est que de passage dans le groupe, désirant explorer d'autres facettes de la vie nocturne.

Tous les cinq s'installent à une table, mais aucun ne va commander.

Les regards brûlants des gens fréquentant le club sur eux pourraient être embarrassants, mais ils n'y prêtent pas attention. Ils sont là pour une raison bien précise : découvrir Montréal, et faire partager cette ville qui semble merveilleuse à Narcisse – le transsexuel avide de nouvelles expériences.

– Excusez-moi, les accoste une jeune et belle femme qui

13

attire immédiatement l'attention de la bande complète, avec ma copine, on se demandait comment vous vous appelez.

Elle observe d'abord le ténébreux aux lunettes de soleil avant de se tourner vers le blond.

– Où est ta copine ?

Elle la lui désigne à la table voisine. Cette dernière fait un signe de la main.

– Je suis Bastian, répond le blond, et mon ami, c'est Sulli.

– Enchantée, messieurs, je suis Annette. Accepteriez-vous un verre ?

Bastian regarde Sulli qui se contente de froncer les sourcils. Ils viennent d'arriver et déjà on leur met le grappin dessus ! La bienséance aurait voulu que cette fille ne les aborde pas. Après tout, ils sont en compagnie de dames qui pourraient très bien être leurs petites amies, bien que cela ne soit pas le cas. L'impétueuse n'est pas censée le savoir.

– Peut-être plus tard, demoiselle, répond Bastian devant le peu d'enthousiasme de Sulli.

Annette, déçue, retourne à sa table.

– Vous faites fureur ! s'exclame Josephte, la rousse.

– C'est lassant à la longue ! soupire Sulli.

– Beau diable que tu es ! Plains-toi !

Il esquisse un sourire à son amie avant de lui prendre la main et de la porter à ses lèvres pour y déposer un baiser.

Sulli veut être un parfait gentleman. Il vient d'une très bonne famille riche et a reçu une éducation exemplaire, même si ses amis de longue date la qualifient parfois de pompeuse. Ah, Sulli et ses principes ! Heureusement qu'il n'est pas si pointilleux sur tout, sans quoi il lui aurait été difficile de supporter son existence. Mais par chance, son côté humain n'existe plus.

– La vie m'a gâtée, chère Jose, réplique Sulli en la regardant dans les yeux. Mais elle ne s'est pas moquée de toi non plus.

– Flatteur !

Il lui offre le plus beau des sourires, dévoilant ses dents d'une blancheur exceptionnelle, qui ferait se damner n'importe quelle femme.

D'ailleurs, Josephte – Jose, pour les intimes – peut

entendre les murmures de jalousie que profèrent les jeunes filles de la table voisine. Elle sourit à ces délicieux chuchotements.

Sulli lâche les doigts de Jose pour porter son attention sur Rosalie, la brunette.

– Accepterais-tu, très chère, de me suivre sur la piste de danse ?

En même temps qu'il formule sa demande, il lui tend la main.

– J'entends les femelles en chaleur piailler, ricane Jose. Tu vas les rendre folles si tu te trémousses.

Elle glousse tandis que Rosalie accepte volontiers la demande de Sulli.

Le ténébreux conduit sa partenaire sur la piste de danse alors que tous les regards se retournent sur leur passage. Ils auraient pu se sentir gênés ou rougir de la situation, mais pas du tout. L'un comme l'autre aime captiver les attentions. Néanmoins, c'est aux risques et périls de celui qui admire.

La beauté peut faire mal, parfois. Très mal.

Et les deux magnifiques spécimens qui dansent sous les yeux de tous ne font pas exception à la règle.

Rosalie se déhanche indécemment contre son compagnon qui apprécie cette étreinte à la limite du vulgaire et de l'érotisme. Le lieu n'est pas approprié pour une telle débauche, d'autant que tous les regards sont dirigés sur eux. Mais tant que Rosalie garde ses vêtements, et Sulli ses mains contre ses hanches, tout devrait très bien se passer.

Le séducteur n'est pas amoureux de Rosalie, ni d'aucune autre d'ailleurs. Il l'apprécie. Et si toutes les femmes qui le regardent avec désir soupçonnaient ce qu'il fait à celle qu'il estime comme à d'autres, elles en baveraient d'envie. Sulli est un gentleman certes, mais un gentleman sans pudeur.

N'y tenant plus de voir la pulpeuse brune s'affairer contre Sulli, Bastian les rejoint. Lui aussi a une envie de débauche incontrôlable. D'ailleurs, il serait bon de rentrer rapidement chez eux… Il saisit Rosalie par les hanches, la plaquant ainsi contre son torse.

Prise entre ses deux partenaires, la jeune femme dévoile ses belles dents blanches en se frottant à l'un puis à l'autre.

– Je vais retourner à la table, murmure Sulli en se penchant à son oreille. Les agents de sécurité ne semblent pas apprécier tout l'érotisme que nous dégageons.

Il dépose un chaste baiser sur le front de son amie avant de la laisser aux bons soins de Bastian. Alors qu'il retourne à sa table, il se fait accoster – sans surprise – par Annette. Apparemment, la petite est têtue.

– C'est votre copine ? questionne-t-elle en désignant Rosalie.

– C'est une simple amie.

– Et la rousse ?

– Aussi.

– Vous êtes célibataire ?

Oui. Et tu n'es pas mon style.

Annette est blonde, certes elle est agréable à regarder, mais Sulli a une sainte horreur des blondes ! C'est dû à une vieille histoire. Il s'est fait briser le cœur par une de ces créatures, il y a bien longtemps. Depuis le temps, il aurait pu oublier et accorder une chance à cette demoiselle, mais c'est impossible. Le beau ténébreux a la rancune tenace. Mieux vaut ne pas être sur sa liste noire... ou blonde.

– N'insistez pas, mademoiselle.

Annette se fige sur place. Ouah ! Vient-elle de se faire repousser par ce type ? Elle est habituée à avoir tous les hommes qu'elle veut à ses pieds et ne comprend pas son attitude. Peut-être qu'elle ne lui plaît pas ? Non. Cette possibilité ne lui effleure même pas l'esprit. La seule explication plausible, c'est que le beau gosse soit gay.

Sulli ne fait aucunement attention à la stupeur de la fille et rejoint la table où Narcisse et Jose gloussent en le voyant arriver.

– Quelle démonstration ! se réjouit Narcisse en frappant dans ses mains.

Sulli lève un sourcil, se demandant si l'ami fait référence à la danse ou sa façon de se débarrasser de la fille.

– Quand rentre-t-on ? interroge Sulli.

– Ne vient-on pas d'arriver ? riposte Jose.

– J'ai faim. Je te rappelle que je n'ai pas encore dîné.

– Oh ! Pauvre amour. As-tu repéré ce qui te ferait envie ?

16

– Assurément.

Josephte voit ses yeux briller à travers ses lunettes de soleil. Un simple humain n'y parviendrait pas. Mais à elle, rien ne résiste. Tout devient possible, lorsque, comme elle, la vie vous donne une seconde chance.

– Qu'est-ce que je vous sers ? les interrompt un serveur quelque peu effrayé.

– Ne tremble pas comme ça, mon mignon ! s'amuse Narcisse avant de lui pincer les fesses.

Le jeune gringalet se fige, plus outré qu'étonné par le comportement incorrect de ce client.

– Nous n'avons pas soif, répond Sulli d'une voix tranchante.

Le ton étant bien plus adressé à Narcisse qui s'octroie des droits qu'au pauvre serveur qui ne fait que son travail.

– Euh… il faut consommer, monsieur, pour rester ici.

– Ça tombe bien, je ne souhaite pas rester.

Il cherche du regard Bastian et Rosalie et les rappelle, sachant pourtant que le couple préférerait continuer de se frotter l'un contre l'autre, toute la nuit.

– Que se passe-t-il, Sulli ? demande Bastian.

– Le jeune homme nous met dehors parce que nous ne consommons pas.

– Euh… non…

Le serveur grelottant n'a jamais eu affaire à une telle bande. Ils sont polis tout en étant mal élevés et terrifiants. Il prend ses jambes à son cou et dégage le plancher aussi vite qu'il le peut.

– T'as fait fuir le gamin, ricane Bastian.

– Ça m'est égal. J'ai les crocs.

Son regard croise celui d'Annette. La blonde le mange littéralement des yeux. En quelle langue doit-il lui dire qu'elle perd son temps ? Ou pas.

– On se retrouve à la maison, les amis, décide Sulli en se levant.

Il retire ses lunettes de soleil, la jeune femme ne baisse pas les yeux. Impétueuse ! Tout en gagnant la sortie avec une lenteur calculée, il plonge son regard profond dans le sien, l'espace de quelques secondes, avant de tourner la tête.

17

– Je rentre, l'entend-il dire à ses amis.

Il esquisse un sourire. Il est trop fort !

À l'extérieur du *Stéréo-nightclub*, il s'allume une cigarette. Il n'a aucune dépendance vis-à-vis du tabac, il peut arrêter quand il veut. Illusoire ? Non. Sulli peut aussi bien fumer comme un pompier pendant deux ans que ne pas toucher une seule clope pendant des mois.

– Vous en avez une pour moi ?

Il tourne la tête pour percevoir la blonde.

– Vous devez me trouver envahissante.

– Allez savoir !

Il lui donne sa cigarette et s'en allume une autre.

Annette ose à peine respirer quand elle la porte à ses lèvres. Bon sang, elle se sent comme une gamine écervelée !

– Vous avez remis vos lunettes, constate-t-elle à voix haute en reprenant ses esprits.

– J'aime le genre que ça me donne.

Et ce n'est pas elle qui va le contredire.

– Je vous propose un verre… chez moi.

Il esquisse un sourire à peine visible pour elle. C'est trop simple. Et il n'aime pas la facilité. Il veut de la peur, de la difficulté, de l'imprévu, des larmes, des supplications… mais par-dessus tout, il veut la traque.

Qu'y a-t-il d'amusant pour un prédateur de voir sa proie si docile ? Il rit intérieurement. Ce n'est même pas soumise en ce qui concerne la blonde, c'est un cadeau. Elle s'offre carrément à lui. Mais… il n'aime pas les offrandes de ce genre.

Sulli est un homme – si on peut le nommer ainsi – très compliqué à cerner… mais pire, il est impossible de le contenter.

– Où habitez-vous ?

Peut-être peut-il rendre le jeu plus captivant ? À voir.

Il se gratte le menton, soucieux, comme elle lui répond :

– À cinq minutes d'ici, à pied.

– Pas de voiture ? l'interroge-t-il en inclinant sa tête pour la regarder par-dessus ses lunettes.

– Non.

Oh ! Peut-être qu'elle n'est pas si intrépide qu'elle y

18

paraît. Peut-être que ça vaut le coup d'essayer. De toute manière, il a la dalle et il veut rapidement retrouver les autres. Il ne compte pas assouvir un quelconque appétit autre que la faim avec la blonde. Elle ne lui inspire aucun désir, mais pire, il est certain que même en fermant les yeux, il n'arrivera pas à avoir une érection.

– Dans ce cas, je ne peux vraiment pas refuser d'au moins vous raccompagner chez vous.

Annette sourit largement, ravie de la réponse. Il n'a pas accepté clairement le verre, mais elle pense pouvoir y parvenir. C'est impossible qu'elle échoue encore !

Ils marchent dans la sombre nuit et discutent de tout et de rien. Sulli ne pensait pas qu'il était à ce point possible de s'ennuyer avec son dîner ! Il n'a qu'une hâte : passer à table pour pouvoir rentrer au château où la dépravation à l'état pur l'attend. Il ignore encore s'il participera ou se contentera d'observer, quoi qu'il en soit il est pressé de s'y rendre.

– C'est ici, dit-elle en indiquant un immeuble de quatre étages.

Sulli examine ce maudit quartier résidentiel. Même s'il fait nuit et qu'il est tard, c'est un endroit trop peuplé pour qu'il puisse tenter quoi que ce soit. Mais c'est aussi un petit coin de paradis qu'il a déjà visité, et donc il sait qu'il y a un parc juste après l'intersection. Et là, c'est calme. Le lieu idéal pour se revigorer.

– Cela me dit quelque chose, cet endroit…

Il fait mine d'observer les alentours comme s'il essayait de se repérer, tentant d'adopter l'attitude typique d'un humain.

– N'y a-t-il pas un parc un peu plus loin ?

– Effectivement.

Il hausse les sourcils par-dessus ses lunettes en la regardant.

– Cela vous dirait d'aller y faire un tour ?

– Oui.

Parfait. Elle le suit de son plein gré. C'est si… enivrant.

Après quelques mètres et un tournant, ils se retrouvent dans le jardin désert. Sulli marche jusqu'aux buissons dans un endroit isolé. Sans peur, Annette le suit.

Bon. Sulli est obligé de se satisfaire de ce qui lui est

19

proposé. Pas de traque ce soir. La faire courir par ici serait très dangereux pour lui.

— Tu n'as pas répondu à ma question, lui rappelle-t-elle en se collant un maximum contre lui.

Ça y est, elle use de familiarités ! Eh bien, puisqu'elle se veut si proche, il va lui donner satisfaction.

— Quelle était-elle ? feint-il de ne plus se souvenir.

— As-tu une copine ?

Annette coule son regard sur lui, étalant clairement son envie. Elle le veut en elle... maintenant.

Sulli ressent le désir sexuel qui émane de cette blonde.

Tu vas m'avoir en toi, cocotte ! Mais d'une autre façon !

D'un geste assuré, il l'attire contre lui, la bloquant d'un bras dans une étreinte de fer.

— Je n'ai pas de copine.

Il peut bien lui accorder la réponse à sa question.

— Alors tu ne tromperas personne si on couche ensemble ici et maintenant.

Il ne répond pas et abaisse son visage vers le sien. Annette pense qu'il va l'embrasser alors que de sa main libre, il lui fait pencher la tête. Elle obéit en gémissant, s'attendant à sentir sa bouche contre sa peau. Sulli dégage les cheveux de son cou avant d'y apposer ses lèvres.

— C'est tout à fait vrai, acquiesce-t-il. Mais... vous n'êtes pas mon type.

La seconde suivante, il plante ses canines acérées dans sa gorge fine, aspirant avidement son élixir de vie alors qu'elle se débat inutilement. Il a une force qu'elle n'avait jamais connue chez un homme. Normal... elle est en train de réaliser — mais bien trop tard — qu'elle s'est jetée toute seule dans la gueule du loup...

Annette a bien entendu parler de la jeune femme qui est morte dans une ruelle sombre de Montréal, il y a deux semaines. Les journalistes parlaient d'un animal. Ils avaient raison... en quelque sorte. Elle est persuadée que c'est l'œuvre de l'être à la beauté surnaturelle qui est en train de la vider de son sang. Elle n'arrive même plus à se débattre...

Sulli ne laisse pas une goutte du liquide écarlate. Il sait pourtant qu'il est dangereux pour lui — et les autres — de s'abreuver souvent et d'abandonner les cadavres dans la rue. Mais c'est si exaltant. Il inspire profondément en levant ses yeux vers le ciel, puis replonge dans la gorge de la demoiselle pour terminer son dîner.

Depuis peu, ses compères et lui se sont installés à Montréal. Ils sont, pour le moment, discrets pour se fondre dans la masse et qu'aucun soupçon ne pèse immédiatement sur eux. Mais un jour, la vérité finira par se savoir et le mot attendu sera lâché. Le jeu débutera alors vraiment. Ils pourront mettre la ville à sang avant de disparaître vers une nouvelle contrée. C'est tout ce à quoi aspire Sulli.

Il voyage depuis des siècles... depuis presque cinq cents ans, en fait. Les mentalités et les mœurs ont évolué, mais lui aime tout autant semer la mort sur son passage. Oh, il a de qui tenir, puisqu'il a été transformé et éduqué par Vlad Tepes en personne.

Chapitre 3

Délila a bien tenté de résister, mais elle n'a pas réussi. Elle regarde le magnifique château que le Duc Lancaster compte faire rénover depuis les grandes grilles noires. La propriété est en friche, sans doute inhabitée. L'herbe, autour de la demeure, atteint parfois plus d'un mètre, les statues sont dans un piteux état et les fontaines pleines de feuilles. Le château a été laissé à l'abandon depuis plus de vingt ans. D'ailleurs, son manque d'entretien se perçoit à la peinture qui s'écaille grandement et aux tuiles de l'aile gauche qui ne sont, pour la plupart, plus en place.

Délila ne sait pas à quoi elle pensait en venant ici. Cependant, elle est certaine qu'elle ne s'attendait pas à ce désolant spectacle. En fait, elle espérait que, déjà, les ouvriers s'affaireraient autour du château, que des échafaudages seraient montés... mais surtout, elle s'imaginait voir le Duc Lancaster, un casque sur la tête, participant activement à la rénovation, sans aucun doute, très sexy dans son vêtement de travail.

C'est la déception.

En même temps, il est encore tôt. Elle vient de partir de chez elle et s'est autorisé un petit détour – bon d'accord, grand détour ! – pour peut-être avoir la chance d'apercevoir celui qui a assouvi tous ses fantasmes la nuit dernière. Il lui a fait l'amour comme un Dieu. Il était à la fois tendre et brutal, avide de donner et de recevoir... Il ne connaît aucun tabou, aucun interdit, aucune limite. Il lui a fait découvrir un plaisir qu'elle ignorait complètement. Secrètement, elle rêve de pouvoir essayer des choses défendues ou peu communes et il a comblé le moindre de ses désirs.

Hum… elle ne se remet toujours pas de son fantasme ! C'était tellement réel… mais seulement un songe. Elle s'est réveillée en sueur, le cœur affolé, mais seule dans son lit. Depuis, elle ne pense qu'à voir le Duc. Elle a déjà son excuse : une interview. Elle brodera un peu en prétextant que le Journal de Montréal veut un article sur lui dans sa prochaine parution. La population souhaite connaître celui qui a acquis un château à l'abandon. Il la croira, elle n'a aucun doute là-dessus. Elle obtiendra peut-être même l'entretien. Mais avant, il faut déjà qu'elle le trouve. Il lui a laissé entendre qu'il habiterait un temps dans le château avant de partir vers d'autres contrées. Mais va-t-il y résider durant les travaux ? Apparemment, non. Il n'y a pas une âme qui vive ici. Le coin est officiellement désert.

Elle pose son regard une dernière fois sur la demeure quand, au second étage, elle perçoit une silhouette derrière la fenêtre.

Étrange.

Elle baisse instinctivement les yeux pour prendre son téléphone qui sonne dans sa poche avant de les reposer sur le dernier niveau. Plus rien. Elle aurait pourtant juré que… elle a dû rêver.

– Oui ?

– *Nagar ! Au bureau, maintenant !*

Délila écarte le téléphone de son oreille pour ne pas devenir sourde à cause des cris intempestifs de son patron.

– Bonjour, chef ! ironise-t-elle.

– *Ne jouez pas avec mes nerfs ! Une femme a été attaquée cette nuit, ramenez-vous.*

– Oh !

Elle étouffe un cri avant de raccrocher son téléphone. Un autre regard en direction du vieux château lui confirme qu'il n'y a personne. Elle se hâte d'aller au bureau. Une nouvelle attaque ? Bon sang !

Serait-ce l'œuvre du même animal ? Aura-t-elle le droit de voir le corps, cette fois ? Il le faudrait pour déterminer la vérité, mais elle suppose déjà que l'accès à la majeure partie des pièces du dossier lui sera interdit. Elle repense alors à une idée qu'elle avait lancée au hasard, un soir de beuverie avec des copines, pour oublier un crime abominable qu'elle avait couvert. Il lui faut une connaissance dans la police. Un flic corrompu ferait tout aussi bien l'affaire, mais elle n'a pas les moyens de lui graisser la patte à tout va, donc se trouver un ami devient urgent.

***

La réunion débute au Journal dès que Délila entre dans la grande salle prévue à cet effet. Elle apprend ce qu'elle redoutait : une autre femme s'est fait attaquer et tuer par un animal.

Mais encore une fois, elle se demande quel genre de bête ? Si un dangereux prédateur se promène en ville, il serait peut-être bon d'en aviser la population. Autant, la première agression est passée, mais la seconde... Délila aimerait que les habitants exigent des réponses. Ainsi, elle en aurait aussi.

— À quoi avons-nous accès cette fois ? questionne-t-elle.

— La police dit que c'est le même animal qui a attaqué la jeune femme... euh... Annette Singer, répond son patron.

— Et ce serait quoi ?

— Un chien.

Elle lève les yeux au ciel. Un canidé qui se promène la nuit en ville et tue des femmes ? Il en a d'autres comme celle-là ! Elle pose ses yeux sur Drew qui est pâle comme un linge et silencieux, comme bien trop souvent depuis la mort de sa fiancée. Il l'a d'abord beaucoup pleurée, ensuite il s'est jeté corps et âme dans le travail. Cette histoire ne va pas l'aider, loin de là. Et Délila compatit.

— J'ai carte blanche, chef ?

— Non, Nagar. Tu n'as rien du tout. Voilà le dossier.

Elle prend ce qu'il lui tend et ouvre la chemise brune contenant les papiers de l'affaire. Il ose appeler ça un dossier ? Il n'y a que deux pages ! Aucune photo. Quelle surprise !

— Il n'y a que deux rapports, peste-t-elle.

Le premier est rédigé par la police qui a trouvé la jeune femme morte dans les buissons et le second par le légiste.

Bizarrement, des lignes ont été effacées.

– Ils ne sont même pas complets !

Cela la conforte dans son sentiment que les autorités cachent bien des choses à la population. Si cette fille, comme Peggy, avait vraiment été attaquée par un chien, alors elle aurait eu droit aux photos, au dossier complet... et même de parler avec la police.

– Bien, soupire-t-elle en replaçant une mèche blonde derrière son oreille. Un toutou tueur décime les femmes... oh ! – elle se tait en lisant le rapport des flics – les blondes, précise-t-elle.

– Fais attention à toi, Nagar ! s'amuse son patron.

Très drôle !

– Qu'est-ce que tu en penses, Anaïs ? On a affaire à un chien qui a une dent contre les blondes ?

Sa collègue et amie se retient de pouffer par respect pour son responsable.

– J'imagine que sa maîtresse en est une. Elle doit être indigne à ses yeux. Sans doute la craint-il et n'ose pas s'en prendre directement à elle...

– Épargne-nous ta psy à deux balles ! rugit le dirigeant.

– C'est ridicule ! objecte-t-elle. Laissez-moi enquêter sur ce meurtre.

– Contente-toi de faire un article avec ce que je t'ai donné. Je ne veux pas être responsable d'une émeute !

– Dans ce cas, vous vous satisferez d'une analyse psychologique de l'animal.

Elle ne le laisse pas répliquer et sort de la salle de conférence en faisant claquer la porte.

Non, mais ! Pour qui se prend-il ?

Elle est censée lui pondre une chronique attrayante sans avoir accès aux informations essentielles.

Assise sur son fauteuil, le nez dans les deux rapports, elle se rend compte qu'il n'est nulle part fait mention d'un chien. Des phrases ont été effacées, mais aucune n'a été ajoutée pour faire corroborer les dires de la police. Donc, ce n'est pas l'œuvre d'un chien. C'est sans doute un scoop énorme. Peut-être une bête sauvage qui s'approcherait un peu trop de la ville pour se nourrir, ou échappée d'un zoo. Il y en a plusieurs dans le coin, elle devrait sans doute les appeler. Elle affiche la liste des numéros sur l'écran de son ordinateur et décide de se faire passer pour la gendarmerie. Après chaque appel, elle raccroche en soupirant. Aucune disparition d'animal n'est à déplorer. Elle tente avec le dernier : non, pas d'évasion.

Elle soupire de nouveau. Au moins, elle peut en déduire qu'aucune bête ne s'est évadée d'un zoo ou d'une animalerie. Alors que reste-t-il ? La thèse de l'animal sauvage qui s'approche de la population pour se nourrir. À moins qu'elle fasse fausse route. Elle n'a aucune indication sur les blessures subies et ne peut donc pas en conclure s'il s'agit plutôt d'un loup ou d'un ours. Même si les deux possibilités sont absurdes.

Peut-être devrait-elle rédiger un article qui soulève beaucoup de questions ? Mais le Journal risque de refuser de le publier. En fait, elle n'a pas le choix, elle va se moquer de son chef qui se plie aux exigences des autorités et écrire sur le profil psychologique de l'animal.

– Délila ?

Anaïs entre dans son bureau après avoir frappé deux coups sur la porte.

– Tu veux qu'on échange ?

Elle agite un papier tout en s'approchant.

– C'est quoi ? questionne Délila en se frottant la tempe.

– Le boss m'a demandé de faire un article sur les rénovations du château du Duc Lancaster.

– Vraiment ?

C'est ce qu'elle voulait faire, même si elle aurait bien plus parlé de l'homme que des travaux.

– Je peux très bien réaliser le profil du chien tueur, s'esclaffe-t-elle.

– D'accord.

Elle lui parle rapidement des appels aux zoos de la région en se faisant passer pour une policière et de sa conclusion, même si elle est pour le moins ridicule.

– La police ne couvrirait pas un animal sauvage, objecte Anaïs.

– Je ne crois pas qu'il soit question de protection. Je

26

suppose plutôt que cela vise à éviter toute panique.

– Tu penses vraiment à un ours ou une bête énorme ?

– À moins qu'une armée de rats ne se soit jetée sur elle, oui.

– Je vais voir ce que je trouve. En attendant, je vais rédiger l'article que Claude réclame.

Claude... beurk ! Elle n'a jamais compris pourquoi Anaïs appelle leur patron par son prénom. Peut-être parce qu'il le leur a demandé. Mais elle n'y arrive pas. Elle n'aime pas ce type. Il est arrogant et délègue tout le boulot à ses équipes, se contentant d'en récolter les lauriers.

– Ne m'évince pas de l'enquête.

– Rassure-toi, Délila, je suis réglo et tu le sais. Cours trouver ton cher Duc !

– Comment comptais-tu le contacter ?

– Par téléphone. Regarde sur la note, son numéro de portable est inscrit.

Effectivement. C'est fabuleux.

– Où loge le prince de mes nuits ?

– Je ne sais pas. J'ai juste pu avoir son numéro grâce au registre de la soirée caritative.

Anaïs récupère le dossier et sort du bureau. Délila regarde un instant les précieux chiffres danser sous ses yeux avant de les composer sur son téléphone.

Ça sonne.

Elle espère ne pas le réveiller, c'est peut-être encore tôt pour lui. En même temps, il est neuf heures...

– *Allo.*

Oh ! Il est disponible. Elle en perd ses mots. Sa voix... mon Dieu !

– *À qui ai-je l'honneur ?*

– Bonjour, monsieur le Duc, je suis Délila Nagar. Je ne sais pas si vous vous souvenez, on s'est rencontrés...

– *Je me rappelle très bien de vous. En quoi puis-je vous être utile ?*

– Le Journal de Montréal aimerait faire un article sur les rénovations du château que vous avez acquis. Est-ce qu'on pourrait se voir pour en discuter ?

– *Je vous ai déjà fait part de mon avis à ce sujet.*

– Je sais, vous ne voulez pas d'article sur vous, je le respecte. Ce sera uniquement sur le château.

– *Ça ne m'intéresse pas.*

La poisse ! Il faut pourtant qu'elle le revoie. Elle doit trouver un prétexte rapidement.

– Vous m'en voyez navrée, monsieur. J'aurais vraiment aimé discuter avec vous de vos projets de rénovation.

– *Pourquoi est-ce que cela vous intéresse tant ?*

– Le château est à l'abandon depuis si longtemps que tout le monde a hâte de le voir dans sa nouvelle vie.

– *Ça prendra du temps.*

– Accepteriez-vous une invitation à déjeuner ?

Elle l'entend soupirer.

– *Je suis très occupé aujourd'hui.*

Elle pressent que c'est peut-être juste un prétexte. Bon sang, ce qu'elle se sent nulle ! Elle ne lui plaît pas, il faudrait sans doute qu'elle l'accepte et passe à autre chose. Idiote qu'elle est !

– Dans ce cas, je n'insiste pas. Merci d'avoir pris le temps de m'écouter et excusez-moi pour le dérangement.

– *Je vous ai promis de vous appeler si je changeais d'avis quant à l'interview ; pourquoi ne pas avoir attendu ?*

– Parce que celle-ci portait sur le château et non sur vous comme nous en avions parlé.

– *J'aimerais que vous n'insistiez plus, à l'avenir.*

Elle ne sait pas pourquoi, mais c'est à cet instant qu'elle repense à ce qu'elle a entendu sur lui à la soirée caritative. On l'avait vu la veille avec une rousse à son bras. Il est marié et elle voulait le séduire. Mais quel genre de femme est-elle donc ? C'est peut-être pour ça qu'il ne souhaite plus qu'elle l'appelle. Parce qu'elle le tente. Non, absurde ! *Enlève-toi tout de suite cette idée saugrenue de la tête !*

– Je vous demande de m'excuser. Au revoir.

Elle ne lui laisse même pas le temps de répondre et raccroche.

Mince… il est marié. Elle avait oublié.

Chapitre 4

– Sulli ? Sulli ?

Bastian arpente toute la demeure pour trouver son ami, un journal en main. Deux nuits que la fille a été tuée ! Deux nuits, et déjà les journalistes arborent une thèse abracadabrante.

– Pourquoi tu cries comme ça ? Il n'y a pas le feu que je sache ! crache Sulli quand Bastian entre dans sa chambre.

Son cher ami n'a même pas bougé quand il l'a appelé, ni daigné le prévenir de sa présence ici. À sa place, il en aurait fait autant. Josephte et Rosalie sont nues, allongées sur le lit, en train de se caresser et de s'embrasser. Narcisse est assis sur le divan à côté de Sulli, les yeux sur les divines pécheresses.

– Attendez-moi, mes salopes, je vais me joindre à vous, décide Bastian en tendant le journal à Sulli. Lis ça.

Il l'attrape après avoir mis son cigare cubain dans la bouche. L'article fait mention d'une seconde attaque nocturne sur une jeune femme. Une blonde, précise-t-il. D'abord, la journaliste – Délila Nagar, il vient de lire son nom – parle de l'œuvre d'une bête sauvage avant de tourner en dérision l'hypothèse de la police, selon laquelle les deux meurtres seraient perpétrés par un chien. Elle proclame que cet animal aurait une maîtresse blonde indigne dont il aurait peur, c'est pourquoi il n'oserait pas s'en prendre à elle, mais à ses répliques.

Sulli rit comme il ne l'avait pas fait depuis longtemps.

– Elle a de l'imagination, cette petite !

– Elle n'a surtout pas accès aux documents officiels sinon

elle aurait bien vite compris que les autorités se moquent d'elle, argue Bastian.

– Un chien ! ricane encore Sulli en aspirant sur son cigare. Amusez-vous, les filles, soupire-t-il en laissant tomber le journal sur le sol.

Délila Nagar. Apparemment, cette journaliste aime tourner les choses en ridicule. Il la suppose frustrée de ne pas avoir accès au dossier complet sur les deux meurtres. Il se demande aussi pourquoi le mot n'a pas encore été lâché. C'est tellement bon quand les habitants paniquent. Il a hâte de pouvoir traquer en toute impunité.

Il regarde Jose et Rosalie se caresser intimement et cet obsédé de Bastian les rejoindre. Aussi loin qu'il se souvienne, jamais il n'a laissé les deux filles en tête à tête, il a toujours voulu s'y mêler, se mélanger à elles. Sulli est différent. Il est de ceux qui préfèrent regarder. Il pratique très peu. Il prend plus de plaisir en observant. Son sexe se tend sous le tissu de son jean, détail qui n'échappe pas à Narcisse.

– Tu devrais les rejoindre.

– Je prends mon pied en matant.

– Ça ne fait pas longtemps que je traîne avec vous, mais je ne t'ai jamais vu baiser.

– Ça m'arrive, rassure-toi. Mais après cinq cents ans de baise, tu sais, ce n'est plus aussi exaltant qu'avant.

– C'est pour ça que je diversifie. D'abord j'ai opté pour l'apparence d'un tombeur et j'avais toutes les femmes à mes pieds, ensuite j'ai décidé de revêtir l'accoutrement du transsexuel et d'essayer avec les hommes.

– On en reparlera dans… Tu as quel âge déjà ?

– Deux cent vingt ans.

– Ouais… t'as de la marge encore, c'est pour ça que tu ne ressens aucun ennui.

Le sexe était exaltant pour Sulli quand il était humain, il est devenu incroyable après sa transformation… une vraie source de plaisir à l'état pur. Mais après une bonne centaine d'années, il s'en est lassé. Il le pratiquait toujours, mais n'en retirait que peu de satisfaction. Est-ce en rapport avec le temps qui passe comme il l'a laissé entendre à Narcisse ? Non, bien sûr. C'est lié à la femelle avec qui il partage le moment. Même si c'est très agréable pour lui de se retrouver dans le même lit que Jose ou Rosalie – ou les deux –, ça n'a rien de comparable avec ce qu'il éprouvait quand il y était avec Lilith. Avec les humaines... il n'en parle même pas. Il a essayé une fois, c'était à mourir d'ennui. Il a mis ce manque d'entrain sur le compte de la fille, alors il a tenté encore et encore. Mais ce n'était pas la faute de la gonzesse, c'est lui qui n'aime pas ça avec les humaines. Elles sont incapables d'atteindre le rythme effréné qui le fait jouir et ressortent toujours de cette expérience couvertes de bleus ; elles sont bien trop fragiles pour passer entre les bras d'un vampire tel que lui.

– Tu n'as jamais pensé essayer avec un homme ? suggère Narcisse en le sortant de ses pensées.

– Je ne mange pas de ce pain-là.

– Pourquoi ?

– Ça ne m'attire pas, c'est tout.

– Je me sens bien vide, susurre Rosalie en faisant la moue aux deux hommes assis sur le canapé.

Jose se fait pénétrer par Bastian qui ne connaît pas la pudeur. Aucun n'en éprouve dans cette pièce, à part peut-être Sulli quand il est avec une personne qu'il souhaite préserver uniquement. Autant dire que ce n'est pas arrivé souvent. La dernière en date c'était... Lilith.

– Je suis dans ma période mâle, chérie, réplique Narcisse en faisant celui qui n'est pas intéressé.

– Sulli ?

Le vampire esquisse un sourire avant d'écraser son cigare dans le cendrier sur le guéridon.

– Je te veux exclusivement entre mes cuisses, décide-t-il en ouvrant son pantalon.

– Ne te la joue pas exclusif comme Bastian !

Il s'approche du bord du lit, puis retire son jean et son boxer. Il place une jambe sur la table de chevet et ses doigts sur son sexe qu'il caresse quelques secondes avant que Rosalie le prenne dans sa bouche. Avec elle, ce n'est pas ennuyeux... ou moins qu'avec une humaine. Elle atteint rapidement le rythme qu'il apprécie, et de sa main posée sur sa tête, il l'augmente encore.

Narcisse assiste à la scène de dépravation en éprouvant un désir absolu. Il souhaite se loger en quelqu'un, mais Sulli lui a bien fait comprendre qu'il ne veut pas de ça. Peut-être Bastian. Le blond a délaissé Jose pour embrasser les fesses de Rosalie toujours active sur le membre engorgé de Sulli qui ne manque pas une miette de ce qu'elle lui fait.

– Tu te joins à nous, Narcisse ? propose Jose.

Rousse, parfaite. Il est peut-être dans sa période mâle, mais rien ne l'empêche de commencer une ère bisexuelle. Il retire alors la longue robe qu'il porte avant de rejoindre la jeune femme offerte.

Ils sont cinq dans ce lit, mais ça ne se termine pas en orgie pour autant. Les hommes ne se mélangent pas et les femmes ne se mettent pas à deux sur le même. Pour une première fois, c'est plutôt bien, même si Sulli n'a accepté les caresses buccales que de Rosalie. Il est peut-être vieux, très vieux, mais refusera toujours qu'un homme pose ses mains sur lui. Contrairement à Bastien qui a laissé Narcisse caresser son entrejambe et son entrée secrète.

– Qu'est-ce qu'on fait, ce soir ? demande Rosalie en ramassant ses habits sur le sol.

– On sort, évidemment, répond Bastian.

– Où, trésor ?

– Là maintenant, je ne sais pas, mais en second, j'irai en toi.

Elle hausse les yeux au ciel comme il ricane en s'approchant d'elle pour l'embrasser sur l'épaule.

– On va aller dîner, décide Sulli.

– Encore ? s'exclame Josephte. Tu peux tenir bien plus que deux nuits. J'en suis à presque trois semaines.

– Je n'ai pas dit que j'allais le faire par nécessité, mais par envie.

– Trop de cadavres d'un coup, ce n'est pas bon pour nous.

– Je sais. Mais ça ne m'amuse pas d'attendre. Je veux pouvoir terroriser les femmes. Tu te rends compte que la dernière ne s'est débattue que quelques secondes. C'est comme si je l'avais hypnotisée. J'ai besoin de plus.

Ils étaient établis au Mexique, tous les quatre – Narcisse vient seulement de les rejoindre –, et ils ont dû fuir quand les choses sont devenues trop dangereuses pour eux. Le mot *vampire* avait été lâché et tout s'est très rapidement enchaîné à cause de l'impatience de Sulli. Il se lassait bien trop vite de l'attente et a attaqué, de plus en plus tôt et à intervalles rapprochés, les jeunes femmes. Ce qui a provoqué leur départ imminent. La population avait fait le rapprochement avec leur arrivée dans la ville.

Sulli recommence exactement comme au Mexique. Deux femmes, c'est la limite qu'il pouvait se permettre. Il est trop pressé de lancer la traque, mais il n'arrive pas à assimiler que cela joue contre lui et causera leur perte à tous.

– Patience, ténébreux, fais-le pour nous.

Rosalie passe devant lui en caressant son torse par-dessus son tee-shirt moulant.

– Ce soir, je te suggère de te trouver une proie et de t'amuser avec elle… pendant des semaines !

– Tu veux ma mort, poussin, sourit-il. Une semaine tout au plus.

– Les péripéties du Mexique ne doivent pas se reproduire ici. Tu veux traquer ? Alors, attends un peu, sinon on devra partir à nouveau et tout recommencer. Autant te dire que tu ne seras pas près d'avoir ce que tu désires.

– C'est bon, Rosalie. Je ferai mumuse pendant quelques semaines avec une blondinette !

– Merci, trésor.

***

Pimpante, la bande des cinq quitte la demeure pour faire une seconde apparition nocturne au *Stéréo-nightclub*. Il n'est peut-être pas très bon pour Sulli de se montrer à nouveau ici, mais si quelqu'un fait le rapprochement entre Annette et lui, il se servira de son pouvoir d'hypnose pour le lui faire oublier. Et si cela ne suffit pas, il fuira à tire d'ailes, métamorphosé en chauve-souris.

Ils prennent une table et se perchent sur de hauts tabourets comme un serveur s'approche.

– Bonsoir, qu'est-ce que je vous sers ?

Instinctivement, Sulli se retourne pour regarder le bar où

le gringalet de la dernière fois s'urine presque dessus. Il n'a pas osé venir alors il a envoyé son collègue qui semble moins peureux.

– Je n'ai pas soif, répond Sulli en le fixant.

Le serveur déglutit.

– Ne terrorise pas ce pauvre homme, intime Rosalie. On va prendre cinq whiskys, commande-t-elle.

Le serveur disparaît encore plus vite qu'il est arrivé.

– Ne te fais pas remarquer, Sulli. Facile à dire ! Il a l'impression de s'ennuyer à mourir. Il n'a plus aucun attrait pour la vie nocturne. En fait, son seul plaisir, c'est la traque. Et on l'en prive.

– Tu veux danser ? propose Jose.

– Plus tard. Je vais devoir avaler un breuvage écœurant et me trouver une putain de blonde.

– Dis-toi qu'on est tous dans le même cas que toi, sauf que cette fois, on a envie que ça marche si on ne veut pas devenir des animaux.

– Oh, Jose ! Tu t'imagines civilisée ?

– Pas toi ?

– Si, bien sûr, très chère. Pousse-toi donc un peu, le monsieur n'arrive pas à poser son plateau.

Josephte se décale légèrement pour que le serveur tremblant puisse déposer leurs verres sur la table.

Sulli en rit intérieurement. Le pauvre homme est terrifié alors qu'il croit avoir affaire à une bande de crétins décérébrés venus foutre la merde dans le club. S'il savait !

– Euh… je dois encaisser maintenant. Je vais avoir fini mon service.

Sulli perçoit avec quelle difficulté il bredouille cette phrase. Qu'est-ce qu'il appréhende ? De se faire manger ? Il est le seul à craindre parce que les autres maîtrisent parfaitement leur soif, mais pas lui. Néanmoins, il a une nette préférence pour les femmes aux cheveux clairs quand il s'agit de dîner. Il n'a jamais bu le sang d'un homme. Après sa transformation, il se nourrissait sur toutes sortes de gonzesses, blondes, brunes, rousses… mais après sa rupture avec Lilith, il a choisi de le faire sur des blondes uniquement. Ce geste a une signification pour lui. Il hait ces nanas depuis que la sienne lui a brisé le cœur. C'est une manière peu conventionnelle de se venger.

— Bien sûr !

Rosalie lui offre un sourire diabolique alors qu'elle fouille dans l'une des poches de sa veste et lui tend un billet qui couvre largement le prix de leurs consommations.

— Gardez la monnaie en guise de pourboire.

— Merci, madame.

— Je te donne mon verre, déclare Sulli en le poussant vers Rosalie alors que le serveur s'en va précipitamment, je n'ai pas soif.

— Je suis navrée qu'ils ne servent pas du O+ ici.

— Va danser, que je te regarde.

— Je vais attendre un peu avant d'enflammer la salle.

Sulli scrute l'environnement, il n'y a même pas une plante qu'il pourrait arroser. Il devra boire ce foutu verre que Rosalie vient de replacer devant lui.

C'est vrai, pourquoi ne proposent-ils pas du O+ ?

En cherchant autour de lui, son regard se verrouille sur une petite blonde non loin de là. Elle est accompagnée par une autre fille à qui il n'octroie aucune attention. Il a déjà vu ce minois et après avoir lu son article, il s'est dit qu'elle n'a vraiment pas froid aux yeux. Elle serait parfaite pour un dîner, mais pas pour une traque. Elle ne lui semble pas idiote et pourrait vite conclure que les attaques meurtrières sont l'œuvre d'un vampire. Elle lui fait beaucoup penser à Lilith. Elle a son doux regard, il l'a perçu tout de suite lors de la soirée caritative. Elle semble aussi déterminée, comme l'est cette fichue garce qui lui a taillé le cœur en morceaux. Finalement, elle serait parfaite pour une traque, en fait. Il aurait l'impression de retrouver Lilith en elle et le jeu n'en serait que meilleur. Il ferme les yeux en s'imaginant planter ses crocs en elle. Hum… la douce odeur de son sang.

Seulement, s'il veut jouer avec elle pendant des semaines comme le lui a conseillé Rosalie, il devra la marquer pour s'assurer qu'aucun de ses congénères ne s'amuse à la lui prendre. Pour se faire, il devra lui révéler ce qu'il est. Impossible. Il l'hypnotisera, ce sera moins risqué, mais moins exaltant également.

Il pourrait tout aussi bien faire confiance aux autres. Bastian, Rosalie et Jose ne lui voleraient pas son jouet, mais Narcisse peut-être. Il ne le connaît pas vraiment. Ils viennent juste de se rencontrer. Il ne peut pas non plus prendre le risque qu'un vampire d'une autre bande la lui dérobe. Il ignore s'ils sont les seuls en ville. Il a rencontré tellement de ses congénères durant ses nombreux voyages.

Non. Il ne prendra pas ce risque.

Il va la séduire et la marquer. Ensuite, il s'amusera un peu avant de jouer vraiment.

Ah, la traque ! Douce pensée.

Chapitre 5

– Anaïs, tu m'as promis que cette boîte était d'enfer !
s'exclame Délila.

– Elle l'est. Mais toi, tu refuses de t'amuser. Tout ça parce
que le Duc n'a pas voulu de ton article.

Effectivement, elle n'a pas réussi à lui faire accepter
qu'elle rédige une chronique sur le château. Du coup, elle a
hypocritement récupéré celle sur la mort d'Annette Singer
qu'elle avait confiée à Anaïs. Son patron n'a pas trop
apprécié la pointe d'humour sur le chien tueur et les raisons
des meurtres qu'il a commis. Elle s'en doutait. C'est pour
cela qu'elle lui a remis juste avant la mise sous presse. Ainsi,
elle ne pouvait pas le refaire. Peut-être que la prochaine fois,
il lui fournira un dossier complet, même si, au fond, ce n'est
pas de sa faute à lui.

– Je voulais que tu te changes les idées, c'est pour ça que
je t'ai amenée ici.

– C'est super gentil, je t'assure.

– Oh la vache ! Délila !

– Quoi ? J'ai de la salade coincée entre les dents ?

Pourquoi Anaïs la regarde-t-elle ainsi ?

Elles sortent du restaurant, alors peut-être que c'est
effectivement à cause d'un bout de salade.

– À la soirée caritative, tu as eu droit au Duc Lancaster
dans un costume trois-pièces, tiré à quatre épingles, et les
cheveux collés sur le crâne… ma parole, quand il n'est pas
comme ça, il est à tomber !

– Qu'est-ce que tu racontes ?

– Regarde sur ta gauche.

Délila obéit quand elle aperçoit le Duc... le Duc, vraiment ? Il est totalement différent de la seule fois où elle l'a vu. Ses cheveux noirs ne sont plus plaqués sur son crâne avec une tonne de gel, mais ébouriffés, ce qui lui donne un air rebelle. Il porte des lunettes de soleil accentuant son côté mystérieux, et est vêtu de noir uniquement. Le changement est stupéfiant ! Autant elle aurait accepté de se damner pour lui dans son costume trois-pièces, mais là elle se prosternera à ses pieds en plus.

– Il est trop... trop beau, murmure-t-elle avant de s'apercevoir qu'il n'est pas seul.

Il est entouré par une bande d'amis. Quel âge a-t-il pour sortir avec ses potes ? À moins que... elle repère la rousse à côté de lui. Sa femme. Elle est tellement belle. Normal pour un homme tel que lui qui incarne la perfection, il lui faut une compagne à la hauteur.

Elle se sent rougir quand il pose ses yeux sur elle. Elle voudrait détourner le regard, mais ça lui est impossible. C'est comme si son corps ne lui répondait plus, hypnotisé par cet homme. Elle le voit se lever, puis marcher dans sa direction sans qu'elle puisse agir ou même amorcer le moindre mouvement.

– Mademoiselle Nagar, bonsoir.

– Bon... bon... bon... soir

La honte ! Impossible de prononcer un petit mot correctement.

– Ce n'est pas très poli de fixer les gens comme vous le faites avec moi.

– Oh, pardon !

Elle détache enfin son regard de lui, baissant les yeux sur la table, s'imaginant être rouge comme une pivoine. Heureusement que le club n'est que peu éclairé.

– Non, en fait, c'est très flatteur.

– Vraiment ?

Elle relève les yeux sur lui. Quelle merveille ! Sa barbe naissante et sa moustache lui donnent un air de voyou qu'elle aime outrageusement.

– Accepteriez-vous un verre ?

Il n'a même pas touché à son whisky, ce n'est pas pour

38

ajouter davantage à l'horrible épreuve qui l'attend.

Les vampires ne peuvent ni boire ni manger et s'ils essayent, ils se brûlent l'œsophage et l'estomac, puis l'intestin et enfin l'anus – ou la verge – quand ça ressort. Épreuve très douloureuse, qu'il ne veut pas subir plus que nécessaire.

– Non, merci.

Elle se rembrunit. Qu'est-ce qu'elle espérait ? Il s'est sans doute déplacé uniquement pour lui dire que son insistant regard sur lui était impoli. Surtout que sa merveilleuse et sublime épouse se trouvait à côté de lui.

En se faisant cette réflexion, elle baisse les yeux sur sa main gauche. Il ne porte pas d'alliance. Juste une grosse et... laide chevalière à son annulaire droit. On dirait une tête de mort noire. Rien de très attrayant. Donc, pas d'alliance. Pas d'alliance ! Elle le regarde de nouveau.

– Êtes-vous marié ?

Mince, la question lui a échappé.

– Non, mademoiselle Nagar, je suis un célibataire endurci. Très endurci, même.

Très endurci ou très dur ? Hum... Elle le désire comme jamais elle n'a eu envie d'un homme jusqu'à présent. Cependant, elle ne peut raisonnablement pas le lui dire. C'est elle ou la température de la boîte de nuit a sensiblement augmenté ? Elle ose finalement relever les yeux sur lui.

– Je vais faire un tour, informe Anaïs avant de disparaître dans la masse de gens en train de bouger au rythme de la musique, décidant qu'il est temps de les laisser en tête à tête.

– Vous dansez, monsieur le Duc ? propose-t-elle.

Elle remercie intérieurement Anaïs pour cette merveilleuse idée. Hum... un rapprochement avec ce bel homme ne peut qu'être délicieux.

– Pas ce soir.

La déception envahit Délila. Que pensait-elle ? Ce n'est pas un mec pour elle. Elle se souvient qu'il est en couple avec la rousse, même s'il n'est pas marié et qu'il est à sa table juste pour lui demander d'arrêter de le fixer si impoliment.

– J'ai été ravie de vous voir. Je ne vous retiens pas plus longtemps. Et rassurez-vous, je ne vous observerai plus !

Elle le voit esquisser un sourire. Se moquerait-il d'elle ?
S'il continue – aussi beau soit-il –, elle va se vexer.

– Vous ai-je fâchée de quelque manière que ce soit, mademoiselle Nagar ?

– Non, répond-elle en se forçant à sourire.

– Je vous souhaite une bonne soirée.

Elle n'a même pas le temps de répliquer la même chose que déjà il regagne sa table. Elle a promis de ne pas le dévisager, mais elle jette néanmoins un coup d'œil. La bande qui l'accompagne se languit visiblement des détails que pourrait leur apporter le Duc sur leur brève discussion. Si elle ne connaissait le titre prestigieux du bel homme qui s'assoit parmi les siens, elle penserait qu'il n'est qu'un insignifiant habitant de Montréal. Comme les autres d'ailleurs. Ils ont tous les cinq l'air de rebelles, affichant clairement leur dédain de la société. Le Duc ne fait pas Duc… en fait, il ne fait rien du tout, même s'il est sexy dans le cuir noir. Elle détourne les yeux, elle ne voudrait pas qu'il pense qu'elle le fixe et qu'il se sente obligé de revenir vers elle.

– Alors, raconte, s'empresse de demander Josephte.

La rousse pose sa main sur son avant-bras en souriant à l'humaine blonde qui vient de tourner la tête.

– Qu'est-ce que tu faisais avec cette petite blonde ?

– Pitié, ne parle pas de dîner ! peste déjà Rosalie.

– Eh bien, si. Mais pour beaucoup plus tard, répond Sulli. Je suis ton conseil et je vais m'amuser un peu.

– Avec elle ? Mais tu as une sainte horreur des blondes ! Tu supporteras de la regarder ? s'étonne-t-elle.

Il le pensait quand il a décidé de jouer, mais maintenant, il doute. Comment fera-t-il pour la séduire ? Oh, il connaît toutes les astuces pour faire se pâmer une femme à ses pieds, mais arrivera-t-il à les utiliser sur une blonde ?

– Elle représente un défi, reconnaît-il.

Il se frotte le menton comme s'il réfléchissait en observant la jeune femme qui regarde dans la direction opposée. Délila Nagar. S'il veut la séduire, il a mal commencé, il en est conscient. Il était allé l'accoster pour entamer une discussion, lui demander officiellement son prénom, et peut-être parler de son article qu'il a lu dans le Journal. Mais en aucun cas, il n'avait décidé de lui faire une remarque impolie sur sa façon de le regarder.

– Je vous déclare officiellement qu'elle est à moi. Ne vous avisez pas de la toucher.

– Tu penses vraiment que nous sommes les seuls en ville ? questionne Bastian.

– Sans doute que non. On le saura quand le mot aura été prononcé.

Il est évident que si des vampires vivent en paix avec les humains dans cette grande ville, ils ne vont pas apprécier que Sulli et ses comparses viennent troubler cette plénitude.

– Surveille bien ta proie ! s'amuse Jose en pointant son doigt sur la blonde en pleine discussion avec un homme.

Sulli réalise qu'elle a raison. Il a choisi cette petite gourde pour jouer, mais ignore tout d'elle. Il devrait se renseigner pour commencer. Non que le fait qu'elle puisse avoir un mari ou des enfants changerait quoi que ce soit. Il veut juste savoir avec qui il s'amuse. Et le jeu n'en sera que meilleur si la femelle est prête à se damner pour lui.

Bon. À l'attaque !

Il se lève en poussant le verre de whisky qui lui est destiné au milieu de la table.

– Je l'offre à qui le veut. Moi, je vais m'assurer qu'on ne me vole pas mon jouet.

Personne ne se bat pour récupérer sa boisson, la leur étant largement suffisante. D'ailleurs, aucun ne pense la boire.

Sulli se dirige de nouveau à la table de son nouveau divertissement, se retenant de rire en voyant la jeune femme en grande conversation avec un dragueur invétéré.

– Je ne peux pas te laisser deux minutes toute seule ! s'écrie-t-il en frappant du poing sur la table.

Délila le regarde avec ahurissement, alors que l'homme se fait tout petit et quitte les lieux sans demander son reste.

Dans les yeux de Sulli brille la rage, il en est conscient. Il a dû faire appel à l'un de ses douloureux souvenirs pour réussir à jouer cette scène de jalousie. Celui où cette satanée Lilith se tenait en galante compagnie dans le patio de la villa de son père – Vlad Tepes. Lilith n'est autre que la fille de son

41

sauveur et mentor. Vlad est comme un père pour lui, il lui a tout appris après l'avoir transformé.

Il chasse ses lointains souvenirs. Seul le présent compte.

– Dites-moi que cet homme vous importunait, supplie Sulli en recouvrant un regard presque normal.

– En effet, confirme-t-elle en bafouillant.

– Je m'appelle Sullivan. Nous n'avons pas démarré du bon pied, je crois. J'ai lu votre article, mademoiselle Nagar... Délila. Acceptez-vous de m'accorder quelques minutes ?

Une fois la stupeur passée, Délila essaye de comprendre l'attitude de cet homme sans jamais y parvenir. Alors elle lui désigne la chaise délaissée par le dragueur.

Sullivan s'y assied instantanément.

– Je suis terriblement maladroit avec les femmes, je vous prie de bien vouloir m'en excuser.

– Effectivement... vous ne faites pas dans la dentelle.

Elle croise les bras sur sa poitrine pour feindre l'indignation ou l'énervement, sans doute, mais elle ne trompe pas Sullivan qui sait qu'elle ne ressent rien de tout cela. Il perçoit l'accélération des battements de son cœur... Il n'en était pas sûr avant, mais maintenant si : il trouble cette délicieuse demoiselle.

Exaltant !

– Comment puis-je me faire pardonner cette intrusion ?

Elle ne répond rien, mais semble y réfléchir.

Lui a envie de sortir d'ici, de se retrouver seul dans le noir avec elle, de lui dévoiler ses canines aiguisées, de la poursuivre en sentant sa peur... finissant sa traque par l'hypnose pour qu'elle oublie. En voilà un programme intéressant. Il va pouvoir se divertir avec elle sans la moindre conséquence puisqu'il sera capable d'effacer sa mémoire quand il le souhaitera.

– Accepteriez-vous de faire une balade à mon bras ?

Elle le regarde, décontenancée, décidément, cet homme est plus que surprenant.

– Là ? En pleine nuit ?

– La nuit vous effraie ?

– Non.

Menteuse !

— Alors, acceptez de me suivre, Délila.

Il se lève et il lui tend sa main. Il perçoit son hésitation, mais décide de ne pas recourir à l'hypnose pour qu'elle lui emboite le pas.

Elle viendra, il en est certain.

Chapitre 6

Délila se demande ce qu'elle doit faire face à cette proposition de promenade en pleine nuit... avec un inconnu. Bon d'accord, il n'est pas vraiment un étranger, c'est le Duc Sullivan Lancaster. Quelle joie de pouvoir enfin mettre un prénom sur ce beau minois ! Son cœur bat à tout rompre depuis qu'il est là, auprès d'elle, en train de... de quoi d'ailleurs ? De leur donner une seconde chance ? Comme il l'a remarqué, ils sont partis d'un mauvais pied tous les deux. Ou lui. C'est un homme galant, certes, mais qui n'a pas apprécié qu'elle le dévisage. Elle devrait arrêter de se formaliser sur ce passage. Alors quoi ? Son emportement rageur suivi du coup de poing sur la table ? Quel superbe numéro, en tout cas ! Elle ne savait plus comment se débarrasser de cet Harry collant. Et où est Anaïs ?

Peu importe. Elle n'arrive pas à détourner les yeux de cette main tendue et la saisit en se levant. Sa peau est froide, elle avait pourtant plutôt l'impression qu'il faisait chaud ici. Ou est-ce l'effet de Sullivan sur ses hormones ?

– Je vous suis, Sullivan.

Maintenant qu'elle le prononce, elle trouve que ce prénom lui va à ravir.

Il pose sa main sous son bras et la guide vers l'extérieur, sous les regards peu discrets de sa bande d'amis. Si Délila perçoit quelque chose, elle n'en dit rien.

L'air frais est un délice pour la jeune femme qui avait l'impression de suffoquer à l'intérieur, mais il ne suffit pas pour éteindre le brasier allumé par l'homme à qui elle tient le bras.

– Votre article dans le Journal m'a beaucoup amusé, dit-il pour engager la conversation.

Il l'entraîne sur le trottoir.

– J'ai tourné l'affaire en dérision, mais je n'avais pas le choix. Mon patron ou plutôt la police ne nous donne pas accès au dossier complet.

– Vous ne croyez pas à l'attaque d'un animal domestique ?

– J'aurais pu, si j'avais vu les photos. Le fait que la police nous évince clairement m'oblige à penser qu'elle veut cacher la vérité à la population.

Oh ! Qu'elle est intelligente !

Finalement, il fait bien d'écouter Rosalie. Ils viennent à peine d'arriver, il ne désire pas déjà avoir à repartir. Surtout pas à cause de lui !

– À quoi pensez-vous ?

– Plutôt à un animal sauvage qui s'approche un peu trop de la ville pour déjeuner.

Effectivement, elle n'est pas loin. Elle fait une bonne proie. Il ne va pas faire que s'amuser avec elle, il va aussi développer une amitié – quelle horreur ! – pour ainsi tout savoir des découvertes concernant son affaire.

– Si ce que vous dites est vrai, il est assez compréhensible que la police ne veuille pas créer la panique au milieu des habitants.

– Bien sûr, mais elle pourrait aussi demander à ce que personne ne se promène seul la nuit.

– Un peu comme nous en ce moment, rit-il.

Elle s'arrête net pour deux raisons. La première, c'est son rire incroyablement sexy, et la seconde – retour sur terre –, il dit vrai. Ils font une cible idéale pour l'animal sauvage qui rôde la nuit.

– Je plaisantais. Je ne voulais pas vous effrayer.

– Vous êtes champion de karaté ?

Sa question trahit son anxiété, il la ressent.

– Non. Mais j'ai des notions de défense.

– Contre un ours aussi ?

– Un ours ? Vous êtes sérieuse ?

Elle hoche la tête.

Bon sang, il se retient de pouffer ! Cette gonzesse a vraiment beaucoup d'imagination. Il est peut-être temps de s'amuser un peu. Elle semble apeurée et l'endroit est désert. Néanmoins, il est sûr d'une chose : elle ne doit pas lui échapper. Sous aucun prétexte.

– Que diriez-vous plutôt d'un vampire ?

Elle pose un regard tétanisé sur lui qui sourit en dévoilant de superbes dents blanches. Mais pas seulement. Ses crocs sont visibles aussi.

Délila pousse un cri strident avant de se mettre à courir. Sulli l'observe en pouffant, puis s'élance rapidement.

Délila regarde derrière elle, l'homme – le vampire – censé la suivre. Il n'y a personne. Elle s'arrête. Peut-être qu'il est parti ? Que son cri l'a fait fuir ? Elle fait volte-face pour s'éloigner quand elle se heurte à quelque chose, non quelqu'un. Lui.

– Cours, ma jolie. Fuis ou je vais t'attraper.

Elle le pousse de toutes ses forces, y parvenant sans mal puisqu'il n'oppose aucune résistance, et reprend sa course effrénée pour sa survie. Étrangement, il ne l'en empêche pas. Alors elle court aussi vite qu'elle peut, jusqu'à en perdre haleine et ressentir des difficultés à respirer. De nouveau, il se retrouve là, devant elle, immobile. Cette fois, elle ne s'y heurte pas, elle pivote et revient sur ses pas à toute vitesse. Sa seule priorité, c'est de lui échapper, elle y dépense d'ailleurs toute son énergie, si bien qu'elle ne pense pas à appeler à l'aide.

Même si elle le faisait, personne ne viendrait. Il fait noir et il n'y a aucun éclairage d'habitations aux alentours. Alors elle court jusqu'à ce qu'il se dresse devant elle, l'empêchant d'aller plus loin, elle pivote, et part dans l'autre sens. Encore et encore.

Lorsque cela n'amuse plus Sullivan, il capture facilement sa proie et admire son cou délicat après lui avoir penché la tête sur le côté. Il a envie de la boire. Il aime le sang humain, il trouve que c'est le breuvage le plus délicieux dans ce bas monde. Mais s'il plante ses crocs dans cette artère qu'il voit pulser, il signe la fin de sa vie à Montréal. Alors il lâche sa proie. Elle fuit sans perdre un instant, toutefois il la rattrape à quelques mètres. Il lui maintient le visage de force, de façon à ce qu'elle le regarde dans les yeux.

– Dors !

Pouf ! Délila n'est plus qu'une poupée de chiffon entre ses bras. Il la jette sur son épaule comme un vulgaire sac de pommes de terre et fouille à l'intérieur de son sac à main. Il cherche son portefeuille, et plus précisément sa carte d'identité pour connaître l'adresse de sa résidence. Ensuite, il l'y conduit.

Elle habite un appartement au troisième étage d'un immeuble impersonnel. Devant sa porte, il fouille dans son sac à la recherche de ses clefs. Il les introduit dans la serrure en sachant qu'il ne pourra pas entrer puisqu'il n'y a pas été invité, il choisit donc de l'hypnotiser sur le seuil.

Il la dépose par terre, son bras maintenant fermement la nuque de la jeune fille, et claque des doigts tout en vissant bien son regard au plus profond des prunelles de Délila.

– On est allés se promener, puis nous avons bu quelques verres dans un bar. Vous étiez si ivre que je vous ai raccompagnée. Personne ne vous a poursuivie. Les vampires n'existent pas.

De nouveau, il claque des doigts, la soutenant toujours.

– Oh ! Je crois que j'ai un peu trop abusé de l'alcool.

Délila se tient à la porte, mais elle a aussi une main posée sur le bras de ce charmant jeune homme qui l'a gentiment raccompagnée. Sullivan.

– Une bonne nuit de sommeil et il n'y paraîtra plus.

– Où ai-je mis mes clefs ?

Elle fouille dans sa poche, puis s'apprête à ouvrir son sac quand il les lui désigne sur la porte.

– Là.

– Décidément !

Elle les tourne et quand le battant s'ouvre, elle manque de tomber. Heureusement que Sullivan est là pour la retenir.

– Allez vite vous coucher, Délila.

– Merci pour cette soirée. J'ai adoré… même si…

Elle ignore ce qu'elle allait dire. Même si elle a trop bu ? Peut-être.

– Le plaisir est partagé, soyez-en certaine.

Elle sourit, désirant plus que tout se jeter sur lui et l'embrasser comme elle en rêve chaque nuit, mais elle imagine qu'elle doit sentir l'alcool à plein nez et ne souhaite surtout pas faire fuir ce séduisant homme. Ce sera pour la prochaine fois.

– À bientôt, se contente-t-elle de dire à la place du baiser sulfureux qu'elle voudrait réellement.

Il la regarde entrer chez elle, puis fermer la porte. Il pensait qu'elle l'inviterait. Mais le fait de lui avoir insufflé l'idée qu'elle ait bu beaucoup d'alcool a dû l'en empêcher.

Il s'est bien amusé ce soir, mais il doute qu'une telle occupation puisse le captiver durant des semaines. Il faudra qu'il innove au fur et à mesure de la traque.

Sulli rentre directement chez lui où il retrouve ses acolytes. Rosalie le félicite dès qu'il pénètre dans sa chambre. Dans un déshabillé noir, la vampire est en train de brosser ses longs cheveux foncés.

– Es-tu sûre que je n'ai pas cédé à la tentation ? Je pourrais très bien avoir vidé cette pauvre fille de son sang.

– Ce n'est pas le cas, trésor. Je vois la frustration dans tes yeux.

Ah Rosalie ! Décidément, personne ne le connaît mieux qu'elle. Ou presque. Il pense encore à Lilith.

– Tu peux contrôler ta soif, Sulli. Tu l'as prouvé cette nuit.

– J'ai joué avec elle, raconte-t-il en s'asseyant sur le bord du lit de Rosalie. Je lui ai montré qui je suis et comment je m'amuse. Ce n'était pas aussi exaltant que je l'avais pensé. Je me suis ennuyé. Je l'ai hypnotisée avant de la laisser chez elle.

– Je suis fière de toi.

– Il n'y a pas de quoi. Ce n'était même pas drôle !

– Sulli, tu n'as pas tué cette fille, rends-toi compte de ce grand pas en avant.

– Ouais. Bon, je n'ai pas envie de m'étendre sur le sujet.

Effectivement, il préfère garder pour lui ses émotions. Il n'aime pas avoir à se contrôler. Il aime faire ce qu'il veut et quand il veut, comme quand il évoluait auprès de Vlad Tepes. Ah, c'était le bon temps ! À cause de Lilith, il a dû partir.

Vlad était peut-être son créateur et ami, mais avant tout le père de la traîtresse. Il a choisi sa fille, quoi de plus normal !

– Sulli ? Tu veux t'amuser un peu ?

Les paroles de Rosalie le sortent de ses pensées. S'amuser un peu ? Il en aurait bien besoin. Il ne peut pas rester ainsi, il est tendu et respire la frustration.

– Qu'est-ce que tu proposes ?

– Ce que tu aimes. Tu es le dominateur et je serai l'insoumise. Attrape-moi si ça te tente.

Il esquisse un sourire, dévoilant ainsi ses canines pointues. Quand Rosalie se met à courir, Sulli la poursuit. Rien de tel que la traque, même si c'est moins excitant avec une femelle vampire. Il ne sent pas sa peur. Rosalie s'amuse comme une folle, alors qu'il a besoin de ressentir de la terreur. Il en fait abstraction cependant, parce qu'une fois qu'il a réussi à l'attraper, elle se débat. Il aime qu'une femelle ne se laisse pas faire. Il veut tout le contraire de ce qu'il a connu avec Lilith depuis qu'il a quitté la Transylvanie.

Il pousse violemment Rosalie sur le lit avant de s'allonger sur elle qui se débat, crie et tente de le griffer. Bon sang, ce qu'il adore cette attitude ! Tous les ingrédients, ou presque – il manque l'odeur de la peur –, sont réunis pour le faire bander.

Elle est bien plus forte qu'une simple humaine et donne du fil à retordre à Sulli qui apprécie davantage la situation. Il réussit néanmoins à immobiliser d'une main ses poignets au-dessus de sa tête. De l'autre, il ouvre son pantalon et en sort son sexe engorgé qu'il enfonce sans ménagement dans la vampire qui crie et se débat davantage. Il opte pour une attitude brute et glaciale, la pénétrant avec vigueur alors que Rosalie fait tout son possible pour lui donner ce qu'il veut. Mais cela semble rapidement compromis.

– Je vais jouir, murmure-t-elle.

– Ce qui ne devrait pas être le cas dans ta situation.

La seconde suivante, il enfonce ses crocs dans sa gorge et aspire son sang.

Il n'en laisse habituellement aucune goutte, il aime vider ses victimes de leur essence vitale. Mais avec Rosalie, il se force à arrêter. Le but n'est pas de la tuer.

Son sang ne lui apportera rien. Celui des vampires n'est pas aussi riche que celui des humains.

– J'apprécie l'effort, articule Sulli en se retirant.

– Tout le plaisir était pour moi.

– Je l'ai bien senti, réplique-t-il en haussant un sourcil.

– Ai-je réussi à te donner l'envie de venir me voir plus souvent ?

– Non. Tu sais bien que je n'aime plus autant le sexe. C'est... lassant.

Il se rhabille et sort de la chambre de Rosalie sans rien ajouter de plus. C'était bien, il le reconnaît, mais pas assez. En fait, depuis qu'il ne partage plus le sexe avec Lilith, il le trouve fade.

Chapitre 7

Délila est souriante en se rendant à son travail le lundi suivant. Elle a passé son samedi soir avec Sullivan Lancaster. Mon Dieu que c'était divin !

Elle se voit encore avec lui, se promenant dans les rues sombres de Montréal, c'était tellement… intime. Juste elle et lui. Il faut absolument qu'elle le revoie.

Elle est assise sur son fauteuil en cuir, avec toujours cette pensée qui lui trotte dans la tête. Peut-elle simplement le contacter ? Que lui dirait-elle ? Qu'elle a passé une superbe soirée, même si elle était trop ivre pour s'en souvenir totalement ? Décidément, non. Peut-être qu'il n'a pas apprécié sa compagnie, puisqu'elle était éméchée. Quelle idiote ! Pourquoi a-t-elle bu autant ? Elle ne s'en souvient pas. Mais s'y forcer davantage lui donne mal à la tête. Elle n'est qu'une pauvre cruche !

Elle regarde les dossiers posés sur son bureau en soupirant. Les deux affaires sur la mort de jeunes femmes semblent classées sans suite. Aucun papier ne les concerne. Comment la police peut-elle laisser faire ça ? Son patron, ça peut se comprendre, même s'il passe à côté du scoop du siècle, elle en est convaincue, mais pas ceux qui sont censés faire régner la loi.

– Délila ?

L'intéressée lève la tête pour voir qu'Anaïs se tient dans l'embrasure de la porte.

– Claude aimerait que…

Anaïs se tait en constatant que son amie ne l'écoute pas, semblant à mille lieues d'ici.

– Délila ?

– Excuse-moi. Tu disais ?

– Qu'est-ce qui t'arrive ?

Délila lui fait signe d'entrer et de fermer la porte. Anaïs s'exécute. Puis, quand elle est assise en face de la rêveuse, elle apprend pourquoi son esprit s'évade.

– Tu as passé la soirée avec le Duc Lancaster !

Délila confirme d'un hochement de tête avant de la lui raconter dans les moindres détails, enfin, ceux dont elle se souvient ou ceux que son esprit lui souffle.

Anaïs se doutait bien que son amie avait dû filer avec le bel homme quand elle a vu leur table vide à son retour après de nombreuses danses.

– Tu crois que je peux l'appeler ?

– Pourquoi ne pourrais-tu pas ? Au pire, tu te prendras un râteau !

Délila en est parfaitement consciente, mais quand elle veut quelque chose, elle fait tout pour l'obtenir. Et elle veut le Duc Lancaster...

– Essaye juste de ne pas picoler si tu as la chance de sortir de nouveau avec lui.

La blonde soupire. Ce n'est pas dans ses habitudes de boire ainsi. Elle a tellement bu qu'elle est incapable de se souvenir de la soirée dans les détails et c'est fâcheux. Peut-être souhaitait-elle se donner du courage... quelle idée absurde !

– Tu voulais quoi, au fait ?

Elle imagine que son amie n'est pas venue la voir pour bavarder.

– Oui. C'est Claude. Il voudrait que tu fasses...

Inintéressant !

Délila perd sa concentration sans même s'en rendre compte et laisse son esprit divaguer à propos d'un certain Sullivan Lancaster. Cet homme est l'incarnation de la beauté parfaite, en plus il est riche, célèbre... et il s'intéresse à elle. Vraiment ? Il faut qu'elle en ait le cœur net. Elle sursaute quand la porte se claque.

Mince, Anaïs !

Elle n'a rien écouté de ce qu'elle lui disait, alors elle

l'imagine fâchée. Elle ira la voir plus tard. Pour le moment, il faut qu'elle propose un verre à l'homme de ses rêves. Sans réfléchir davantage, elle prend son téléphone et compose le numéro de Sullivan. Ça sonne plusieurs fois, Délila se demande soudain s'il ne serait pas un peu trop tôt pour le joindre.

– *Allo,* répond une voix ensommeillée.

– Je suis désolée de vous réveiller.

– *Délila, c'est vous ?*

Son cœur s'accélère quand elle l'entend prononcer son prénom. Il n'a pas oublié, cela l'encourage dans sa démarche.

– Oui, Sullivan. Je me demandais si vous accepteriez de prendre un verre avec moi.

– *Quand ?*

– Je ne sais pas. Dans l'après-midi ?

Le plus tôt sera le mieux, pense-t-elle.

– *Ça ne va pas être possible. Je suis pris toute la journée.*

– Ah !

Elle est terriblement déçue et espère que son interlocuteur ne le perçoit pas. Elle pourrait l'inviter dans la soirée, ou un autre jour, mais elle en est incapable comme si elle avait perdu l'usage de la parole.

– *Est-ce que vous êtes libre ce soir ?*

Son cœur s'emballe davantage en entendant ces mots.

– Oui.

– *On pourrait se voir au Stéréo-nightclub, qu'en pensez-vous ?*

– Euh… oui.

– *J'y serai vers vingt heures.*

Une question lui traverse l'esprit : y sera-t-il seul ? Malheureusement, elle n'ose pas la formuler à haute voix.

– Très bien. Je vous y retrouverai à cette heure-là.

– *À ce soir, Délila.*

En raccrochant, elle est bien contente d'avoir pris l'initiative de cet appel. Elle passera la soirée avec lui. Impossible de se concentrer sur son travail après ça. La vérité, c'est que ça l'était aussi avant ! Elle ne pense plus qu'à la tenue qu'elle mettra et à ce qu'elle va bien pouvoir lui dire. Elle sait déjà qu'elle ne boira pas une seule goutte d'alcool et qu'elle ne fera pas une seconde fois la bêtise de fermer la porte alors qu'il est sur son palier. Non. Ce soir, il entrera. Et... elle a beaucoup d'idées sur la façon agréable dont elle pourrait occuper le temps avec lui.

Anaïs. Il faut qu'elle aille la voir et s'excuser.

Elle quitte alors son bureau et se dirige vers celui de son amie, mais en passant devant celui de Claude – son imbécile de patron –, elle reconnaît la voix d'Anaïs et décide d'entrer. Oups ! Elle n'aurait peut-être pas dû. Elle se sent toute bête quand elle les voit s'écarter rapidement l'un de l'autre. Ils s'embrassaient, elle n'a pas rêvé !

– Euh... désolée.

Elle tourne les talons pour s'en aller avec le désir de disparaître dans un trou de souris, mais Anaïs la rappelle. Délila choisit donc de leur faire face.

– Garde-le pour toi, d'accord, réclame son amie.

En y réfléchissant bien, Délila réalise qu'elle avait des indices qui auraient dû lui mettre la puce à l'oreille. Anaïs qui l'appelle par son prénom, qui le défend souvent... évidemment, ça semble si logique maintenant.

– Je ne dirai rien. Je suis juste venue m'excuser pour ne pas t'avoir écoutée tout à l'heure.

– Oh ! C'est oublié, déclare-t-elle en faisant un geste de la main.

– Bon... eh bien, je vous laisse.

***

Après avoir passé une heure devant son miroir, Délila se rend au lieu du rendez-vous, le cœur battant la chamade.

Sur place, elle fait rapidement le tour de la salle, mais n'aperçoit pas celui qui chamboule ses sens. Elle s'installe alors au bar et commande une limonade pour avoir les idées claires et surtout se souvenir de sa soirée.

Elle avale sa boisson, regarde plusieurs fois sa montre – même si l'heure change peu – avant de sentir une main froide sur son épaule dénudée. Elle sursaute comme elle se retourne.

Sullivan dans toute sa splendeur, vêtu de noir uniquement. Elle retient son souffle.

– Excusez-moi de vous avoir fait attendre.

Elle ouvre la bouche, mais aucun son ne sort. Elle aimerait arrêter de passer pour une idiote en sa présence !

– Que diriez-vous d'une promenade pour me faire pardonner ?

Il lui tend sa main qu'elle saisit avec ravissement en acquiesçant à sa demande.

Elle suit le bel homme hors du club, puis prend le bras qu'il lui propose avant de faire quelques pas avec lui. Ils ont fait la même chose hier au soir, elle s'en souvient parfaitement. Et elle aime marcher à côté de lui.

D'abord, ils ne parlent pas, puis Délila brise le silence en le questionnant sur les rénovations du château. Elle a toujours très envie de faire un article sur ce sujet, néanmoins pas sans son accord.

Elle apprend que les travaux n'ont pas encore commencé, Sullivan n'a même pas engagé d'entreprises, n'en étant qu'au stade des devis.

Elle écoute le Duc parler des modifications qu'il compte apporter à la demeure, ainsi que la vision des rénovations achevées. Ça lui donne envie de la voir. Elle s'imaginerait bien vivre dans un tel château comme une princesse... Élever les enfants de Sullivan... Elle est complètement perdue dans ses rêveries quand il la fait violemment pivoter vers lui.

Ses yeux s'écarquillent de stupeur.

Il plonge ses pupilles dans les siennes.

– On va jouer, mon cœur.

Elle déglutit. Il n'a plus rien du séduisant humain, mais bien le regard d'un affreux prédateur.

Il sourit diaboliquement, dévoilant ainsi ses canines pointues, engendrant un cri d'effroi de la part de la blonde face à lui. Délicieux.

Un vampire ?

Délila croit rêver. C'est impossible. Et pourtant... Serait-ce lui le responsable des attaques sur les deux femmes ? Oh mon Dieu... tout s'éclaire pour elle. Elle se met à courir aussi vite que possible, maudissant les talons qu'elle porte. Hors d'haleine, elle cavale comme si sa vie en dépendait... euh, minute... sa vie en dépend !

Il fait nuit et elle a l'impression d'être isolée du monde et de tourner en rond. Elle n'arrive plus à réfléchir, sa seule envie : fuir cet être surnaturel. Oh bien sûr, comme tout le monde, elle a lu des histoires de vampires et vu des films. Mais là, ce n'est plus la fiction, c'est la réalité. Et elle est face à un vampire. N'est-elle pas en train de rêver ? Malheureusement non. Pourtant, elle a une horrible impression de déjà-vu.

Deux mètres plus loin, elle se heurte à quelque chose de dur et de froid : lui. Elle veut pivoter, mais il saisit son poignet férocement. Elle déglutit difficilement, sentant sa dernière heure arriver.

– Ça n'a rien d'amusant ! peste Sulli. Je veux que tu cries. Bon sang, montre-moi que tu es terrifiée !

– Mais je le suis, bafouille-t-elle.

Il lui sourit sadiquement, en révélant ses crocs aiguisés.

– Oui, soupire-t-il en respirant sa peur. Je te sens.

Il fait mine de desserrer la prise et elle en profite pour retirer son bras et galoper à toute allure vers nulle part. Les rues qu'elle empreinte sont faiblement éclairées, et il n'y a pas la moindre maison ou un quelconque signe de vie. Ils sont dans un quartier professionnel, il n'y a que des bureaux... c'est bien sa veine !

Sulli s'amuse avec la blonde comme si elle n'était pas un être vivant, comme si elle n'avait pas d'âme. Il la fait courir si vite qu'elle en perd ses chaussures. Il est obligé de les ramasser parce qu'il ne doit laisser aucune trace derrière lui.

Que c'est exaltant ! Il sent sa peur... douce odeur pour un vampire. Il aimerait pouvoir goûter son sang, il l'imagine délicieux. Il peut entendre son cœur affolé quand il est près d'elle. Il se nourrit de tout ce qu'elle ressent lors de cette traque. C'est une candidate idéale, en fait. D'ailleurs, il pense de nouveau à la marquer. Il ne veut pas qu'elle lui échappe.

En entrant dans le *Stéréo-nightclub,* un peu plus tôt, pour rejoindre Délila, Sulli a perçu la présence de deux de ses congénères mâles. Ils semblaient regarder sa proie – ou son jouet, n'ayons pas peur des mots –, ce qui est quelque chose d'inconcevable pour le ténébreux vampire. Il a réalisé que ces deux mâles pourraient la lui dérober, ce qu'il refuse de laisser faire, alors il va la marquer. Elle est à lui. Et lui seul lui ôtera la vie.

Il bondit juste devant elle, la faisant ainsi se heurter à lui. D'une main, il lui maintient les bras et, de l'autre, il l'oblige à le regarder.

– N'aie pas peur, Délila. Oublie tout ce qui vient de se passer. Je t'ai retrouvée au *Stéréo-nightclub* et nous sommes allés nous promener dans Montréal. Maintenant, il est temps de rentrer.

Délia porte sa main à son crâne quand Sullivan la lâche.

– Vous allez bien ?

Il fait mine de s'intéresser à elle, allant même jusqu'à poser ses doigts froids sur son épaule.

– C'est juste…

Elle ne finit pas sa phrase parce qu'elle ignore quoi dire, étant incapable de se souvenir pourquoi elle a porté sa main à sa tête.

– … ça va. Vous avez froid, Sullivan, constate-t-elle. On devrait se mettre au chaud.

– Ne vous inquiétez pas pour moi, on m'a toujours dit que j'avais le sang froid. Mais j'accepte volontiers de vous conduire où vous voulez.

Délila réfléchit un instant. Ils viennent de faire une longue balade en parlant des rénovations du château, d'ailleurs celle-ci l'a épuisée. Elle se sent essoufflée, et bien que cela l'étonne, elle ne se pose pas plus de questions que ça, désirant payer un verre à Sulli, mais pas dans n'importe quel club du centre-ville. Non, elle veut l'inviter chez elle. Depuis qu'elle le connaît, elle n'arrive pas à le sortir de son esprit, il serait temps d'essayer d'aller plus loin. Au moins, elle saura ce qu'il pense, et s'il n'a pas les mêmes envies qu'elle, alors elle arrêtera de se torturer en songeant à lui, l'homme inaccessible.

Chapitre 8

— Accepteriez-vous de venir boire un verre chez moi ?

— Avec un grand plaisir.

Il lui tend son bras qu'elle prend et ils marchent jusqu'à son appartement. Délila tente de cacher sa joie, Sullivan avait l'air emballé en lui donnant sa réponse.

Après une vingtaine de minutes de marche, le couple pénètre dans l'immeuble où réside la blondinette. Cette fois, Sullivan n'est pas éconduit sur le paillasson, il est cordialement invité à entrer.

Il esquisse un sourire que Délila prend pour de la joie, alors qu'il s'agit plutôt d'exaltation... celle de mettre son plan à exécution. Il va pouvoir la marquer. Après ça, aucun vampire n'aura le droit de la regarder, personne ne pourra lui dérober son divertissement.

— Qu'est-ce que je vous sers ?

Absolument rien. Il a une sainte horreur de boire, cela lui brûle bien trop la gorge.

— On pourrait oublier le verre, qu'en dites-vous ?

Il s'approche d'elle qui ne recule pas, ce qui le déconcerte légèrement parce qu'il n'y a pas si longtemps elle hurlait en le fuyant comme si sa vie en dépendait. Bon d'accord, elle savait ce qu'il était à ce moment-là. Ah l'hypnose, c'est tellement agréable comme don !

Il porte sa main fraiche à son visage, Délila a un mouvement de recul, ce qui fait plisser les yeux du vampire.

— Pardonnez-moi, balbutie-t-elle, c'est que... vous avez la peau froide.

— Il paraît, en effet, sourit-il en effleurant son menton.

Délila tente de calmer sa respiration et de garder un semblant de contrôle sur elle-même, même si ça semble compliqué quand Sullivan fait glisser ses doigts jusqu'à son cou délicat, s'arrêtant un infime instant sur sa veine palpitante. Cette femelle est excitante... très excitante. Il va bien s'amuser avec elle. Certes, le sexe n'est pas ce qu'il préfère, il n'aime d'ailleurs plus trop, il s'ennuie. Mais avec elle, ce sera différent parce qu'il joue, il va pouvoir la mordre, à condition de savoir se contrôler et de ne pas la vider de son sang. En général, il n'y arrive pas. Combien de femmes a-t-il marquées ? Aucune. Pourquoi ? Ce n'est pas parce qu'il n'en a jamais eu envie, non, au contraire... il a déjà essayé, mais il les a toutes tuées, n'ayant pas réussi à s'arrêter à temps.

Pourquoi serait-ce différent cette fois ? Il l'ignore, mais il l'espère, car il a envie de s'amuser comme le lui a suggéré Rosalie. Ce sera préférable aux tueries... pour le moment, en tout cas.

– Vous êtes très jolie, Délila.

Et il le pense. Il n'aime pas les blondes, mais c'est pour une raison personnelle. Elle, elle est belle, si ça n'avait pas été le cas, il ne l'aurait pas choisie. Il ne s'abreuve jamais sur une femme qui ne lui plaît pas physiquement. En fait, ça fait des siècles qu'il ne boit que sur des blondes, une manière détournée de se venger de Lilith. En tuant des femmes à son image, c'est comme s'il s'en prenait à elle. Mais il repousse ses pensées, il ne veut pas voir Lilith en Délila ou, c'est sûr, il n'arrivera pas à la marquer.

– J'aimerais beaucoup vous avoir dans ma vie.

Elle croit rêver quand elle l'entend prononcer ces mots. Elle est en train de tomber amoureuse de ce beau ténébreux, mais elle se garde bien de le lui dire. Elle ne voudrait surtout pas le faire fuir... oh, ça, non !

– Moi aussi.

Il esquisse un sourire. C'est si facile avec elle. Blonde et naïve. Il pourrait opter pour l'hypnose ou le contrôle mental, mais c'est tellement plus agréable quand la victime est consentante.

Il fait glisser sa main jusqu'au décolleté de la robe qu'elle porte, se délectant au passage des frissons qu'il procure à Délila et de l'odeur de son désir. Elle le veut en elle, il peut le sentir.

– Je vous désire, Délila.

Elle ouvre la bouche, mais aucun son n'en sort, elle avait pourtant l'intention de lui retourner le compliment.

Sullivan approche ses lèvres des siennes et se penche davantage pour l'embrasser. D'abord, il ne fait que les effleurer, puis d'une main ferme il l'attire à lui comme il glisse sa langue dans sa bouche. C'est bien comme ça que deux amoureux sont censés faire. Il n'aime pas cette façon, en fait, il ne l'aime plus depuis que Lilith a décidé de rompre avec lui. Il la pratique rarement, uniquement quand c'est nécessaire, comme maintenant. Pourtant, contrairement à ce à quoi il s'attendait, il se rend compte que c'est plutôt agréable lorsque la femme s'y prend bien. Peut-être que finalement il n'a eu affaire qu'à des incompétentes après sa rupture douloureuse. Quoi qu'il en soit, il se délecte de cette douce femelle aussi longtemps qu'elle le lui permet.

Quand elle met fin au baiser, il se demande s'il doit réclamer la chambre ou attendre. Il n'aime pas se retrouver dans ce genre de situation où il ne sait pas quoi faire. D'ailleurs, heureusement pour lui, cela ne lui arrive que rarement.

– On avait parlé d'un verre si je me souviens bien, articule-t-elle, complètement désorientée.

– Vraiment ? Il me semble pourtant que nous avons envie de toute autre chose.

Elle rougit. Comme c'est mignon !

– J'ai envie de vous, murmure-t-il contre sa peau.

Elle peut sentir son souffle la caresser et sa voix doucereuse l'envahir pleinement. Elle aussi le désir lui. Elle devrait peut-être se demander où cela la conduira, mais au diable la prudence.

– Je vous veux aussi.

Sullivan imagine qu'il est temps de poser la question fatidique.

– Où est votre chambre ?

– Par ici.

Elle lui prend la main et l'attire jusqu'à la porte en pin à deux mètres d'eux. Joliment décorée et bien rangée, elle ne plaît pourtant pas à Sullivan qui déteste le style contemporain.

Le vampire avait dans l'idée de la déshabiller rapidement avant de l'allonger pour la posséder un court instant et la marquer, mais il semble que Délila ne voit pas les choses ainsi. Elle se colle contre son corps froid et l'embrasse de nouveau en enroulant ses bras autour de son cou. La façon agréable qu'il a d'embrasser la laisse penaude et certaine qu'elle ne se lassera jamais de ses baisers. Quand elle s'écarte de lui pour retirer sa robe, il la couve d'un regard empli d'envie ; une étincelle de désir brille dans ses yeux comme jamais elle en avait vue dans ceux d'un autre homme. Elle se sent alors spéciale. Rapidement, elle lui dévoile son anatomie.

Sullivan la contemple, elle est nue devant lui et incroyablement bien proportionnée, il doit le reconnaître. En même temps, il ne l'a pas choisie au hasard. La beauté s'est gentiment présentée à lui. Quelque part, il lui donne ce qu'elle veut.

Elle s'approche de lui et commence par déboutonner sa chemise noire avant d'en écarter les pans pour effleurer son torse froid et dur, mais ô combien sexy. Elle ne pense pas se tromper en affirmant que l'homme qu'elle caresse est un sportif, il le faut pour avoir un corps si sculpté !

– Vous êtes magnifique, souffle-t-elle comme elle pose ses lèvres sur son téton droit.

Il laisse échapper un gémissement rauque quand il sent sa langue taquine contre sa pointe rosée. Bon sang, s'il avait soupçonné qu'elle était si dévergondée, il l'aurait marquée plus tôt. En tout cas, il aurait essayé, il ne sait toujours pas s'il y parviendra.

Elle lèche l'endroit sensible encore un moment et inflige le même traitement au téton gauche, arrachant des gémissements de plaisir à Sullivan. Elle se redresse ensuite et entreprend de lui retirer sa chemise avant de s'attaquer à la fermeture de son pantalon. Comme si elle avait l'habitude de déshabiller un homme, elle fait glisser son vêtement jusqu'en bas de ses chevilles, le lui ôte, puis elle recommence avec le boxer qu'il porte pour finalement se retrouver face à son membre gonflé apparemment très dur. Elle plonge d'abord son regard dans les yeux de Sullivan, puis le ramène sur son anatomie, s'agenouille devant lui et le prend dans sa bouche. Sullivan pose l'une de ses mains sur la tête de Délila, ébouriffant ses cheveux à chaque va-et-vient sur son sexe. Voilà quelque chose qu'il connaît pour l'avoir pratiqué à de nombreuses reprises, mais jamais avec une telle intensité. Aucune femme ne l'a pris ainsi, aussi profondément dans la gorge, ne l'a chéri comme elle le fait en ce moment. S'il avait une conscience, il se dirait qu'elle doit vraiment beaucoup l'aimer, mais il n'en a aucune, alors rien de tel ne lui traverse l'esprit. Il la regarde faire en prenant du plaisir, le reste n'a pas d'importance.

Quand Délila se redresse, elle saisit sa main et l'attire jusqu'au lit où elle se couche en le réclamant en elle. Il obéit, s'approchant lentement avant d'embrasser l'intérieur de ses cuisses dans lequel il rêve de mordre, s'allongeant sur elle comme son sexe palpitant trouve l'antre de sa féminité. Il la pénètre facilement, accueilli par une chaleur humide intense et des gémissements de bien-être. Il s'appuie sur ses avant-bras pour aller et venir en elle avant de saisir son visage dans ses mains pour l'embrasser. Leurs langues dansent l'une contre l'autre alors que leurs corps qui ne font qu'un bougent au rythme des pénétrations lentes de Sullivan. Après le baiser, il se redresse pour accélérer le mouvement et faire crier la jeune femme. C'est bon. Certes, ce ne sont pas des cris d'effroi, mais il arrive à aimer l'instant, d'autant plus parce qu'il sait que la fin est proche.

Enfin, il le pensait…

Délila semble très gourmande en matière de sexe, à moins que ce ne soit parce que c'est avec lui ; elle ne le lui laisse pas une minute de répit, et lui, qui aime mordre pendant qu'il jouit, voit son moment d'exaltation sans cesse repoussé. Néanmoins, au final, ce n'est pas si désagréable… c'est un peu comme la traque.

Après plus d'une heure, il arrive enfin à se relâcher sur son corps en même temps qu'il se répand en elle. Il aurait pu penser à enfiler un préservatif, mais à quoi bon ? Il est incapable de la mettre enceinte et ne peut pas attraper de maladies, alors inutile de s'encombrer, il ne l'a d'ailleurs jamais fait. Son liquide chaud quitte son être alors qu'il lèche la gorge de sa victime avant d'y planter férocement ses crocs.

Délila, horrifiée, crie de toutes ses forces en tentant de se débattre, en vain, il la maintient fermement dans une étreinte d'acier, elle n'est pas assez forte.

Sullivan se délecte du nectar rouge et chaud qui coule dans sa gorge, c'est si bon que ça empêche son sexe de ramollir, il est toujours en érection et il sait que s'il arrive à la marquer sans la tuer, il devra assouvir son désir sexuel avec elle ensuite.

– Je t'en prie, murmure-t-elle, arrête.

Comme le tutoiement peut venir naturellement parfois !

Sa voix résonne comme un appel au secours pour Sulli qui stoppe instantanément. Il se redresse et lèche la plaie qui saigne pour l'aider à cicatriser. Il n'a quasiment pas sali les draps, il devient fort à ce petit jeu. En se redressant davantage, il croise le regard terrifié de Délila qui, malgré sa peur, ne peut pas baisser les yeux. Il a du sang dans la bouche, elle comprend qu'il a bu le sien. Mais c'est si... inimaginable. En tout cas, ça l'était avant qu'il l'ouvre pour lui dévoiler ses crocs. Elle pousse un nouveau cri et tente de se débattre, ce qui resserre la pression autour du sexe en érection du vampire et lui donne davantage envie de la prendre de nouveau. Il pourrait la violer, après tout ça ne l'a jamais dérangé, mais il préfère sa façon à elle de faire l'amour, alors il maintient son visage en place et la fixe de ses yeux sombres.

– Il ne s'est rien passé, on est juste en train de coucher ensemble.

Il approche ensuite prudemment ses lèvres des siennes pour l'embrasser et n'essuie aucun refus. Ils échangent un baiser profond et intense avant que Sullivan ose de nouveau la regarder.

– J'ai encore envie de toi...

Il n'attend pas de réponse de sa part et recommence à bouger en elle durant de longues minutes. Il veut que cette deuxième fois soit plus brutale que la première, chose qu'apparemment sa partenaire souhaite aussi, n'émettant aucune opposition lorsqu'il délaisse la douceur au profit de l'agressivité.

Après cette seconde fois, Sulli s'accorde un moment de repos, allongé à côté d'elle qui ne tarde pas à se blottir contre lui, désirant lui avouer ses sentiments naissants, mais préférant encore se taire.

Ils restent ainsi de longues minutes, dans le silence, à savourer l'instant. Enfin, pour Délila... Sulli aussi est bien, il ne pensait pas qu'un jour il arriverait à s'allonger à côté d'une femme sans ressentir sa lassitude habituelle. Non, cette fois, il a pris du plaisir avec elle. Il est d'ailleurs bien content d'avoir réussi à la marquer parce que maintenant elle est à lui et personne ne la lui volera. Il pourra coucher avec elle quand il en aura envie, la traquer... puis la tuer.

– Je vais y aller.

– Pas déjà, proteste-t-elle en raffermissant son étreinte.

– Délila...

Elle se redresse pour le regarder, ce beau mec est à elle maintenant. Et elle ne croit pas si bien dire !

Il caresse son visage avant de l'emprisonner dans ses mains.

– Nous avons passé la soirée ensemble à nous promener dans Montréal et je t'ai raccompagnée chez toi. Nous n'avons rien fait. Dors, maintenant.

L'instant d'après, il a une tête pantelante entre les mains. Il la dépose précautionneusement sur l'oreiller quand son regard s'attarde sur les traces de sang dues à la morsure. Il quitte rapidement le lit et s'habille avant d'aller regarder dans la salle de bains si un objet pourrait blesser la jeune femme endormie. Son regard est attiré par une lime à ongles en métal. L'extrémité est assez pointue, il est persuadé que cela fera l'affaire. Il retourne dans la chambre et coupe doucement la jeune femme à l'épaule avant de laisser tomber la lime sur le drap. Délila saigne légèrement, assez pour qu'elle croie à la théorie qui lui sautera aux yeux quand elle se réveillera. Il regarde les morsures qui paraissent être des piqûres d'insectes, puis s'en va après avoir vérifié qu'il n'a rien oublié.

Chapitre 9

Délila peste quand son réveil émet un bruit strident qu'elle interprète comme *lève tes fesses* ! Elle appuie sur le bouton pour le faire taire et s'étire. Elle ressent aussitôt une douleur au cou, y pose ses doigts et se gratte, constatant effectivement quelque chose de suspect. Elle s'extirpe alors du lit à contrecœur, ayant mal partout comme si un rouleau compresseur lui était passé dessus une partie de la nuit. Sans doute a-t-elle mal dormi, elle n'y prête guère attention et ouvre le volet avant de chercher dans son armoire les vêtements qu'elle va porter. Soudain, son regard est attiré par des petites taches rougeâtres sur son oreiller. Elle s'avance pour regarder... Du sang ? Elle appose son doigt sur la salissure qui paraît sèche et va dans la salle de bains pour s'observer dans le miroir, à coup sûr, c'est ce qui la gêne dans le cou qui en est la cause. Elle a deux boutons blancs, apparemment des piqûres d'araignées... super ! Puis son regard se pose sur son épaule, elle est griffée, plus même, elle semble blessée et du sang sec couvre la plaie.

Qu'est-ce que c'est que ça ?

Elle se désinfecte avant de mettre un pansement et retourne dans sa chambre pour regarder au milieu des draps ce qui pourrait être la cause de cette lésion. Elle ne tarde pas à trouver sa lime à ongles. Étrange, elle ne s'en sert pourtant jamais au lit.

Une heure plus tard, elle raconte ce petit incident insolite à Anaïs sans véritablement s'y attarder parce que ce qui compte vraiment, c'est la délicieuse soirée qu'elle a passée avec Sullivan.

– Vous vous voyez souvent, je trouve, souligne Anaïs en jouant avec ses cheveux.

– Et j'espère qu'on se verra encore plus.

– Vous faites quoi de vos soirées ?

Délila lui parle alors des longues balades et discussions qui occupent leurs moments, ce qui fait sourire Anaïs. Le Duc semble vieux jeu, plus personne ne s'amuse comme ça de nos jours.

– Vous êtes-vous embrassés au moins ?

– Oui, répond-elle aussi sec.

Puis elle se reprend en disant que non.

– Faudrait savoir ! Oui ou non ?

Elle est persuadée que c'est oui, mais n'arrive pas à s'en souvenir, alors peut-être que non, finalement ; mais pourquoi le pense-t-elle si fort dans ce cas ?

Elle croit comprendre…

– Sans doute la fois où j'avais un peu trop bu, va savoir. J'ai la sensation de l'avoir embrassé, mais je ne m'en souviens pas.

– Ouais.

Anaïs chasse cette dernière parole d'un signe de la main, n'adhérant pas du tout à l'explication de son amie.

– La prochaine fois que tu le verras, essaye donc la position allongée, se moque-t-elle.

– Nous n'en sommes pas là !

– Non, je l'avais compris, ton vieillot prince charmant se conserve pour le mariage.

– Arrête donc ! sourit-elle.

Dès qu'Anaïs a quitté le bureau, Délila essaye de se mettre au travail, mais l'article qu'elle doit rédiger sur l'euthanasie ne l'intéresse pas vraiment, elle a une envie d'un autre genre, comme entendre la voix de l'homme qui la fait frémir. Sans se perdre en questions, elle s'empare de son téléphone pour le contacter, sachant pertinemment que si elle réfléchit, elle n'osera certainement plus l'appeler.

Ça sonne une fois, puis deux… trois… À six, elle se dit qu'il est temps de raccrocher, mais elle n'y parvient pas. À dix, il décroche et prononce d'une voix endormie :

– *Délila, je vous manque déjà ?*

Elle se sent rougir et remercie le Ciel qu'il ne puisse pas la voir.

– Ça vous mettrait en colère que je réponde par l'affirmative ?

– *Au contraire.*

– Dans ce cas, oui... vous...

Non, elle ne peut pas lui dire ces mots, le reconnaître est une chose, le prononcer en est une autre. Elle se ravise.

– Est-ce qu'on pourrait se voir ?

– *Bien sûr. Je... Écoutez, laissez-moi m'organiser et je vous appelle plus tard.*

– Vous avez toujours ma carte ?

– *J'ai mieux, votre numéro est enregistré dans mon téléphone.*

– Dans ce cas, j'attends votre appel.

– *À bientôt, chère Délila.*

Elle sent son cœur tambouriner dans sa poitrine à ces mots. Lui est-elle réellement chère ? Sans doute, sinon il ne le dirait pas. S'il la voulait seulement en position allongée, il aurait essayé de l'y mettre depuis longtemps.

– J'ai hâte.

Elle doit patienter toute la journée avant de recevoir l'appel tant attendu. Elle sait bien que Sullivan Lancaster est un homme très occupé, mais elle aimerait passer plus de temps en sa compagnie. Quoi qu'il en soit, le rendez-vous est fixé. Elle le retrouvera devant le château qu'il a récemment acquis pour une visite guidée privée. Elle a tellement hâte d'y être, l'endroit la fascine.

– Délila ? Claude veut ton article, informe Anaïs en passant la tête dans l'embrasure de la porte.

– Oui, il est prêt.

Même si ça a été long et laborieux de se concentrer, elle a quand même réussi à rédiger ce fichu éditorial.

Anaïs s'approche et prend la feuille que son amie lui tend.

– Je retrouve Sullivan ce soir, lui annonce-t-elle.

– Eh bien, essaye de l'embrasser pour de vrai cette fois !

– Mais tu vas arrêter !

Anaïs roule des yeux en riant, puis elle pose un dernier regard sur la blonde ravie qu'elle a en face d'elle avant de pivoter. Après quelques pas, elle virevolte et revient vers elle.

– Tu as quoi dans le cou ?

– Oh !

Délila pose sa main sur ses piqûres.

– Apparemment, une horrible araignée s'est glissée dans mon lit cette nuit.

– Araignée plus lime à ongles… fais gaffe avec qui tu dors ! s'amuse-t-elle.

Elle s'approche encore pour regarder de plus près les blessures, effectivement cette satanée bestiole ne l'a pas loupée.

***

Comme convenu, à la tombée de la nuit, Délila se présente devant la grille du château. Les vampires sont tous agglutinés derrière la fenêtre du dernier étage à regarder cette poupée blonde avec laquelle joue l'un des leurs.

– Pourquoi tu la ramènes ici ? questionne Rosalie.

– L'endroit offre de nombreuses possibilités et elle ne peut pas m'échapper, peu importe ce qu'elle choisira de faire.

– Pourquoi maintenant ? Tu n'avais jamais fait ça avec une humaine, s'étonne Bastian.

– Parce que, mes amis, cette humaine est à moi. Aucun de vous ne pourra me la voler, je l'ai marquée la nuit dernière.

Leurs yeux s'écarquillent alors, Sulli a finalement réussi.

Il ne pouvait pas prendre le risque de l'inviter ici avant de la faire sienne, sinon ses congénères auraient pu la lui dérober, même s'il est conscient qu'aucun n'aurait tenté une telle manœuvre. Aucun à part peut-être Narcisse qui ne les fréquente que depuis peu et en qui Sulli ne peut pas avoir une entière confiance.

– Elle pense le château vide et j'aimerais que ça continue.

– Tu ne veux pas qu'on s'amuse avec toi ? s'intéresse Josephte.

– Non. Je veux que vous partiez.

C'est la première fois qu'il amène sa proie sur un si grand terrain de jeu, il refuse de partager. Une autre fois peut-être… ce soir, c'est non.

Quand le château est réellement vide, Sulli en sort pour retrouver Délila qui vient de passer la grille en fer et s'avance vers la porte d'entrée. Son visage s'illumine dès qu'elle le voit marcher au-devant d'elle.

– Bonsoir, murmure-t-elle à sa hauteur.

– Je suis ravi de vous recevoir chez moi.

Elle regarde ses lèvres et ne peut s'empêcher de sourire en repensant aux paroles de son amie.

Eh bien, essaye de l'embrasser pour de vrai cette fois.

– L'endroit est magnifique, complimente-t-elle pour se donner une contenance.

Il ne manquerait plus qu'il la voie s'attarder sur sa bouche qui semble faite pour les baisers.

Sans plus attendre, Sulli lui fait visiter l'intérieur poussiéreux du château. Les pièces sont vides et immenses, les murs sont pour la plupart décrépits, alors que certains sont ornés de somptueux tableaux. Le plafond blanc à l'origine est loin de l'être actuellement, et s'effrite au moins autant que les peintures, si ce n'est plus. L'endroit serait parfait pour en faire un musée, mais pas pour y vivre. Délila imagine que Sullivan va dépenser une fortune pour rénover cette ruine. Le château semble en plus mauvais état maintenant qu'elle peut voir l'intérieur.

– Où vivez-vous en attendant que les travaux soient finis ?

– J'ai une suite à l'hôtel.

Évidemment ! Qu'imaginait-elle ? Qu'il dormait dans l'une des chambres du haut ?

– Je préfère que nous terminions la visite ici, déclare-t-il quand elle pose sa main sur la rampe d'escalier qu'elle s'apprête à gravir.

– Pourquoi ? demande-t-elle en regardant ce qui se trouve au-dessus d'elle.

– Les marches ne sont pas sûres, tous les entrepreneurs que j'ai rencontrés m'ont fortement déconseillé de m'y aventurer.

– Dommage.

– La propriété est immense, allons nous y promener.

Elle esquisse un sourire pensant de nouveau à Anaïs qui serait morte de rire si elle les voyait. Elle sait que sa copine passe la soirée avec Claude – beurk ! – et elle imagine aussi qu'ils ne vont pas marcher en discutant, ça fait vieux couple... ou juste sortie entre amis. En fait, elle est en train de le réaliser en suivant Sullivan à l'extérieur, ils ne sont rien d'autre que des amis, et encore c'est un bien grand mot. Si vraiment elle l'intéressait d'une autre manière, il y aurait eu des gestes ou des indices, mais là, c'est le calme total. Elle doit se rendre à l'évidence, elle ne lui inspire pas la même chose que lui. Peut-être même qu'elle lui fait perdre son temps et qu'il a mieux à faire que de passer ses soirées en sa compagnie.

Eh bien, elle a réussi... Elle se sent mal à l'aise maintenant et voudrait s'en aller.

– Euh... écoutez, articule-t-elle en s'arrêtant devant une statue de femme nue, je crois que je vais rentrer.

– Si le tour de la propriété ne vous intéresse pas, on peut faire autre chose.

– Non, ce n'est pas ça, c'est que...

Elle soupire. Pourquoi est-ce si difficile de lui confier ce qu'elle ressent en cet instant ?

– Vous devez avoir mieux à faire que bavasser avec moi.

Voilà, c'est dit.

Il la regarde d'un air suspicieux, se demandant pourquoi elle pense une chose pareille. S'il avait mieux à faire, il n'accepterait pas de la voir, il le lui aurait déjà dit depuis longtemps. Peut-être que la blondasse a besoin d'un peu plus pour ne pas lui filer entre les doigts. Il a décidé de s'amuser avec elle, il a réussi, par il ne sait quel miracle, à la marquer sans la tuer... il ne va pas renoncer à son plaisir maintenant, et surtout pas sans se battre. Alors si l'humaine a besoin de plus pour s'en convaincre, il est prêt à le lui donner.

– Il n'y a nul autre endroit où je voudrais être présentement, souffle-t-il en caressant sa joue du bout des doigts.

Elle réalise que peut-être elle a faux sur toute la ligne, mais elle préfère rester prudente et ne pas penser. Du moins, pas encore.

– Je ne voulais pas vous effrayer en allant trop vite, mais si vous prenez ma patience pour du désintérêt, alors je me dois d'agir.

De ses doigts froids, il caresse les lèvres de Délila engendrant une accélération de son pouls qu'il perçoit instantanément.

– Puis-je vous embrasser ?

Oui et tout de suite !

Elle descelle ses lèvres pour le supplier de le faire, mais aucun son ne sort, elle est bien trop captivée par celles de l'homme en face d'elle. L'instant suivant, il écrase sa bouche contre la sienne, sans l'embrasser toutefois, c'est comme s'il luttait contre – quelque chose d'invisible pour elle – sa soif de sang. C'est également pour ça qu'il gardait ses distances, le sang des humaines est un véritable problème pour lui quand il ne s'est pas nourri. Certes, il n'a pas besoin d'en boire aussi souvent qu'un jeune vampire, mais c'est comme une drogue et il en veut, son corps en réclame. Il est soumis à une nouvelle épreuve de laquelle il devra sortir vainqueur, mais ça semble si compliqué d'autant que la veille il a goûté son sang et qu'il avait une saveur délicieuse.

Il dépose un précautionneux baiser sur ses lèvres, puis un autre, avant de reprendre un souffle dont il n'a pas besoin. Il réessaie avec plus de douceur et de lenteur, tentant de maîtriser cette envie grandissante de planter ses crocs dans sa gorge. Ça lui a tellement coûté de l'apprivoiser, de la marquer, et de l'amener jusqu'ici... il peut enfin jouer vraiment, il ne va pas déjà tout gâcher.

Il pose ses mains de chaque côté de la tête de Délila comme il laisse ses lèvres effleurer les siennes, puis il sent les bras de la jeune femme se nouer autour de sa taille. S'il veut être convaincant, il va devoir lui donner un vrai baiser, comme la veille, même si elle n'en a aucun souvenir. Mais c'était différent à ce moment parce qu'il savait qu'après il allait pouvoir goûter son sang. Ce soir, il ne pourra pas – il risquerait de la tuer –, il se contentera de la terroriser, de la faire hurler et courir à travers toute la propriété. Il se nourrira de sa peur à défaut du liquide chaud qui coule dans ses veines.

Il reprend le contrôle de lui, de son corps, de ses désirs, et embrasse Délila comme il l'a fait la veille à une différence près, quand elle glisse la langue dans sa bouche, il la laisse faire. Elle peut très bien sentir ses canines qui s'allongent sous le plaisir, il s'en moque. Ça fait bien longtemps qu'il n'avait pas donné un baiser d'une telle profondeur à une femme, la dernière en date, c'était Lilith. Mais avec elle c'était réel, vrai... avec Délila tout n'est que facticité. Même s'il accepte de reconnaître que c'est plutôt agréable.

Il laisse rapidement glisser ses mains le long de ses bras avant de l'enlacer d'un geste possessif. Leur baiser se poursuit plusieurs minutes durant lesquelles Délila parvient à reprendre son souffle sans mettre fin à leur étreinte. C'est Sulli qui décide qu'il en est temps avant qu'elle ne rende l'âme. Il sent l'accélération de son cœur et, à terme, ce n'est bon ni pour lui ni pour elle.

– Ai-je été assez convaincant ?

Il la garde collée contre lui en lui posant cette question, cette humaine à qui il faut plusieurs secondes pour se remettre de ce baiser divin.

– Parfaitement, assure-t-elle ensuite.

– Dans ce cas, ne dis plus que je préférerais être ailleurs plutôt qu'avec toi.

Elle est surprise qu'il la tutoie, lui qui mettait un point d'honneur à ne pas le faire, mais c'est si agréable qu'elle sourit.

– Pourquoi tu souris ?

Est-ce le moment de lui avouer qu'elle est en train de tomber amoureuse de lui ? Peut-être pas. C'est sans doute encore tôt.

– Parce que je suis bien.

– Tu m'en vois ravi. Maintenant que tu es convaincue de ma bonne foi, veux-tu visiter ma propriété ?

– Avec plaisir.

Il brise l'étreinte et s'apprête à marcher pour commencer quand il sent qu'elle lie sa main à la sienne. En même temps, il aurait dû s'y attendre. Maintenant, elle doit croire qu'il en pince pour elle et qu'ils sont ensemble. Ah, ces humaines ! Si à chaque fois qu'il avait embrassé une femme ou couché avec elle un couple s'était formé, alors il posséderait son propre harem ! Mais il a déjà remarqué que les humaines développent des sentiments plus rapidement que les vampires et qu'elles se lient avec plus de facilité. Il s'en accommodera. C'est un joli compromis, selon lui. Il lui promet monts et merveilles et elle oublie les horreurs qu'il lui fait subir.

Chapitre 10

– Ici, je pense faire creuser une piscine, annonce Sulli en désignant l'arrière du château à Délila.

Ça fait une demi-heure qu'ils se promènent et qu'il invente n'importe quoi sur les futures rénovations qui n'auront jamais lieu.

– Ce sera un véritable coin de paradis quand ce sera fini.

Finalement, Délila pense qu'il pourrait sans doute réussir à en faire une grande et belle demeure familiale. Il a des idées incroyables pour embellir l'endroit... un endroit qu'elle aimerait partager avec lui.

– J'ai même une forêt sur place.

Il lui désigne les arbres dont le feuillage s'agite au rythme du léger vent qui souffle. L'endroit est plutôt sombre et peu accueillant, ce n'est pas l'heure d'y faire une promenade, pourtant Sullivan l'y entraîne.

– Je ne crois pas que... articule-t-elle quand il l'emmène sous les arbres.

– On ne craint rien, tu sais.

– Oui, mais...

Il lui plaque brutalement le dos contre un tronc, bloquant la respiration de la jeune femme.

– Ne me contredis pas, pas après ce que j'accepte de faire pour toi.

Elle déglutit. Qu'est-ce qu'il raconte ? Son regard terriblement sombre et menaçant sur elle la terrifie. C'est incroyable ce changement de couleur et de sentiment dans ses yeux. Habituellement, ils sont d'un noir luisant, dégageant quelque chose de sympathique, attrayant, terriblement excitant même... Là, ils sont terrifiants, menaçants, à glacer le sang d'effroi.

— Je peux sentir ta peur.

Il la renifle en fermant les paupières comme s'il inspirait des vapeurs de drogue. Il les rouvre, dévoilant des yeux révulsés par un plaisir que Délila ne comprend pas et qui l'épouvante au plus haut point. Il incline sa tête comme le ferait un malade mental alors qu'elle perçoit sans difficulté qu'il a tout son esprit. Peut-être est-il temps de hurler. Malheureusement, aucun son ne sort de sa gorge.

— Tu sentais le désir toute la soirée, c'est étonnant la vitesse à laquelle tes émotions changent.

— Que me voulez-vous ?

Elle l'a tutoyé après leur fameux baiser, mais là, elle n'en éprouve plus aucune envie.

— Juste m'amuser.

Il caresse ses cheveux blonds.

— Je n'aime pas cette couleur, c'est l'élément déclencheur de ma folie.

Elle n'ose pas en demander plus, même si elle voudrait savoir ce qu'il reproche à sa couleur, le fait qu'il lui parle d'un certain délire l'inquiète davantage.

— On va jouer un peu, tous les deux.

Elle est persuadée qu'il va la violer, mais ce qu'elle ne comprend pas, c'est pourquoi. Elle aurait volontiers consenti à une relation charnelle avec lui... ce sale menteur et beau parleur !

Elle déglutit quand il enserre son cou d'une main.

— Tu sens si bon... Ta peur me fait saliver.

Un malade mental ! Voilà sur quoi elle est tombée.

Il approche son visage d'elle et la respire encore, elle sent délicieusement bon. Cette odeur de terreur qui émane de son être le fait presque atteindre l'extase. C'est alors qu'il se demande ce qu'il ressentirait en la forçant à avoir des rapports sexuels. Il lui dévoilerait sa nature avant de la violer, elle serait sûrement au comble de l'horreur et alors il pourrait en récolter l'essence et jouir comme jamais auparavant.

C'est une idée à creuser.

D'abord, il lâche la main enserrant son cou et se recule de

deux pas.

Délila tente de reprendre une respiration normale, en vain. Alors elle pivote et court aussi vite que ses jambes le lui permettent. Elle ne voulait pas entrer dans cette sombre forêt, mais il s'avère que, finalement, c'est pour elle le meilleur endroit afin de se cacher. Ce qu'elle ignore, c'est que l'homme qui la traque y voit aussi bien qu'en plein jour.

Elle se heurte aux arbres ou aux branches et se prend souvent les talons dans les ronces si bien qu'elle décide d'abandonner ses chaussures. Elle cavale encore avant de s'arrêter en constatant qu'elle n'entend pas le moindre bruit. Ce fou de Sullivan ne la suit pas. Que voulait-il alors ? Qu'elle s'engouffre dans les profondeurs de cette forêt ? Quel intérêt ?

Elle regarde autour d'elle, mais ne voit quasiment rien, seule la faible lumière de la lune éclaire cette nuit.

Elle attrape son téléphone dans la poche de son jean avec l'intention d'appeler à l'aide, mais elle ne capte aucun réseau. Ce n'est pas une surprise étant donné le lieu où elle se trouve. Il faut qu'elle sorte d'ici. Elle le remet dans sa poche et essaie de se repérer. C'est assez difficile, mais elle pense que si elle continue par la droite, elle finira par tomber sur le portail. Il n'est pas verrouillé, elle pourra donc s'en aller facilement. Même si *facile* n'est pas le terme qu'elle aurait employé.

Elle décide de marcher en faisant le moins de bruit possible, mais les feuilles mortes craquent sous ses pas et c'est peut-être encore plus stressant que de ne pas savoir où se trouve Sullivan.

Soudain, elle sent des mains enserrer ses épaules, elle sursaute en criant.

– Tu ne cours plus ?

Elle tressaille en reconnaissant la voix de Sullivan.

Il la plaque contre un arbre après l'avoir fait pivoter. Il peut lire la terreur dans ses yeux, elle est merveilleuse. Quelle bonne proie elle fait !

Il caresse sa gorge, en passant ses doigts il sent les deux marques qu'il lui a faites, celles qui ne partiront jamais parce qu'elles signifient qu'il l'a marquée, qu'elle lui appartient jusqu'à la mort. Morte, elle le sera avant de s'inquiéter que ce qu'elle prend pour des piqûres d'araignée ne disparaît pas.

Il approche son visage de sa gorge et lèche les marques qu'il lui a infligées, c'est à cet instant qu'il reçoit un coup de genou monumental entre les jambes. Il se plie en deux sous la douleur alors que Délila en profite pour lui échapper.

– Petite garce ! crache-t-il.

Mais ça rend la partie de chasse plus excitante, elle est bien plus courageuse qu'il ne l'imaginait. En même temps, elle croit avoir affaire à un homme, comme elle se trompe !

Sulli la rattrape un peu plus loin et la plaque de nouveau contre un arbre.

– On se rebelle ! s'amuse-t-il.

Il ouvre la bouche pour lui dévoiler ses canines allongées, il est assoiffé de désir et de sang.

Délila étouffe un cri. Un vampire ? Comment est-ce possible ?

Sulli rit en entendant ses pensées. Elle a la même réaction à chaque fois. Ça n'existe pas, bla bla… c'est dans les films et les livres, bla bla… *Comme tu te trompes, humaine !*

Il abaisse son visage jusqu'à sa gorge, ressentant l'appel du sang dans tout son corps. Il lèche de nouveau les restes de morsures comme il maintient bien en place les jambes et les bras de sa proie beaucoup trop mobile à son goût. Il fait ensuite glisser ses canines contre sa peau, c'est si bon. Il perçoit le doux son des pulsations rapides de son cœur, de son sang affluant dans ses veines. Il a envie de la goûter, juste un peu… Il est en train d'atteindre un plaisir que seuls les vampires connaissent, il est en communion parfaite avec le liquide de vie qui coule en elle. Quand, soudain, elle brise tout en quelques mots :

– Mords-moi.

Elle dit ça avec un tel désir dans la voix que ça n'a plus rien d'excitant pour le vampire, alors il se redresse et plonge son regard noir dans le sien. Elle a des yeux bleus magnifiques. Il se réprimande d'avoir une telle pensée et reprend son air agressif. Cette idiote a brisé son trip. Il rêve de lui infliger une bonne correction, mais s'il la frappe, elle aura des marques et alors elle cherchera à se rappeler pourquoi. Elle finira par comprendre qu'il se passe des choses anormales parce qu'elle est loin d'être bête. En fait, elle est plutôt futée et fouineuse. Il aurait dû s'en douter en la choisissant, elle n'est pas journaliste pour le prestige du métier.

– Tu ne m'amuses plus !

Il lui empoigne le bras et la contraint à le suivre hors de cette forêt privée. Elle ne s'en plaint pas, quelque part il lui facilite la tâche, elle voulait en sortir également. Par contre, quand elle aperçoit le portail, elle se débat pour qu'il la lâche, ce qu'il ne fait bien évidemment pas. Alors elle opte pour une autre solution, elle lui mord le bras.

– Ah ! Putain ! peste-t-il en le retirant aussitôt.

Elle en profite pour courir en direction du portail alors qu'il regarde la plaie cicatriser.

Délila éprouve un soulagement en atteignant la grille en fer, mais il est de bien courte durée, car elle se rend rapidement compte que des chaînes l'enserrent, elle est prisonnière.

– Tu as fini de jouer à l'héroïne ? demande Sulli en se postant à côté d'elle.

– Qu'est-ce que tu veux de moi ?

Il sourit en voyant qu'elle recommence à le tutoyer.

Ce qu'il veut ? Sa peur, son sang… mais ce n'est pas drôle si elle est résignée, ce qu'elle semble être en ce moment. Il désire qu'elle se batte pour sa vie, ce qu'elle a apparemment décidé d'arrêter.

– Regarde-moi, Délila.

Elle obéit sans se heurter à un regard noir profond, mais bien à celui de Sulli, du vrai.

Il approche lentement ses doigts de son visage, elle a d'abord un mouvement de recul, puis elle le laisse faire. Il réitère le même geste avec son autre main.

– Nous avons discuté pendant la visite du château…

Il lui laisse tous ses souvenirs de la soirée jusqu'à leur baiser, et efface tout ce qui se trouve à partir du moment où il l'a plaquée contre un arbre. Il ne veut plus jouer avec une femme obéissante.

Il frôle son visage quand il a fini de l'hypnotiser.

Le cœur de Délila bat la chamade, ce qu'elle met sur le

compte du trouble qu'elle éprouve au contact de la main de Sulli sur sa figure alors que c'est dû à la peur qu'elle ressentait il n'y a même pas deux secondes envers cet homme justement.

– J'ai passé une très bonne soirée, confie-t-il.

Même si c'est vrai qu'elle aurait pu être meilleure. Il souhaitait la terroriser davantage, pas la résigner, il voulait s'introduire en elle alors qu'elle se serait débattue de toutes ses forces, horrifiée par son acte, mais aussi par sa nature. Ce sera pour la prochaine fois.

– Moi aussi.

Elle saisit sa main quand il la laisse retomber et en embrasse le dos avec tendresse. Sa froideur ne la dérange plus, d'ailleurs elle n'y a jamais vraiment fait attention.

– Je veux te revoir demain, susurre-t-il en prenant sa main dans la sienne.

– Oui.

– Je préparerai un pique-nique à l'arrière du château... quelque chose de romantique.

Elle esquisse un sourire.

Il est conscient d'avoir gagné un point. Les humaines aiment tout ce qui est romantique. Et il ne pense pas se tromper en imaginant que celle-ci préfère un pique-nique sur une couverture plutôt qu'un dîner dans un grand restaurant. Et c'est tant mieux pour lui.

– Je vais te raccompagner à ta voiture.

Il ouvre la grille, qu'aucune chaîne n'entrave, et l'accompagne jusqu'à sa berline garée à deux mètres de là.

Délila en déverrouille les portières avant d'ouvrir la sienne.

– On se retrouve demain ici à la même heure ?

– Avec plaisir.

Oui, du plaisir il espère en avoir... et bien plus que ce soir.

Elle pose timidement ses mains sur ses hanches, s'agrippant au pull qu'il porte, levant un regard maladroit sur lui. Elle le désire, mais n'ose pas faire le premier pas.

Sulli, qui lit facilement dans les pensées – plus aisément chez les humains que les vampires, cependant –, n'a aucun mal à déchiffrer ce qu'elle veut, alors il l'enlace à son tour et approche doucement ses lèvres des siennes. Lui qui pensait qu'un baiser suffirait à la convaincre de sa sincérité envers elle comprend que ce ne sera pas le cas. Elle en voudra tout le temps. Dans la mesure du possible, il pourra les lui donner, mais sous un contrôle absolu de lui-même néanmoins. Ses lèvres entrent en contact avec celles de Délila et si ça pouvait rester ainsi – chaste –, ça l'arrangerait beaucoup, mais il comprend que ce ne sera pas si simple quand il sent sa langue caresser la sienne. Il se prête au jeu qu'elle lui propose en réfléchissant qu'il suffirait d'effacer leurs deux baisers de sa mémoire pour en être débarrassé à l'avenir, mais s'il fait ça... Bon sang, c'est tellement bon. Il la presse davantage contre lui, se délectant d'elle comme si elle était le plus délicieux des mets, sentant quelque chose se passer dans son corps. Mais c'est impossible, il doit rêver, il n'est pas sur le point d'avoir une érection. Eh bien, si. Ça ne lui arrive jamais, pas de cette façon. Il s'écarte d'elle avant qu'elle sente que quelque chose de dur se forme dans son pantalon.

– On se voit demain, souffle-t-il en caressant ses lèvres avant de laisser tomber sa main.

– Oui.

Il la regarde monter dans la voiture et partir, comme le ferait un humain amoureux. Tout ce qu'il n'est pas. Mais quel était ce désir qu'il a perçu en lui ? Elle n'avait pas eu peur, non, il l'avait sentie excitée... très excitée même, mais pas apeurée. Une telle sensation n'aurait jamais dû éveiller une pareille réaction de son corps. Il met ça sur le compte de la frustration. Mais frustration de quoi ? D'un geste de la main, il envoie voler ses réflexions.

***

Délila et Sullivan se voient le jour suivant, puis encore et encore... et ainsi durant presque une semaine. À chaque fois le scénario est identique : une balade au château et une traque qui finit toujours de la même manière : la résignation de Délila. Si bien qu'elle commence à ne plus amuser Sulli.

Il a d'ailleurs pris une décision : ce soir, c'est le grand soir. Il a prévu de la retrouver dans sa propriété et il compte jouer avec elle, mais moins longtemps cette fois, il ne veut pas qu'elle atteigne l'instant de capitulation. Il la traquera plus rapidement et la violera quand elle sera au comble de la peur et lui jouira en se nourrissant de sa terreur, son sexe engorgé en elle et ses crocs aspirant son sang. Il bande déjà à l'idée du déroulement de la soirée à venir.

– Hum… chéri, tu veux un coup de main pour faire redescendre tout ça ? questionne Jose.

– Laisse tomber.

– Ah vraiment ? À quoi tu songeais pour avoir… une telle réaction ?

Elle lorgne son entrejambe alors qu'il est assis, adossé à la tête du lit, avec un magazine. Mais étant donné qu'il n'est en rien pornographique, Josephte sait parfaitement qu'il n'est pour rien dans la réaction du corps de Sulli.

– À ma soirée. J'arrête de jouer.

– Si tôt ? Ne me dis pas que…

– Si.

– Sulli !

– Ce n'est pas drôle ! Elle est excellente dans son rôle d'humaine effrayée, elle se débat, ce que j'aime davantage, mais trop précipitamment, elle se résigne.

– Dans ce cas, stoppe le jeu plus tôt.

– Je rêve de…

Il lui raconte ce dont il a envie avec cette humaine : la terrifier, puis la violer avant qu'elle abdique, et la mordre.

– Je comprends ta réaction maintenant, et moi qui croyais bêtement que tu avais un cœur.

– Un cœur, Jose ?

Oui, un cœur qui bat même si le sien est au repos depuis des siècles. Durant un moment, elle s'est imaginé qu'une once de vie brûlait en Sulli, que peut-être l'humaine déclenchait des choses nouvelles dans ce corps de glace. Elle s'est trompée. En fait, depuis que le vampire a été mis en pièces – psychologiquement parlant – par Lilith, il n'a jamais plus fait confiance à une femme, à une blonde de surcroît. Avec elle et Rosalie, c'est différent, car ils sont amis, et Sulli met un point d'honneur à ne pas avoir d'histoire d'amour avec une amie, même si parfois il ne se prive pas pour une partie de sexe avec l'une d'elles, voire les deux. Ce qui est de plus en plus rare puisqu'il n'apprécie plus ce moyen d'expression.

Sulli ricane de l'idiote pensée de son amie qui aimerait le voir heureux. Après tout ce temps... Enfin, il a la rancune tenace. Tout ce qu'elle espère, c'est que jamais il n'aura à se retrouver en face de Lilith, pour une raison ou pour une autre.

– Sois gentil avec l'humaine, Sulli... pour le moment en tout cas.

Il soupire avant de lui raconter qu'il a senti la présence d'autres vampires dans le *Stéréo-nightclub* la dernière fois, ce qui pourrait brouiller les pistes et empêcher les autorités de remonter jusqu'à eux, même s'il s'octroyait ce petit plaisir.

– Et pour ce joli renflement entre tes cuisses ?

Elle lui jette un regard taquin alors que lui n'éprouve pas le même genre d'envie qu'elle.

– Laisse tomber, je t'ai dit.

83

Chapitre 11

Sulli l'embrasse comme jamais personne ne l'a fait. Délila s'agrippe à cet homme placé entre ses cuisses qui va et vient en elle, lui faisant découvrir des sensations nouvelles. Il est endurant, cela semble faire des heures qu'ils sont unis intimement. Ses mains froides sur son corps brûlant sont un doux contraste qui lui fait atteindre l'extase encore plus rapidement.

– Oh oui, gémit-elle. Oui...

Elle le serre contre elle alors qu'il la pilonne de coups de reins plus dévastateurs les uns que les autres, jusqu'à ce qu'elle accède à un orgasme fulgurant comme jamais. Elle ne soupçonnait même pas qu'on puisse prendre autant de plaisir avec un homme. Puis elle roule sur le côté et se laisse enserrer tendrement. Elle se sent sombrer dans le sommeil et voit son amant quitter le lit sans qu'elle ne puisse rien y faire, il faut pourtant qu'elle le retienne.

– Sulli, murmure-t-elle, ne t'en va pas.

Dans un ultime effort, Délila ouvre les yeux pour constater que... la pièce est vide. Elle vient simplement de rêver. Mais ça semblait tellement réel. Elle aurait voulu que ça le soit. Elle soupire avant de poser ses yeux sur son réveil qui affiche 3 h 50. Ce n'est pas après un songe pareil qu'elle réussira à se rendormir !

Chose qui se vérifie quand son réveil sonne et qu'elle venait à peine de fermer les paupières. La poisse ! Elle s'extirpe difficilement du lit, pensant à sa soirée avec Sulli, soirée durant laquelle elle sera inévitablement fatiguée après une nuit aussi courte.

Une longue journée au Journal débute dès qu'elle y met les pieds. Elle a quelques interviews à réaliser sur le terrain et s'y rend sans perdre de temps avant de se caler dans son fauteuil pour écrire les articles.

– Délila ?

Anaïs entre dans le bureau avec une pile de feuilles dans la main.

– Claude veut qu'on rédige une chronique sur les boutiques de Greg Monders.

Comme si cet homme pouvait être intéressant ! Toute son entreprise est en faillite !

– Pour en dire quoi ? Dans deux mois, il aura mis la clé sous la porte.

– Non, non… C'est là que c'est intéressant. La faillite n'est plus d'actualité.

– Pourquoi ?

– C'est ce que Claude veut qu'on découvre. Il soupçonne Monders d'avoir obtenu une grosse somme d'argent.

Ouais ! Un article pourri sans intérêt pour elle.

– Dis-moi plutôt s'il y a eu un nouveau meurtre.

– Non, rien. Tu épluches ça et on se voit plus tard pour en parler, décide Anaïs en posant la pile sur son bureau.

Super !

– Dis donc, les piqûres sont toujours visibles dans ton cou.

Délila met sa main dessus.

– Bientôt, elles n'y paraîtront plus.

– Comment se passent tes soirées avec le Duc ?

– Un délice ! Cette nuit, j'ai fait un rêve érotique… carrément porno à vrai dire.

– Avec lui ?

– C'était si vrai, j'avais l'impression d'y être comme si je revivais un souvenir.

– Ah ouais ! Eh bien, commence déjà par coucher avec lui.

Anaïs ricane, aimant torturer son amie.

– Bon, je sais que tu préfères les araignées et les limes à ongles, mais je parie que ton Sullivan est bien mieux monté que les deux réunies !

– Veux-tu !

Les filles partent dans un éclat de rire. Délila rougit rien qu'en entendant les obscénités de son amie, même si c'est vrai qu'elle a bien envie d'essayer la position allongée avec son petit copain.

***

Une nouvelle fois, Délila retrouve Sulli derrière le château, sur une couverture où brûlent quelques bougies. Elle vit toujours des moments magiques avec lui et s'étonne à chaque fois qu'il n'essaie pas d'aller plus loin. Ils discutent la plupart du temps – tout le temps en fait –, et même si c'est très agréable de le découvrir, elle aimerait l'embrasser davantage et faire passer leur relation à la vitesse supérieure. D'ailleurs, elle a bien une petite idée pour ça.

– J'ai rêvé de toi cette nuit.

– Vraiment ? J'espère que j'étais un gentleman.

– Tout dépend de quel point de vue on se place.

Elle sourcille comme elle se rapproche de lui. Ils sont assis sur une couverture, presque collés l'un à l'autre, mais plus de l'initiative de Délila que celle de Sulli. Lui préfère la distance.

– Je te suggère de me raconter ton rêve.

Il tente de s'écarter d'elle en s'appuyant sur ses coudes, il peut sentir son désir et ce n'est pas l'odeur à laquelle il aspire pour cette ultime soirée.

– Ça ne se raconte pas, c'est plutôt quelque chose qui se montre… quelque chose du genre très… très intime.

Il esquisse un sourire malgré lui. Elle a rêvé d'eux en train de s'accoupler. Rien de plus banal pour une humaine. Néanmoins, dans son cas, il préfère s'en assurer.

– Raconte-moi, Délila. Je veux t'entendre me susurrer tout ce que nous faisions.

Elle pose sa main sur sa cuisse avant de la remonter jusqu'à son entrejambe, le faisant frémir quand elle caresse ce qu'elle ne voit pas et qui est, pour le moment, sous contrôle. Tout en poursuivant ses effleurements, elle lui raconte ce qu'ils faisaient dans son rêve.

D'abord, Sulli ressent une tension dans son membre mis à l'épreuve, mais tout s'éteint brusquement quand il réalise qu'elle est en train de lui relater leur seconde étreinte charnelle, cette fois où il l'a prise moins tendrement après l'avoir marquée.

Impossible. Il tente de se convaincre que ce n'est qu'une coïncidence, mais sans résultat. Tout cela le conforte dans sa décision, il doit en finir avec elle ce soir. Il ne sait par quel miracle elle pourrait se rappeler, mais il refuse d'attendre de le découvrir.

Quand elle a terminé son histoire, elle s'approche davantage de lui pour faire glisser sa langue sur sa lèvre inférieure. Il la laisse faire et répond à l'invitation lorsqu'elle lui propose un baiser profond. Il finit même par s'allonger sur la couverture comme elle se laisse tomber sur lui. À ce moment, il l'enlace, une main dans le bas de son dos sous le débardeur rouge qu'elle porte et l'autre derrière sa tête pour l'empêcher de fuir. Il a l'intention de lui mordre la langue pour commencer, mais il voit son projet tomber à l'eau quand le téléphone de la blonde se met à sonner. Il la libère à contrecœur, feignant d'être haletant et de désirer encore sa saveur dans sa bouche.

Délila décroche quand elle constate que c'est Claude, son patron. À une heure pareille, ça semble important et elle ne s'est pas trompée.

Sulli l'écoute et entend tout aussi bien l'interlocuteur. Il ignore si c'est de mauvais augure pour lui, mais le journaliste a réussi à mettre la main sur les dossiers de la police concernant la mort récente des deux femmes.

– Je suis désolée, Sullivan, mais je suis obligée de partir.

Oh, il l'avait très bien compris. Il n'en finira pas ce soir et il est dangereux pour lui de remettre l'échéance à plus tard, mais il semble que son amusement soit capable de lui parler de ce qui se trouve dans les précieux dossiers des flics. Le mot sera peut-être rapidement lâché, alors il pourra se laisser aller et elle sera la première sur sa longue liste.

Les vampires seront traqués, mais comment remonter à lui ? Et même si ça arrive, il migrera ailleurs avec les siens, comme ils le font depuis la nuit des temps. Finalement, il comprend moins le désir de Rosalie qu'il reste discret pour le moment. Après tout, leur but est bien de traquer et de tuer, pas de s'intégrer.

– Dis donc, Délila...

Sullivan adopte un ton très suave comme il caresse la joue douce de la jeune femme.

– ... je n'ai pas rêvé, tu m'as allumé et tu voudrais me laisser dans un tel état ?

Il ne sera plus très convaincant si elle décide de poser sa main entre ses jambes où rien ne confirmera ses dires. Ça avait pourtant bien commencé, mais quand il a réalisé qu'elle était en train de se souvenir sous forme d'un rêve, cela a coupé court au moindre désir naissant en lui.

– Je me ferai pardonner.

Je sais déjà comment, chère petite. Tu ne te résigneras pas quand je jouerai avec toi, quand je m'insinuerai en toi, tu te débattras comme jamais, et quand je te mordrai, tu te crisperas tellement que tu me donneras un fabuleux orgasme.

– Je l'espère bien, articule-t-il, mettant de côté ses véritables appétits.

Elle se hâte de rassembler ses affaires avant de gagner le portail en fer, accompagnée par Sullivan.

– C'est ton travail que tu laisses se mettre entre nous ?

Elle est abasourdie par ces mots et s'arrête, ne parvenant plus à trouver la force d'avancer.

Réalisant à quel point sa réflexion était idiote, Sulli s'excuse d'emblée.

– Pardonne-moi. Je sais que c'est important.

Il l'attire contre lui, l'enlaçant avec tendresse, chose dont il ne se savait pas capable. Il se surprend à respirer l'odeur de ses cheveux blonds avant de réaliser qu'il est en train de perdre le contrôle. Le fait de ne pas pouvoir jouer avec elle ce soir va le rendre fou. Il n'aura pas sa dose de peur enivrante à respirer, son moment de traque indispensable à son bien-être... Il va devoir se contenter autrement et rapidement.

– Je ne te retiens pas davantage, soupire-t-il en la lâchant.

Délila réclame néanmoins un baiser – passage forcé auquel il n'échappe jamais –, alors il le lui donne, profond et intense comme à chaque fois. Fort heureusement, rien ne menace d'exploser dans son pantalon.

Il la regarde s'en aller, quand elle démarre sous ses yeux, puis, rageur, il gagne le dernier étage du château.

Il est seul dans la demeure, mettant dehors tout le monde à chaque fois que Délila y vient. Il frappe dans l'un des murs pour tenter d'exorciser cette pression qui l'habite en cet instant, mais sans succès. Il va avoir besoin de plus... oh oui, bien plus. Il se métamorphose en chauve-souris et s'envole par la fenêtre, agitant ses petites ailes dans la sombre nuit, à la recherche d'une proie, frustré que la sienne lui ait échappé.

***

– Je ne sais pas comment vous avez fait, mais ce soir vous êtes mon nouveau meilleur ami, articule Délila à l'attention de Claude après avoir passé la porte de son bureau.

– Trop aimable, soupire l'homme.

Il est debout face à la longue table installée dans la piéce, des dossiers ouverts devant lui, et Anaïs à son côté.

Délila s'approche pour regarder avant d'étouffer un cri d'effroi en reconnaissant Peggy.

– Mon Dieu ! Qui lui a fait ça ?

Elle peut voir que le dossier est complet, tous les rapports de police y figurent, mais le plus tragique ce sont les photos. Peggy a la gorge en sang comme si on la lui avait tranchée sauf que ce n'est pas exactement ça, c'est plutôt quelque chose comme des trous. Elle a bien été mordue, déchiquetée, serait plus juste.

Délila refoule le haut-le-cœur qu'elle ressent et les larmes qui menacent de sortir.

– Drew ne doit pas voir ça, parvient-elle à articuler.

– Nous sommes tous d'accord sur ce point, confirme Claude.

– Vous croyez vraiment qu'un chien aurait pu faire ça ?

Claude secoue la tête pour montrer son désaccord comme il lui tend le paquet de photos.

Délila les regarde l'une après l'autre, chacune prise sous un angle différent. Peggy est morte des suites de ses blessures au cou, ça ne fait aucun doute et c'est d'ailleurs la conclusion qui est notée dans le rapport du légiste, mais qui a fait ça ? Minute... Elle se repasse les photos avant d'ouvrir la bouche.

– Où est passé son sang ?

Il y en a sur sa gorge certes, mais aucune trace sur le sol. À moins que le corps ait été déplacé.

– On l'a bougée ?

– Non.

– Alors ?

Elle ne comprend pas et regarde à nouveau toutes les photos.

– Elle a été complètement vidée de son sang, c'est dans le rapport, énonce Anaïs.

Les yeux de Délila s'écarquillent, c'est impossible. Qui pourrait faire une telle chose sans en laisser une goutte sur le bitume ?

– Et l'autre ? Cette Annette ?

Claude lui donne les photos, Délila n'a pas besoin de demander les conclusions, elle comprend que ce sont les mêmes. La scène de crime est identique, le mode opératoire également.

– La police en pense quoi ?

– Vampire.

Claude a lâché le mot.

Un vampire ? D'abord Délila rit, mais quand elle perçoit l'horreur dans les yeux de Claude et Anaïs elle comprend que c'est loin d'être une blague. Son patron lui tend d'ailleurs le rapport où se trouve cette conclusion abracadabrante. Délila a besoin de s'asseoir un moment.

– Il y a encore autre chose, articule péniblement Anaïs en prenant deux clichés jusque-là dissimulés sous les dossiers. Regarde ça, ce sont les photos réalisées après le nettoyage des victimes.

Elle les saisit et remarque tout de suite la pâleur des deux femmes ; en même temps, n'ayant plus de sang dans leur organisme, c'est un peu normal. Mais elle ne comprend pas ce qu'Anaïs veut qu'elle voie. Elle s'apprête à les lui rendre quand son regard s'arrête sur le cou des victimes. Elles ont chacune deux marques comparables à... des piqûres d'araignée. Merde ! Ça veut dire quoi ? Elle laisse tomber les photos comme elle bondit de sa chaise en tentant de frotter les traces qu'elle a dans le cou pour les faire disparaître. Elle frôle l'hystérie durant quelques secondes avant qu'Anaïs et Claude parviennent à la calmer et la faire se rasseoir.

– J'ai été mordue par un vampire ? questionne Délila avant même de se rendre compte qu'elle parle.

– Cela peut vraiment être une araignée, la rassure Anaïs, mais avoue que la similitude est troublante. En plus, elles ne semblent pas disparaître.

– Je m'en serais rendu compte, tu ne penses pas ?

Claude paraît sceptique et Anaïs ne répond rien.

– Qu'est-ce qu'il y a ? s'inquiète Délila.

– Les vampires ont énormément de dons, parmi eux : l'hypnose.

D'accord. Elle réalise que non seulement elle s'est fait mordre par une de ces créatures, mais qu'en plus elle a été hypnotisée pour qu'elle n'en ait aucun souvenir.

– Il faudrait que vous voyiez un spécialiste des vampires, car moi je ne vous serai d'aucune utilité. Anaïs a sans doute raison, ce sont des piqûres...

En même temps qu'il parle, il s'approche pour regarder son cou.

– ... non, ce sont bien des morsures.

Délila soupire. Elle a la sensation de vivre un cauchemar. Son patron lui parle de vampire comme si c'était normal, alors que ça ne l'est pas... ça ne devrait pas l'être. Ces choses n'existent pas.

– Je vais vous mettre en relation avec quelqu'un qui saura répondre à vos questions.

La journaliste soupire, mécontente. Une morsure de vampire, un spécialiste de cette race... elle se croirait en plein scénario hollywoodien.

Mon Dieu, réveillez-moi !

Malheureusement, elle est consciente... tout ceci n'est pas une fiction ou un songe, mais bien la réalité. La terrible réalité. L'affolante réalité.

Elle respire, elle doit se maîtriser.

Claude passe un appel alors qu'Anaïs prend amicalement Délila dans ses bras.

– Tout va s'arranger, tu devrais retourner avec ton homme, de toute façon, on ne fera rien de plus ce soir.

Oui. Sullivan. Elle aurait bien besoin qu'il la prenne dans ses bras.

***

Être une chauve-souris n'est pas ce que Sulli préfère, néanmoins c'est plus simple pour repérer une proie ou un dîner. Ce soir, en l'occurrence, ce sera les deux. Le vol de quelques minutes n'a pas réussi à l'apaiser, il est toujours aussi frustré si ce n'est plus.

Il se pose sur un muret avant de reprendre son apparence humaine, saute sur le sol et regarde autour de lui. Il sent quelque chose, loin d'être de la peur néanmoins, c'est du désir... une odeur de sexe. Un couple est en train de conclure non loin de là. Sulli s'y précipite. Il lui faut une demi-seconde pour arracher l'homme de sa compagne et lui briser le cou, provoquant le hurlement de cette dernière. Il lui dévoile sans plus tarder ses canines allongées ne désirant qu'une chose : se planter en elle.

La femme crie une seconde fois.

Sulli peut sentir sa peur et c'est enivrant, exaltant... il la respire un instant avant de fondre sur elle pour la vider entièrement de ce précieux liquide de vie qui coule dans ses veines.

Chapitre 12

Délila est bien incapable de conduire en quittant le Journal si bien qu'elle opte pour le bus, et la marche. Elle désirait retrouver Sullivan, mais il ne répond pas à ses appels alors elle rentre directement chez elle où elle s'enferme à clé. Elle aimerait ne penser à rien et simplement dormir, ce qui lui est impossible puisque son esprit vogue sans cesse vers ce qu'elle a appris ce soir : elle s'est fait mordre par un vampire. Le pire – le plus déconcertant surtout –, c'est qu'elle n'en a pas le moindre souvenir… Elle appréhende de rencontrer le spécialiste de cette race que compte lui présenter son patron, mais paradoxalement elle a hâte. Beaucoup de questions se bousculent dans sa tête auxquelles elle doit absolument trouver des réponses.

La terreur la maintient éveillée plusieurs heures alors que Sullivan ne répond toujours pas à ses appels, puis le sommeil finit par la gagner… il aurait pu être salvateur, il aurait dû l'être. Mais ce n'est pas le cas.

Il fait nuit, elle est dans une rue inconnue où apparemment il n'y a pas âme qui vive, et elle court, se sauvant… elle ignore qui ou quoi, néanmoins elle cavale comme une dératée, sentant que sa vie en dépend. Elle est terrorisée et son cœur ne cesse de palpiter, cognant dans sa poitrine comme pour lui rappeler qu'il faut galoper plus vite… fuir, toujours fuir ! Puis, elle se heurte à un mur… non, un bloc… un homme. Elle retient sa respiration, se sentant piégée. Elle veut s'enfuir, mais il l'en empêche, la maintenant d'une poigne de fer. À cet instant, elle se sent perdue, à la merci de cet individu. Elle lève la tête pour apercevoir son visage quand, soudain, elle pousse un cri d'effroi en ouvrant les yeux.

Ce n'était qu'un rêve... mais Délila tremble comme une feuille. Elle était traquée... elle a bien du mal à s'en remettre et à se replonger dans le sommeil.

***

– On fait nos valises tout de suite ou tu penses que personne ne remontera à nous ? questionne Rosalie, manifestement en colère.

Sulli soupire, se fichant éperdument de ce qu'elle raconte. Il ne compte pas faire ses bagages, et encore moins se faire prendre.

– Sulli ! Tu as tué une autre humaine !

– Et alors ! crache-t-il. J'avais faim.

Il est conscient de lui mentir, et elle aussi, même si elle n'arrive pas à trouver la vérité. Lui la connaît, il avait planifié une soirée apocalyptique pour Délila, et jouissive pour lui, mais rien ne s'est passé comme prévu. Ou presque. C'est vrai que maintenant que les journalistes ont mis la main sur les dossiers des meurtres, le mot sera lâché et il l'attend avec impatience, même si cela pourrait avoir un effet désastreux sur lui et sa vie à Montréal.

– Dis-moi la vérité ! C'est à cause de cette humaine ?

– Oui. J'avais pris soin d'organiser sa dernière soirée. Je ne veux plus jouer.

Rosalie croit rêver ! Il n'a plus envie de se distraire, alors il décide de tout simplement retirer la vie à l'humaine. Encore ! Elle a l'impression de se répéter en lui faisant un nouveau sermon, pire, elle est certaine qu'il ne l'écoute pas réellement.

– Sulli, il va falloir que tu arrêtes avec tes envies de meurtre. Trouve-toi une occupation avec cette humaine et hypnotise-la ensuite, mais sa mort n'est pas une issue. Pas encore.

Il ne lui donne aucune réponse. Comment pourrait-il encore s'amuser avec elle ? Elle s'avoue bien trop vite vaincue et n'assume pas de longue traque comme il le voudrait. Il a bien ce désir de la violer après une courte chasse, mais il la soupçonne là encore de ne pas être à la hauteur de ses espérances. Cette humaine est juste... navrante.

Mais Rosalie a raison, une fois de plus... Il a dérapé et cela ne doit plus se reproduire. Il doit apprendre à maîtriser sa colère, son envie, ses désirs, sa soif... à se dominer tout court, d'ailleurs.

Il ne dit rien et quitte la pièce dans un silence éloquent.

Il devrait peut-être rappeler la femelle qui a saturé son téléphone d'appels en absence la soirée dernière. En fait, c'est ce qu'il aurait dû faire tout de suite après son premier coup de fil, mais à quoi bon ? Il ne voulait plus la voir. S'il se souvient bien, elle n'a pas hésité à le draguer avant de le planter. Pour son boulot peut-être, mais elle l'a laissé tout de même. Il avait tellement de projets pour eux. La soirée dernière aurait pu être exaltante, elle aurait dû l'être ! Néanmoins, Rosalie a raison, il va accorder une autre chance à cette insignifiante Délila.

Elle a des réponses à lui donner sur l'avancée de l'affaire pour laquelle elle l'a laissé la veille, mais aussi sur ses rêves qui semblent lui raconter la vérité. Cette vérité même qu'il fait disparaître à la fin de chaque rendez-vous avec elle, cette putain de vérité dont elle n'est même pas censée avoir le moindre souvenir – et surtout pas en rêve – parce qu'il est un vieux vampire et qu'il maîtrise l'hypnose mieux que ses congénères.

***

Elle est entourée d'arbres et court comme une dératée... une impression de déjà-vu. Certaine que son subconscient essaie de lui faire passer un message à travers ses songes, Délila se concentre sur les détails. Elle ne reconnaît pas l'endroit qui semble être une forêt sombre, sinistre même. Elle cavale parce qu'elle se sait poursuivie, là encore, elle a l'impression d'avoir déjà vécu cela avant. Elle fait souvent des rêves de ce genre dernièrement. Trop à son goût. Mais jamais elle n'arrive à découvrir ce qu'elle fuit... à moins

95

que... Elle se souvient : c'est un homme.

Elle court encore jusqu'à ce que son épreuve prenne fin quand elle cogne quelque chose de dur et de puissant : celui qu'elle fuit. Là encore, il la maintient fermement, l'empêchant de filer. Délila sent qu'il est important qu'elle lève les yeux sur son agresseur pour apercevoir son visage. Elle n'a jamais réussi à le regarder, mais il le faut, elle le ressent au plus profond d'elle, alors elle redresse la tête. Il est grand et a une stature imposante...

Soudain, un bruit sourd retentit, elle sursaute. Elle est dans son salon, recroquevillée sur son canapé. Elle se sent essoufflée, presque terrifiée quand ce son résonne à nouveau. C'est son téléphone. Elle regarde rapidement l'horloge accrochée au mur – neuf heures – avant de décrocher en voyant que c'est Sullivan.

– Bonjour, articule-t-elle encore endormie.

– *Bonjour. Je suis désolé de ne pas t'avoir appelée plus tôt, mais figure-toi que j'avais oublié mon téléphone au château, je viens seulement de le récupérer.*

– J'ai besoin de te voir.

– *Bien sûr. Alors... accorde-moi deux petites secondes, voilà.*

La jeune femme entend des bruissements de papier, elle l'imagine consulter son agenda. Ce n'est pas très glorieux l'impression qu'elle ressent en ce moment, celle qu'elle ne lui inspire pas grand-chose.

– J'ai des obligations aujourd'hui, je ne peux rien repousser... par contre, on peut passer la soirée ensemble si tu te sens capable d'attendre jusque-là.

Elle sourit.

– Je pense que je survivrai.

– *Parfait. On fait comme d'habitude et on se retrouve au château pour... vingt et une heures, ça ira ?*

À quoi ça pourrait bien lui servir de répondre par la négative ? Il ne peut pas se libérer, alors autant se contenter de ce qu'il lui donne, et puis elle aura peut-être le temps de discuter avec un spécialise des vampires.

– J'ai hâte d'y être, articule-t-elle.

– *Moi aussi.*

Mais sans doute pas pour les mêmes raisons.

– À ce soir, alors.

– *Passe une bonne journée, Délila.*

Finalement, elle ne s'annonce pas aussi pourrie que ça puisqu'elle la finira avec Sullivan, avec la ferme intention de terminer ce qu'ils ont commencé hier soir, elle veut coucher avec lui. D'ailleurs, si Claude n'avait pas jugé bon de la déranger la veille, elle aurait une vie merveilleuse à l'heure actuelle. Elle rayonnerait de savoir sa relation avec le Duc poussée plus loin ; elle ne serait pas en train de se mortifier à cause de sa rencontre oubliée avec un vampire et ne fuirait pas – elle ignore quoi – dans un cauchemar.

Elle sursaute quand son téléphone sonne de nouveau.

Claude. Charmant !

– Oui, patron ?

– *Nagar, comment ça va ?*

Il prend de ses nouvelles, c'est une grande première.

– Pas fort.

– *Dépêchez-vous de ramener vos miches au bureau ! Monsieur Tringle, spécialiste des créatures nocturnes, vous attend.*

– Pardon ?

A-t-elle bien compris ? Elle va avoir des réponses à ses questions. Elle espérait que ça irait vite bien sûr, mais maintenant que c'est sur le point de se réaliser, elle appréhende. Et s'il ne lui présageait que des horreurs ? Et si sa vie était gâchée pour toujours ?

– *J'ai dit...*

– J'ai compris, l'interrompt-elle avant qu'il ne recommence. J'arrive.

Sans se poser la moindre question, elle se dirige dans la salle de bains pour prendre une douche et s'habille tel un automate avant de sortir de chez elle. D'abord, elle cherche sa voiture puis elle se souvient qu'elle était incapable de conduire la soirée dernière, donc elle se rabat sur le bus.

Rapidement, Délila se retrouve face à un grand blond plutôt jeune et séduisant, cependant il faut bien le reconnaître, elle s'attendait à un vieil homme arrogant venu lui dispenser un cours sur les vampires.

– Mademoiselle Nagar, bonjour, articule-t-il. Antoine Tringle, je suis là pour répondre à vos interrogations.

– Euh... oui, bonjour.

– Monsieur Claude Vestian m'a fait part des récentes attaques survenues à Montréal, trois pour être exact, et il paraîtrait...

– Deux, le corrige-t-elle.

Antoine pose tout de suite son regard sur Claude qui restait silencieux jusque-là.

– En fait, il y en a eu une autre cette nuit, informe-t-il la journaliste.

– Oh ! J'imagine que c'est aussi l'œuvre d'un... vampire.

Son patron le lui assure d'un hochement de tête alors qu'elle reporte son attention sur Antoine Tringle.

– Effectivement, trois, confirme-t-elle avec détachement.

C'est un peu comme si elle n'était pas réellement là, quelque part c'est un moyen de se protéger de la suite des événements qu'elle n'est pas certaine d'être prête à entendre.

– Je vous disais qu'il paraît que vous avez des morsures équivoques dans la gorge.

Elle déglutit. Il va réclamer à les voir et il lui confirmera ce qu'elle redoute avant qu'elle fasse, sans le moindre doute, une crise de nerfs.

– Puis-je les voir ?

Presque à contrecœur, elle tourne la tête pour lui laisser apercevoir les marques, retenant plus ou moins sa respiration en attendant le verdict. Que va-t-il lui tomber dessus ?

– Elles sont différentes, articule Antoine, comme fasciné par les plaies.

– Ce sont bien des piqûres d'araignées, comprend Délila, soulagée.

– Ce n'est pas ce que j'ai voulu dire.

– Ah bon ?

– Quand un vampire s'abreuve sur un humain, il le vide de son sang presque à chaque fois. Voyez-vous, les créatures ne considèrent notre race que comme un moyen de se sustenter.

Super !

– Vous avez bien été mordue par un vampire, cela étant...

Comment vous dire ça…

Elle va lui arracher les mots de la bouche s'il ne parle pas tout de suite. Elle a été mordue par un vampire, d'accord. Il ne l'a pas vidée de son sang, tant mieux, même si elle ignore pourquoi. Mais quelque chose lui souffle que ce n'est pas forcément bon signe.

– … vous avez été marquée.

La jeune femme pose un regard interrogateur sur lui. Qu'est-ce qu'il est en train de lui dire ? Néanmoins, elle est bien incapable d'articuler la question qui lui brûle les lèvres.

– Il vous a faite sienne.

– Je vous demande pardon ? répond-elle instantanément, totalement ahurie.

– Vous lui appartenez.

– Je ne suis la propriété de personne !

– La sienne en l'occurrence, jusqu'à sa mort ou… la vôtre.

De nouveau, elle déglutit.

Avant de venir, elle a eu la naïveté de penser que sa journée pouvait être finalement bonne, mais elle revoit son jugement. Elle est définitivement pourrie !

Ne pouvant en entendre davantage pour le moment, elle quitte le bureau de Claude en claquant la porte.

Chapitre 13

Délila pourrait hurler dans la rue passante où elle se trouve, incapable de faire le moindre pas, mais elle opte pour la retenue. Tous ces gens qui ne lui accordent aucun regard pourraient la prendre pour une folle. Elle sait ce dont elle a besoin et ce n'est pas d'un cri en pleine ville.

Une fois de plus, incapable de conduire, elle prend le bus pour se rendre à la propriété du Duc Lancaster. Elle sait bien qu'il est tôt pour rejoindre son rendez-vous, mais il lui a bien dit qu'il venait de récupérer son téléphone oublié au château alors elle espère de tout son cœur qu'il est encore sur place.

Rapidement, elle est devant l'immense résidence et pousse la grille en fer qui grince légèrement. Il n'y a aucune voiture et c'est la première fois que ça lui saute aux yeux. Elle ne se souvient pas d'en avoir déjà vu, alors comment se déplace le Duc ? En bus ? Cela la surprendrait beaucoup. Peut-être a-t-il un chauffeur ? En tout cas, elle ne s'interroge pas davantage.

Elle marche jusqu'à l'imposante porte d'entrée où elle frappe de toutes ses forces. Elle imagine que dans le cas où il serait ici, il n'est pas certain qu'il l'entende. L'intérieur est si spacieux. Elle frappe une nouvelle fois, mais après cinq bonnes minutes elle n'a obtenu aucune réponse. Elle ne peut tout de même pas repartir, elle a trop besoin de lui. Et puis, peut-être qu'il n'entend simplement pas. Il pourrait être à l'étage à mesurer ou à faire... qu'en sait-elle ? Elle décide de pousser la porte, juste pour s'assurer de l'absence de son homme... ah, elle s'ouvre. Elle en conclut qu'il est là et va à l'intérieur sans avoir la moindre idée de ce qu'elle fait... dans quoi elle s'engage.

– Sullivan ?

Elle referme le battant alors qu'elle avance légèrement, ne voulant pas non plus envahir l'espace de l'homme désiré.

– Sullivan, tu es là ?

Elle connaît tout le rez-de-chaussée pour l'avoir déjà visité avec lui, mais après l'avoir parcouru des yeux, elle se rend compte qu'il n'est pas ici, alors elle lève le regard vers l'escalier. Les étages. Il ne fait aucun doute pour Délila qu'il est en haut. Elle pose un pied sur une marche et l'appelle de nouveau, gardant à l'esprit que la montée est déconseillée.

***

– Une jolie voix me parvient aux oreilles, articule Narcisse en pénétrant dans la chambre de Sulli.

– Je ne t'ai pas parlé, grommelle l'intéressé, enfoui sous les couvertures.

– Toi, non, mais une délicieuse humaine au sang frais.

À ces mots, le vampire repousse la couette et sort hâtivement de son lit, oubliant d'ailleurs la tenue qu'il porte.

– Joli petit cul, complimente Narcisse.

Sulli soupire et attrape un pantalon qu'il enfile par-dessus son caleçon – il aime dormir léger.

Lui aussi a entendu des voix, mais il se croyait en train de rêver, visiblement ce n'est pas le cas, et il sait exactement qui en a après lui.

Foutue humaine !

– Je te déconseille de te pointer en bas, crache-t-il à l'intention de Narcisse.

– Et moi je te recommande de te rendre plus présentable. Tu ne veux pas qu'elle…

Il n'a pas l'occasion de finir sa phrase, Sulli n'est plus dans la pièce.

– … qu'elle s'imagine que tu passes ton temps ici, articule-t-il plus pour lui-même que pour le vampire déjà loin.

Sulli descend à la hâte les deux escaliers, ne voulant pas que Délila monte. D'ailleurs que fiche-t-elle là ?

– Sullivan ?

Sa douce voix lui parvient alors qu'il ralentit le pas pour descendre les dernières marches... ouah ! Il n'effectue plus un seul mouvement. Délila paraît bouleversée. Il s'inquiète de ce qu'elle pourrait avoir découvert, il n'a pas oublié le drôle de rêve qu'elle a fait la nuit dernière.

Délila n'articule aucun mot bien qu'elle ait la bouche grande ouverte. Elle contemple l'homme immobile en haut du premier escalier, il est d'une beauté à couper le souffle – la parole en l'occurrence. Il porte un pantalon de cuir noir moulant parfaitement ses jambes et ses fesses, elle l'imagine... et rien de plus. Il passe ses mains dans ses cheveux sombres comme il reprend la descente pour s'arrêter devant elle.

Que Dieu lui vienne en aide, elle n'arrive pas à décrocher le moindre mot, désirant ardemment qu'il lui fasse l'amour. Elle réalise à cette seconde même qu'elle n'est pas en train de tomber amoureuse de lui, elle l'est déjà. Elle pose ses mains à plat sur son torse alors qu'il ferme les yeux durant une courte seconde. Elle le caresse comme jamais elle ne l'a fait jusqu'à présent, comme jamais elle n'avait osé le faire parce qu'il est Duc et elle n'est personne.

Les rayons du soleil ne pénètrent pas dans la pièce, en tout cas pas où Sulli se trouve, les rideaux sont, pour la plupart, tirés et la lumière qui illumine la salle n'est pas nocive pour lui. Pour le moment, rien ne met en péril sa couverture, mais il sent que ça va venir, s'il ne fait pas attention. Et si elle n'arrête pas de caresser son torse de cette façon. Il conclut d'emblée qu'elle n'est pas fâchée contre lui, donc c'est qu'elle n'a rien découvert sur lui, mais pourquoi est-elle là ? Il s'apprête à le lui demander lorsqu'il sent sa langue effleurer son téton, le rendant soudain bien incapable de la questionner. Pourquoi faut-il qu'elle parcoure son buste de baisers si tendres ? Il glisse une main dans ses cheveux, ayant dans l'idée de saisir quelques mèches pour tirer sa tête en arrière, mais il n'en a pas la force quand il perçoit qu'elle touche son entrejambe. Il veut se contrôler, mais malgré ses efforts, les caresses de Délila l'excitent au plus haut point.

– Délila, souffle-t-il, suppliant, désirant qu'elle arrête ce qu'elle fait, même si c'est agréable.

Mais elle n'en a apparemment pas l'intention, il le devine quand il la sent ouvrir son pantalon. Il doit la stopper, il ne peut pas la laisser faire, alors il retire ses doigts de ses cheveux et emprisonne ses poignets.

– On ne peut pas faire ça ici, articule-t-il d'une voix plus rauque qu'il l'aurait voulu.

Elle lève les yeux sur lui comme elle retire ses mains des siennes pour enlacer ses hanches.

– Embrasse-moi.

Il perçoit l'urgence de sa réclamation, apparemment elle ne va pas bien et c'est auprès de lui qu'elle a choisi de trouver du réconfort. Se pourrait-il que l'humaine se soit amourachée de lui ?

Il pose ses mains sur ses épaules avant de les faire descendre dans son dos et de lui donner ce qu'elle demande : un baiser. Il aurait préféré quelque chose de prude, et ce, pour un tas de raisons, mais Délila en a décidé autrement et délaisse rapidement ses hanches pour sa nuque qu'elle caresse tout en glissant sa langue dans sa bouche.

Sulli répond à sa caresse, arrivant comme à chaque fois à parfaitement maîtriser sa soif et ses canines, mais pas son sexe qui est en train de durcir malgré lui. De nouveau, son corps lui exprime son envie de prendre l'humaine, et il se retrouve à lutter contre ce désir. Il doit se contrôler. Toutefois, il ne peut tout de même pas la repousser et la mettre dehors, elle ne comprendrait pas. Il va falloir qu'il trouve autre chose. Malheureusement, il a bien une idée, mais qui ne serait pas sans conséquence.

– Tu as dit que je t'avais allumé hier, murmure-t-elle comme elle quitte ses lèvres pour embrasser son cou.

– Je me souviens.

– Je sens que tu as très envie de moi, souffle-t-elle en caressant son érection à travers le cuir du pantalon. J'ai besoin qu'on le fasse… maintenant.

Il perçoit bien l'urgence dans sa voix même s'il ne se l'explique pas. Il pourrait toutefois s'insinuer dans son esprit et comprendre en une fraction de seconde ce qui la tourmente, mais il n'use pas de ses pouvoirs, sentant qu'elle lui en parlera.

– Que se passe-t-il, Délila ? questionne-t-il en emprisonnant son visage dans ses mains.

– C'est à toi que je veux appartenir, pas à un autre.

Il a dû se passer quelque chose pour qu'elle prononce des mots pareils. Mais quoi ?

– Quelqu'un t'a fait du mal ?

C'est la seule explication qu'il voit. Un humain qui se serait permis de poser ses sales pattes sur elle. Il se retient de rugir.

– Fais-moi l'amour, Sullivan.

Elle écrase ses lèvres sur les siennes, ne désirant qu'une chose : lui. Mais le vampire lutte de toutes ses forces pour ne pas céder. Son corps ne l'aide pas parce qu'il a vraiment envie d'elle, et c'est plutôt rare chez lui, surtout avec une humaine.

– Pas comme ça, Délila, pas ici, articule-t-il difficilement.

Mais elle ne s'avère pas décidée à abandonner la partie et sans qu'il comprenne ce qui lui arrive, elle a son sexe érigé en main. Habituellement, il est capable d'anticiper les mouvements, mais pas cette fois. Il était tant perdu dans leurs jeux de langue qu'il n'a pas remarqué qu'elle ouvrait son pantalon. Le voilà bien ! Il n'a pas trente-six solutions. Soit il l'hypnotise et la fiche à la porte, soit il la monte dans sa chambre et lui donne ce qu'elle demande. C'est pour cette issue qu'il opte, il aura toujours le temps de l'hypnotiser ensuite.

Il la soulève facilement du sol et la prend dans ses bras avant de gravir les escaliers qui craquent sous son passage. Délila n'abandonne pas ses lèvres alors que Sulli la conduit à sa chambre sans croiser un seul des occupants du château. Tout le monde dort sans doute, à part Narcisse, il en est certain.

Deux minutes plus tard, le vampire ferme la porte de sa chambre d'un coup de pied et allonge sa compagne sur son lit défait. D'un seul mouvement, il retire son pantalon et son boxer avant de la déshabiller avec précipitation, ressentant une urgence dans son corps comme jamais auparavant. Il tente néanmoins d'en faire abstraction, mais il n'y parvient plus lorsqu'il est allongé entre les jambes de l'humaine. Il emprisonne ses lèvres aussitôt, sentant son cœur battre la chamade quand il se colle contre elle. Il redoute en cet instant qu'elle remarque que le sien ne bat pas. Néanmoins, il oublie rapidement cette possibilité et lui caresse les cheveux machinalement.

– Viens en moi, murmure-t-elle.

Il obéit la seconde suivante et s'enfouit dans son corps humide, satisfait de le recevoir. Il garde à l'esprit qu'elle est humaine pendant toute la durée de l'acte charnel et ne la maltraite en aucune façon, se surprenant même à la caresser précautionneusement, à l'embrasser avec prudence, à s'assurer qu'elle jouisse. Il n'a toujours pensé qu'à son plaisir – sauf quand il était avec Lilith –, alors faire attention à celui de l'humaine, c'est presque nouveau pour lui et totalement aberrant. Il lui fait l'amour comme il ne l'avait pas fait depuis des décennies, c'est même tellement différent de la fois où il l'a marquée, c'est beaucoup plus passionnel – un mot qu'il déteste – et en rien axé sur le sexe, juste sur le plaisir... celui de l'autre.

Il ferme les yeux quand il l'entend gémir, ayant beaucoup de mal à réaliser qu'une femme puisse aimer faire l'amour avec lui qu'on compare à un monstre sanguinaire. Il la sent prête à atteindre l'orgasme lorsqu'elle enfonce ses ongles dans sa chair en soufflant son nom, alors il donne encore deux coups de reins pour l'y aider et se répand en elle comme elle savoure l'instant orgasmique.

Il roule sur le côté après s'être retiré, mais pas sans l'entraîner avec lui pour la prendre dans ses bras. Il la sent caresser son torse, elle est si douce dans ses gestes envers lui.

– Je t'aime, avoue-t-elle dans un murmure.

Il ferme les paupières, il en était presque certain. Il resserre l'étreinte avant de l'embrasser sur le front, puis laisse passer quelques minutes et l'interroge.

– Qu'est-ce qu'il y a, Délila ? Je sens que quelque chose cloche.

Elle se redresse pour le regarder tout en s'appuyant sur son coude, sans cesser de caresser son torse.

Bon sang, ce qu'il est beau ! C'est à ça qu'elle pense en premier quand elle lie ses yeux aux siens.

– Tout est devenu... horrible, confie-t-elle en soupirant.

– Tout quoi ? questionne-t-il en laissant courir ses doigts sur son visage.

Elle est jolie finalement. Pour la première fois, il discerne ses magnifiques yeux bleu océan, la fossette qui se creuse dans sa joue quand elle sourit, sa peau sans imperfection légèrement bronzée – rien à voir avec le teint pâle de Lilith – et ses éclatants cheveux blonds. Elle est plus que jolie, même. Mais bien que cette prise de conscience l'inquiète un instant, il y a plus important à gérer.

– Raconte-moi, réclame-t-il en laissant tomber sa main.

– Tu sais... je suis journaliste et tenue par le secret professionnel...

– Je ne dirai rien, mais tu as besoin de me parler, je le vois dans tes yeux, alors fais-le.

– C'est un vampire qui a attaqué les femmes récemment retrouvées mortes à Montréal.

Sulli pensait bêtement qu'il atteindrait l'extase quand le mot serait lâché, mais il ne ressent rien de ce genre. En fait, il appréhende même la suite de ses révélations.

– Tu ne ris pas ?

– Non. C'est la réaction que tu pensais que j'aurais ?

– J'en sais rien. Tu crois aux vampires ?

– Je suppose que oui.

– J'en ai rencontré un.

Il fronce les sourcils ; qu'est-ce qu'elle lui raconte ? Est-ce que dans une minute elle lui dira qu'elle connaît sa nature ?

– Mais je n'en ai aucun souvenir.

– Alors qu'en sais-tu ?

– Ça.

Elle tourne la tête pour lui faire voir les marques qu'elle a au cou. Il les connaît, bien évidemment, mais réagit le plus naturellement possible : il les effleure du bout des doigts en se demandant ce qu'elle a découvert.

– Tu t'es fait mordre ?

Elle plonge de nouveau ses yeux dans les siens.

– Je me suis fait marquer.

Alors, elle sait.

Il ne peut cependant pas cacher sa stupeur, même si elle se

méprend sur l'origine de celle-ci.

– Tu veux que je parte ? questionne-t-elle, tristement.

Elle a vu sa réaction et craint qu'il n'ait plus jamais envie de la revoir maintenant qu'elle s'est montrée honnête.

– Je veux que tu restes, assure-t-il en caressant son épaule, et que tu me racontes comment tu sais tout ça.

Elle lui parle alors d'Antoine Tringle qu'elle a rencontré avant de débarquer chez lui qui était censé être occupé toute la journée, et c'est seulement à cet instant qu'elle réagit sur l'endroit où elle se trouve et la tenue dans laquelle elle a découvert son homme. Ce qui révèle clairement qu'il lui a raconté des mensonges.

– Pourquoi tu m'as menti ?

– À quel propos ?

– De ta journée occupée, de toi qui vis à l'hôtel alors qu'il paraît clair que non, lui reproche-t-elle en se redressant pour laisser courir ses yeux sur la pièce.

Effectivement, ses doutes sont confirmés, elle voit des vêtements traîner sur le sol, sur le divan, et dans l'armoire encore ouverte. Elle repose un regard plein de reproches sur lui.

– En acceptant de te faire monter ici, je t'autorise à entrer dans mon univers et je consens à répondre à tes questions... mais pas maintenant, vraiment.

– Pourquoi ?

Il passe sa main dans ses cheveux, l'air épuisé. Elle le soupçonne alors d'être sorti la veille et peut-être même pour séduire une autre femme, à peine consciente que ses soupçons frisent la paranoïa.

– J'aurais dû m'en douter ! peste-t-elle.

– Douter de quoi ? Hé ! Mais qu'est-ce que tu fais ? s'étonne-t-il quand elle quitte le lit brusquement.

Elle ne peut pas avoir découvert sa nature d'un simple regard alors il y a autre chose, mais quoi ?

– Délila ?

La jeune femme ne répond pas et se presse de se vêtir avant de prendre ses chaussures dans la main. Quand elle veut sortir de la chambre, Sullivan se trouve devant la porte, lui bloquant l'accès.

– Comment…

… *as-tu fait ?* Elle est sous le choc, incapable de poursuivre sa phrase.

– Je ne veux pas que tu partes, pas maintenant. Qu'est-ce que j'ai fait pour mériter une telle colère ?

– Tu es fatigué ! crache-t-elle comme si ça pouvait répondre à toutes les questions qu'il se pose en cet instant.

Il ne comprend rien, c'est même pire que cela. Il y a à peine cinq minutes, ils étaient bien, et en un claquement de doigts sans qu'il n'ait rien fait, elle veut s'enfuir. Il reconnaît que les humaines sont difficiles à interpréter, mais là ça dépasse l'entendement.

– En quoi est-ce un problème ? Je t'ai donné ce que tu voulais et je ne crois pas que tu aies de quoi te plaindre, j'ai été largement à la hauteur.

– Qu'est-ce que tu faisais cette nuit pour être si fatigué maintenant ?

– J'ai très mal dormi.

Elle hausse les épaules sans arrêter de le fixer pour lui démontrer clairement qu'elle n'en croit pas un mot.

– J'étais excité et tu m'as laissé en plan, je te rappelle !

– Pardon ?

Est-il en train de lui dire qu'il est allé se soulager ailleurs ? Si c'est ça, il va se prendre la claque de sa vie.

– Je n'ai pas arrêté de penser à toi, je n'arrivais pas à dormir.

La flatterie n'a jamais fait de mal à personne, alors Sulli se permet de l'utiliser.

Après cette réponse, Délila baisse les yeux, consciente de s'être énervée pour rien et du ridicule de la situation.

Le vampire se passe la main dans les cheveux tout en s'introduisant enfin dans les pensées de Délila afin de découvrir ce qu'elle lui cache. Elle le soupçonnait d'être allé voir ailleurs. Éprouvant de la jalousie, elle se sent salie. Pire encore, elle souffre réellement. Il l'attire contre lui avec gentillesse pour la réconforter, tentant de se persuader qu'elle lui est utile et que c'est uniquement pour ça qu'il la calme.

– Je suis désolé, souffle-t-il en embrassant son crâne.

– C'est moi. Je me sens tellement idiote.

Délila voudrait ne pas avoir à relever la tête et disparaître. Jamais plus elle n'arrivera à soutenir le regard de cet homme. Que doit-il penser d'elle ?

– Il n'y a que toi, je te le jure.

Plaçant son pouce sur le menton de Délila, il la force à relever le visage vers lui, avant d'écraser ses lèvres sur les siennes. Lentement, il insinue sa langue entre celles-ci, puis dans un léger mouvement, il fait glisser sa robe le long de son corps fin.

Quand elle est de nouveau allongée sur son lit, il se place entre ses cuisses qui l'enserrent aussitôt, et la pénètre doucement. Il commence avec un rythme léger avant de se laisser submerger par la fièvre qui brûle en lui et de la prendre plus passionnément. Il est bien incapable de ralentir la cadence, tout comme il ne parvient pas à s'écarter d'elle. Il la laisse meurtrir sa chair quand elle crie son nom, allant même jusqu'à réclamer qu'elle l'appelle Sulli, et hurler son plaisir, se moquant éperdument qu'on l'entende, qu'elle réveille les vampires. À cet instant, Sulli oublie tout et se concentre uniquement sur la femme à laquelle il est uni. C'est comme si tout disparaissait et qu'ils étaient seuls au monde.

Chapitre 14

Délila n'esquisse aucun mouvement et quand Sullivan la libère elle se laisse glisser dans le sommeil. Elle se sent épuisée, il est vrai qu'elle a peu dormi la nuit dernière, mais doit son état à son amant divin qui s'est surpassé. Il a réussi à effacer tous ses doutes, elle ne le pense plus capable d'aller voir ailleurs.

Sulli regarde la jeune femme endormie paisiblement dans ses bras, elle n'a pas pris peur une seule fois quand il était férocement en elle. Elle l'a laissé la dévaster même si c'était plus pour le plaisir qu'autre chose – il ne lui a pas fait mal –, elle l'y a aidé. Elle a été incroyable, presque à la hauteur d'une femelle vampire. Il a aimé sa façon d'enfoncer ses ongles dans sa chair... quasiment jusqu'au sang. Mais à quoi songe-t-il ? Pourquoi pense-t-il des choses pareilles ? Il devrait se donner des claques pour remettre sa tête à l'endroit.

Elle est sa proie et il l'a marquée pour s'amuser alors qu'il se divertisse ! Quelle était sa douce idée déjà ? Ah oui, la violer. Il a peut-être joui à plusieurs reprises avec elle ce matin, mais il n'a pas atteint le niveau qu'il pourrait accéder s'il la mordait en abusant d'elle. Son corps serait parcouru de spasmes et alors son sexe en elle se retrouverait enserré si fortement qu'il serait dévasté par un orgasme inégalable. C'est tout ce qu'il recherche.

Néanmoins, il accepte de reconnaître qu'elle est plutôt douée en position allongée, il ne s'est pas ennuyé comme habituellement.

Il sort du lit avec délicatesse pour ne pas la réveiller et enfile boxer et pantalon qui traînent sur le sol avant de quitter la pièce. Il a un urgent besoin d'air, même s'il ne respire plus depuis très longtemps... trop longtemps.

Bon sang, que lui arrive-t-il ? Il passe sa main sur sa barbe naissante, tandis qu'une porte s'ouvre sur Narcisse.

– Sulli ! Tu as fait partager tes exploits sexuels à tout l'étage !

Et Narcisse semble s'en réjouir.

– Je me suis amusé avec mes mains en vous écoutant.

Ce vampire est écœurant !

– Tu partages ? On se chargera de l'hypnotiser ensuite. Imagine-nous, toi et moi unis jusqu'à l'orgasme sous le regard de ta délicieuse humaine...

Non, décidément, non !

– Arrête ça ! peste Sulli. Je vois très bien où tu veux en venir, tu perds ton temps. Jamais tu n'auras ma...

– Vous faites trop de boucan ! articule Bastian endormi en apparaissant dans l'embrasure de sa porte.

– Ne sortez pas de vos chambres aussi longtemps qu'elle sera là, je ne vous en demande pas plus, rage Sullivan avant de retourner à la sienne.

Impossible de prendre l'air tranquillement, il a pourtant bien besoin de se poser un instant. Et pourquoi d'ailleurs ? Aucun intérêt.

Il avait prévu une belle soirée pour lui la veille, mais comme sa proie a dû partir, il l'a remise à ce soir. Néanmoins, il pourrait l'avancer et s'occuper d'elle maintenant.

Il soupire. Ça attendra, il est fatigué, et s'il veut profiter pleinement de l'acte, il doit être en forme. Résigné, il retourne auprès de Délila dans son grand lit et se cache contre elle sous une pile de couvertures.

***

Délila se sent en danger, oppressée, elle doit fuir, d'ailleurs elle court. Elle ignore où elle se trouve, toutefois elle est entourée d'arbres, une forêt peut-être ; elle doit rejoindre la grille pour être libre, mais où est-elle ? Elle n'en a pas la moindre idée, tout comme elle ne sait pas ce qu'est cette grille. Mais elle court inlassablement, trébuchant ici et là, se ressaisissant toujours puisqu'elle a la sensation que sa vie en dépend. Après plusieurs mètres, elle se heurte à quelque chose d'imposant, de dur et de froid. En levant les yeux, elle réalise que c'est l'individu qu'elle fuit. L'homme menaçant attrape son poignet et l'empêche de poursuivre sa course effrénée vers la liberté. Elle est prise au piège et hurle quand il ouvre sa bouche, dévoilant des canines acérées.

– Délila, tout va bien.

Ces mots se fraient un chemin dans son crâne jusqu'à ce qu'elle y croie et ouvre les yeux. Elle n'est pas dans une forêt sombre et menaçante, mais dans la chambre de Sullivan, le bel homme penché sur elle.

– Calme-toi. Qu'est-ce qui se passe ?

– J'ai fait un cauchemar.

Il caresse son visage de son pouce avant de l'attirer contre lui comme il embrasse son front.

– Tu veux me le raconter ?

– C'est toujours le même. Dès que je ferme les yeux, il me submerge et me terrifie.

Il le réalise en percevant son agitation.

– C'est à cause des meurtres...

– Comment ça ?

Elle lui explique alors son point de vue, depuis qu'elle a appris ce qui a causé la mort de ses pauvres femmes – dont Peggy –, elle cauchemarde, se faisant pourchasser par un vampire. Jusqu'à présent, ce n'était pas clair dans son esprit, mais maintenant qu'elle a vu les crocs de la créature, elle en est convaincue.

– Raconte-moi tes rêves, réclame-t-il en tentant de se persuader que tout ce qui se passe dans sa tête ne peut en aucun cas être lié à ce qu'elle a vécu avec lui.

Et pourtant, quand elle les lui relate, il comprend que si. Même s'il ne se l'explique pas. Il s'écarte d'elle pour attraper son paquet de cigarettes sur la table de chevet, il est dans sa période fumeur et là, il a drôlement besoin de quelque chose pour se calmer. Il est au bord de la rupture même s'il se maîtrise. Il allume une clope sans quitter le lit en essayant de comprendre comment c'est possible. Pourquoi des ébauches de ce qu'il a enfoui profondément en elle reviennent-elles en force ? Elle finira par le voir dans l'un de ses maudits rêves et comprendra alors qui il est et ce qu'il lui a réellement fait subir. Il ne peut pas prendre un tel risque. Il réalise donc qu'il n'y a pas de solution miracle à son problème, il doit simplement se débarrasser d'elle.

Décidément ! C'est la conclusion à laquelle il arrive souvent en ce moment !

Ce sera pour ce soir… ou maintenant. Il pourrait en finir avec elle tout de suite.

Douce perspective. D'autant plus que s'il la tue ici, personne ne retrouvera son corps dans la rue. L'idée est alléchante !

Il écrase sa cigarette à moitié consumée dans le cendrier avant de s'allonger sur la jeune femme. Il aimerait bien la voir courir dans le château, tentant de lui échapper, néanmoins il y a quelques vampires qui pourraient jouer les trouble-fêtes et lui dérober son plaisir. Il se contentera de sa chambre.

— Je suis contente d'être auprès de toi, murmure-t-elle en passant sa main derrière sa tête pour l'attirer à elle.

— Moi aussi, souffle-t-il contre ses lèvres avant de l'embrasser.

Il voulait quelque chose de chaste, mais il est rapidement rattrapé par ses émotions et ce maudit désir qui l'habite, et ne peut que se prêter au jeu de langues qu'elle lui propose.

— Jusqu'à quel point t'es-tu déjà donné à une femme ?

Il réfléchit malgré lui à sa question, il ne peut pas lui parler de Lilith, alors il va occulter sa relation avec elle et répondre franchement.

— Aucun.

— Pourquoi ?

Elle semble surprise par sa réponse et lui n'a aucune envie de se lancer dans une explication. Il a bien mieux à faire.

— Si tu te taisais quelques minutes, réclame-t-il en emprisonnant de nouveau ses lèvres.

C'est le meilleur moyen pour réduire au silence une femelle bavarde, et il en connaît un autre pour lui faire oublier ses interrogations. Il quitte sa bouche pour embrasser sa gorge, sentant les pulsations de son sang sous ses lèvres sans s'y attarder vraiment. Il est en train d'avoir une érection et ressent un urgent besoin de délivrance. Quel foutu effet elle a sur lui ! Quelque part tant mieux, au moins il apprécie le sexe pendant qu'il est avec elle.

Sulli se redresse et s'assoit en attirant Délila sur lui. La jeune femme le chevauche tandis qu'il s'enfonce en elle en laissant exprimer son soulagement de la sentir l'envelopper.

Il l'autorise à prendre les commandes, ses mains posées sur ses hanches et le regard sur sa poitrine qui semble réclamer de l'attention. S'il doit penser encore une fois que depuis Lilith il n'a pas touché une femme à cet endroit, il se cognera la tête contre le mur. À chaque fois qu'il est avec une humaine, ou une vampire, il ressent le besoin de se souvenir de ce qu'il faisait avec Lilith, mais qu'il ne fera pas avec elle. Cette fois, c'est terminé, il sature. Il refuse de penser davantage à cette blonde de malheur.

Délila se presse contre son torse pour embrasser son cou, collant ainsi sa poitrine délicieuse contre la sienne.

– Je t'aime, souffle-t-elle juste avant d'emprisonner ses lèvres pour un baiser passionné durant lequel il la plaque fermement contre lui.

Quand il la lâche enfin, elle se recule, remuant de nouveau sur son membre qui se contracte à chaque caresse de son intimité. Puis, sans réfléchir réellement à ce qu'il fait, il effleure sa poitrine de ses doigts, trouvant cela très agréable et recommence jusqu'à prendre ses seins à pleines mains.

Elle gémit à son contact et davantage encore quand elle sent ses lèvres s'amuser avec son téton. C'est la première fois qu'il s'intéresse à ses seins, et ça lui procure un immense plaisir.

Sulli retourne rapidement la position pour se retrouver entre ses jambes sans les désunir, et la pénètre ardemment quand il s'interroge sur ce qu'il est en train de faire. Ce n'est pas de cette façon qu'il voulait la tuer, il désirait la violer pour atteindre un plaisir intense. Peut-être que c'est toujours possible, après tout. Il la pilonne de monstrueux coups de reins qui d'abord la font gémir, mais rapidement lui font mal. Il va trop vite et trop fort.

– Arrête, articule-t-elle difficilement en tentant de le repousser.

Sulli ignore si c'est ce mot résonnant comme une supplique ou son regard effrayé qui le touche, quoi qu'il en soit il reçoit comme un coup d'électrochoc et s'immobilise aussitôt avant de se retirer pour s'asseoir à quelques centimètres d'elle, sans plus bouger.

Il se sent honteux pour la première fois de sa vie.

Il a envie de s'excuser, même si cela n'a aucun sens, mais n'arrive pas à articuler le moindre mot.

Délila ignore ce qui la choque le plus, les assauts abrupts de son amant ou sa mine déconfite de cet instant. Il a dérapé, ça peut arriver à tout le monde. Un peu plus tôt aussi il a été très passionné dans son étreinte, mais pas autant.

– Approche, réclame-t-elle dans un murmure.

Il lève ses yeux sur elle qui ne semble pas traumatisée, mais il est incapable d'esquisser le moindre mouvement. Il ne sait pas ce qui lui a pris. Il n'aurait pas dû s'arrêter, il aurait dû la marteler jusqu'à la faire crier et se débattre – c'était pourtant bien parti –, puis la mordre.

Délila saisit sa main qu'elle guide entre ses cuisses. Quand elle le fait effleurer son intimité, il a un mouvement de recul.

– Caresse-moi, Sulli, réclame-t-elle.

– Je ne l'ai jamais fait.

Et c'est vrai, il n'apprécie plus de toucher le corps des femmes depuis… non, pas encore !

– Laisse-moi te guider.

Il lui donne sa main et l'autorise à la glisser sur son intimité ; elle est humide et il n'est pas certain d'apprécier le plaisir féminin. Pourtant, il est comme fasciné lorsqu'elle prend ses doigts pour les enfoncer en elle. Il l'écoute gémir en la regardant faire, puis elle libère sa main en lui demandant de poursuivre seul. Il obéit tout en s'approchant et la caresse intimement avec douceur jusqu'à ce qu'elle formule quelque chose de plutôt inattendu.

– Embrasse-moi.

Il retire ses doigts et, mu par son instinct, il abaisse son visage entre les cuisses de la jeune femme, lui prodiguant un baiser des plus intimes. Il ne l'a jamais fait. Même pas avec

115

Lilith. C'est quelque chose dont il n'avait pas envie, mais là, ça semble différent. Il désire la goûter, insinuer sa langue dans sa partie la plus intime, tournoyer en elle, la faire se cambrer et serrer les draps dans ses mains... comme maintenant. Quand il se sent plus à l'aise avec le procédé, il donne plus d'ampleur à ce baiser inédit, faisant déferler en lui quelque chose de totalement inconnu, quelque chose qu'il n'arrive pas à nommer.

– C'est bon... oh oui...

Sans relâche, il lui offre ce qu'elle veut jusqu'à finalement se redresser pour enfoncer son membre tendu en elle. Il ne lit que le désir et le plaisir dans ses yeux, aucune crainte alors qu'elle pourrait en ressentir étant donné le dérapage précédent. Il emprisonne ses lèvres et l'embrasse comme si sa vie en dépendait, tandis qu'il la pénètre en maîtrisant ses ardeurs. Cette fois, hors de question de l'effrayer.

Il ne quitte pas sa bouche lorsqu'il se répand en elle, et toujours pas avant une bonne dizaine de minutes. Quand il se dégage pour s'allonger à côté d'elle, il est à bout de force et complètement dans le doute. Délila se blottit contre lui ; il l'enlace avec plaisir et ça le dérange. Ce qu'il éprouve en cet instant le dérange.

– Pourquoi tu habites ici ?

– J'aime bien l'endroit.

– Pourquoi tu m'as dit que tu vivais à l'hôtel ?

Elle se redresse pour le regarder alors qu'il s'assoit, s'appuyant contre la tête de lit.

– J'imagine que j'ai eu peur que tu ne comprennes pas.

Elle embrasse sa cuisse tout comme elle plonge son regard dans le sien. Elle est dangereusement proche des parties intimes de Sulli qui le torturent outrageusement ces derniers temps et qui répondront présentes si elle continue.

– Écoute, écarte-toi, réclame-t-il en souriant.

Elle obéit bien que tétanisée par le choc de cette vision. Elle ne l'a pas vu sourire souvent, mais alors là, ça dépasse tout. Il est incroyablement beau et, en plus, il lui fait l'effet d'être bien avec elle.

– Qu'est-ce que j'ai dit ? s'inquiète-t-il en la voyant figée devant lui.

– Rien... je... je crois que c'est la première fois que je te vois sourire de bon cœur.

Elle a raison, et cette constatation le fait se refermer aussitôt et revêtir son masque impassible.

– Ce n'était pas un reproche, lui assure-t-elle.

– J'ai des choses à faire, je pense que tu devrais rentrer. Nous nous verrons ce soir de toute façon.

Tout en énonçant cette phrase, il se demande bien pourquoi il la retrouvait à la tombée de la nuit. Cependant, la réponse lui paraît évidente. Elle est devenue dangereuse dans la mesure où elle se souvient, et pour se protéger, il doit lui prendre la vie.

Chapitre 15

— Honnêtement, je n'en ai pas envie.

Évidemment ? Pourquoi est-ce qu'elle lui faciliterait les choses ?

— Je veux passer la journée avec toi.

Elle se redresse en articulant son souhait qui déplaît à Sulli. S'il a bien horreur d'une chose, c'est des femmes collantes. En tant que vampire, il a besoin d'espace et de liberté. Ce qu'elle ne semble pas d'avis de lui accorder.

— Délila, j'ai des obligations cet après-midi.

— Vraiment ? questionne-t-elle en s'agenouillant sur le lit, complètement nue. Tu m'as dit ça au téléphone et je n'ai pas l'impression que c'est vrai.

Bien sûr que c'est faux, puisqu'il ne peut pas sortir en plein jour. Il va devoir l'hypnotiser pour qu'elle parte de ce château. Il s'approche d'elle et pose sa main sur sa joue qu'il caresse comme il réclame qu'elle le regarde.

Délila pourrait se perdre dans ses prunelles sombres, divinement attrayantes. Elle a la sensation qu'il se déroule quelque chose de magique entre eux à cet instant, mais tout se brise quand la porte s'ouvre.

Sulli bondit sur Délila pour la couvrir de la couette et ses yeux envoient des éclairs de colère à Narcisse pour avoir osé les déranger.

— Sors d'ici !

Délila déglutit en entendant Sulli donner cet ordre austère, il ressort tellement de méchanceté dans sa voix qu'elle se cacherait sous le lit s'il s'adressait ainsi à elle. Elle n'ose pas tourner la tête pour regarder l'importun, en fait, elle n'ose même pas bouger, emprisonnée sous le corps puissant de son amant.

– Je pensais que tu avais fini de t'amuser avec ton humaine ! pouffe Narcisse en esquissant un sourire. Vraiment désolé. Hum... quel cul magnifique !

Le vampire n'arrive pas à croire ce qu'il entend. Narcisse a-t-il perdu la tête ? Pourquoi nommer Délila ainsi ? Elle va l'interroger et il ne saura pas quoi lui répondre.

– Fiche le camp avant que je ne me contrôle plus.

Délila entend la porte claquer et Sulli se redresse légèrement jusqu'à la libérer complètement de son emprise.

– Accorde-moi un instant, réclame-t-il en enfilant son boxer et son pantalon en cuir.

– Qui était-ce ?

Ça, il s'en serait douté ! Il trouve que les humaines sont trop curieuses.

– Ne sors pas de cette pièce, ordonne-t-il avant de quitter la chambre, claquant la porte au passage.

Délila est stupéfaite par ce qui vient de se dérouler ici. Elle ignore qui est venu les déranger et doute d'obtenir une réponse de Sulli qui n'abandonne plus son masque impassible depuis plusieurs minutes et bout de rage, elle l'a bien senti.

Elle ramasse ses vêtements éparpillés sur le sol et se rhabille.

***

Narcisse se retrouve encastré dans le mur de sa chambre sans rien avoir vu venir, les yeux noirs de Sulli plantés dans les siens, ses mains maintenant fermement le col montant de sa robe.

– J'avais ordonné de ne pas quitter vos chambres ! Est-ce vraiment trop dur à comprendre pour toi ? colère-t-il en le plaquant plus fort contre la cloison.

– Lâche-moi !

Narcisse tente de se débattre, mais Sulli est bien trop fort, sans compter que la rage l'animant à cet instant décuple ses forces.

– J'ai envie de te faire passer par la fenêtre, le menace-t-il.

Narcisse déglutit, l'en sachant bien capable.

— Tu l'hypnotiseras.

— Ah ouais ? Qui es-tu pour avoir la prétention de me donner des ordres ? Tu n'es rien ! Je suis TOUT !

Sulli lâche Narcisse, mais uniquement après lui avoir mis une droite en plein visage.

— Contrôle-toi ! On dirait une gonzesse !

Le vampire énervé bondit de nouveau sur Narcisse pour le coller contre le mur et faire dangereusement trembler les cloisons du château.

— Je te crèverai, Narcisse.

Il le lâche en entendant Délila crier son nom.

Quelques secondes plus tard, il est dans la chambre avec la jeune femme qu'il enlace.

— Ça a tremblé, articule-t-elle, encore apeurée.

— Tout va bien.

Ils restent ainsi sans bouger quelques minutes avant que Délila exige des réponses à ses questions en le repoussant.

Impossible pour le vampire d'inventer quelque chose de crédible, d'autant que Délila ne lui fait plus vraiment confiance depuis qu'elle a compris ses mensonges sur sa journée faussement chargée. Quoi qu'il dise, elle doutera, peu importent ses révélations. Il ne peut pas non plus l'hypnotiser pour lui effacer cet instant qui lui revendrait par bribes en rêve, alors il en arrive toujours à la même conclusion : la faire disparaître.

Il va tenter une traque improvisée, puis il boira l'élixir qui coule dans ses veines.

— Sulli ! aboie-t-elle devant son mutisme.

— Pourquoi a-t-il fallu que tu viennes ici ? peste-t-il. Tu me mets dans une position vraiment délicate !

Il frappe alors le mur si fort que la paroi s'effrite en même temps que le courage de Délila, qui se met aussitôt à trembler. La rage qu'il exprimait à l'encontre de l'intrus il y a quelques minutes est maintenant dirigée contre elle.

Il se tourne pour lui faire face… et là, c'est la stupeur pour la jeune femme qui n'a plus l'homme qu'elle connaît et aime devant les yeux. C'est un inconnu. Ses pupilles brillent, mais plus de désir ou de plaisir comme ce fût le cas un peu plus tôt, non, cette fois, c'est de cruauté… Une envie de faire du mal. Elle déglutit.

– Qu'est-ce qui te prend ? articule-t-elle avec difficulté.

– Ah ! Vous, les humaines, toujours à tout vouloir savoir et expliquer, sans cesse en train de bavasser ! C'est épuisant à la longue ! Je n'en peux plus ! Pourquoi tu ne t'es pas contentée de ce que je te donnais ? Ça m'apprendra à ne m'attaquer qu'aux blondes !

– Qu'est-ce que tu racontes ?

Elle ne comprend pas un seul mot de sa tirade, c'est comme s'il parlait pour lui-même d'ailleurs.

– Il faut que tu t'en ailles avant que je ne maîtrise plus rien.

– Maîtriser quoi ?

Il n'y croit pas ! Cette femme est soit folle, soit suicidaire. Comment peut-elle encore le questionner après ce qu'il vient de lui dire. C'est presque un aveu de ce qu'il est et elle ne devine pas. Non, elle insiste.

– Délila… Délila…

Il ferme les paupières pour les rouvrir sur des pupilles noires dilatées, noyant son regard fou dans les yeux bleus de la petite inconsciente qui ne fuit toujours pas. Pourtant, quand il s'amuse avec elle, elle se résigne rapidement, peut-être est-ce de la renonciation. Il aurait quand même aimé qu'elle se défende un peu, qu'il ait de quoi se divertir.

À quoi pense-t-elle d'ailleurs ? Il entre de force dans son esprit et comprend qu'elle est en train de se demander s'il a toute sa raison. Il ricane.

Dans la seconde qui suit, il est face à elle, sa vitesse est ahurissante.

– On va jouer un peu, ma belle.

Il caresse son cou comme il penche la tête sur le côté, il respire l'odeur de sa peur, un délice. Enfin, il a réussi à l'effrayer.

– Sois gentille avec l'homme que tu aimes, chérie, et ne te résigne pas trop vite.

– Me résigner… à quoi ?

Il esquisse un sourire, mais totalement différent de celui qui a égayé son visage un peu plus tôt. Cette fois, il lui fait peur et... oh, mon dieu, il a des canines pointues. C'est un vampire. Elle croit être dans un mauvais rêve. Oui c'est ça, elle est dans son cauchemar, c'est la seule possibilité.

— Cours, mon amour, avant que je ne te suce jusqu'à la dernière goutte !

Cette phrase n'a rien d'érotique et Délila prend ses jambes à son cou pour fuir la chambre. Elle cavale dans le long couloir du château, sachant pertinemment que sa seule chance de lui échapper est de sortir de la demeure. Il n'est pas supposé tolérer le soleil, donc si elle veut survivre, elle doit filer.

Comme elle court à travers la résidence, elle revoit des bribes de ses récents rêves, elle en train de fuir. Elle n'ose même pas faire le rapprochement, elle refuse de tirer une conclusion... non, elle repousse l'évidence de toutes ses forces, laissant les larmes perler du coin de ses yeux. Elle s'est fait avoir et par un vampire en plus.

Au détour d'un couloir, elle se heurte à un bloc. Mon dieu, non ! C'est un homme qui l'empoigne. Elle hurle comme elle lève les yeux sur lui. Sullivan.

— C'était toi, articule-t-elle en larmes.

Il est l'acteur de ses cauchemars, même si elle ne comprend pas encore ce que cela signifie. Comment cela peut-il être possible ? Cependant, il n'est pas temps d'y réfléchir. Elle dégage sa main de la poigne du vampire avec facilité, et se rend compte que tout ce qu'il souhaite, c'est la voir galoper. Elle lui donne alors satisfaction et descend les deux étages hâtivement. La porte d'entrée n'est plus qu'à quelques mètres, elle est presque hors de danger. Presque, parce qu'elle se doutait bien que ce ne serait pas aussi simple quand elle voit Sulli surgir de nulle part et lui bloquer le passage.

— Je sens ta peur, chuchote-t-il en marchant vers elle.

Elle recule, cherchant désespérément une issue. Elle n'a guère le choix et est obligée de retourner à l'étage, alors elle pivote et parvient à gravir quelques marches avant que Sulli ne l'attrape par la cheville et la fasse ainsi tomber. Il la traîne sur quelques mètres puis s'abaisse en ouvrant son pantalon.

Délila constate, horrifiée, qu'il compte la violer. Elle

aurait pu le comprendre si elle s'était refusée à lui, mais ce n'est pas le cas, ils ont déjà couché ensemble ; alors où est l'intérêt ?

Il approche encore et s'allonge sur elle, la forçant à subir ses baisers sur sa gorge. Ça n'a plus rien de romantique et la jeune femme sent même une envie de vomir la gagner.

– Ne fais pas ça, bafouille-t-elle en tentant de le repousser.

– Oh oui, continue. Tu fais ça très bien pour une fois.

Pour une fois ? Que veut-il dire par là ? Néanmoins, elle ne compte pas le lui demander.

D'une main, il immobilise les poignets de Délila au-dessus de sa tête alors que de l'autre il libère son membre engorgé qu'il tente de pénétrer en elle.

– Ne fais pas ça, le supplie-t-elle de nouveau.

Des larmes perlent au coin de ses yeux et Sulli s'arrête, ne sachant plus comment agir, la forcer ou la relâcher ? Il est pourtant si près du but.

– Lâche-moi, s'écrie-t-elle.

– Obéis ! résonne une voix féminine.

Délila aperçoit une superbe rousse – celle qu'elle a déjà vue au *Stéréo-nightclub* – qui se place derrière Sulli pour le tirer en arrière. Il se débat, alors une autre femme lui vient en aide pour le maîtriser, puis un homme – tous ceux qu'elle a vus avec lui au club. Dans un premier temps, tétanisée, elle ne bouge pas. Puis elle se précipite, aussi vite que le lui permettent ses jambes flageolantes, vers la porte, profitant de l'inattention de ses sauveurs qu'elle soupçonne être des vampires.

– Bastian ! L'humaine ! s'écrie une femme.

Délila ne se retourne pas, mais sent un poids s'abattre sur elle. On l'empêche de s'enfuir. Elle se débat contre son adversaire et quand elle constate que c'est un homme, elle lui envoie un coup de pied magistral dans les parties intimes. Il la lâche, elle quitte alors la demeure aussitôt.

Lancée comme une furie, Délila traverse la propriété quand ses yeux se posent sur la forêt alentour. Mon Dieu… elle s'immobilise en réalisant qu'il s'agit de celle de ses cauchemars. Comment est-ce possible ? Que lui a fait ce vampire ? Elle refoule ses larmes et se précipite jusqu'au portail : la grille de fer. Celle qui représentait la délivrance dans son rêve.

Elle refuse de laisser le puzzle se reconstituer, elle veut juste s'en aller. Tout de suite.

Quand elle a franchi la clôture, elle jette un regard sur le château de l'horreur. Cette fois c'est sûr, l'endroit ne la fascinera plus, et le monstre l'habitant non plus.

Elle ignore encore comment gérer la situation, mais elle se fait confiance, elle trouvera. Doit-elle avertir la police ou opter pour un article scandaleux dans le Journal ?

Pour le moment, elle est vidée... elle ne veut pas y penser et rentre simplement chez elle.

Chapitre 16

– Oh putain, Sulli ! crache Bastian.

– C'est toi qui viens de la laisser s'enfuir. Et toi, peste-t-il en pointant Josephte du doigt, de quel droit es-tu intervenue ?

– Tu crois que je ne t'ai pas vu venir ? tonne Jose. Tu l'aurais tuée après ta petite séance de torture !

– Et alors ? Merde ! Maintenant, elle est dans la nature ! Et ce putain de soleil m'empêche d'aller la chercher.

– Je m'occuperai d'elle à la nuit tombée, décide Rosalie. Je l'hypnotiserai pour qu'elle oublie tout ça.

– Tu quoi ? tonne Sulli. Espèce d'idiote ! Bande d'inconscients !

Il écrase son poing dans le mur avant de jeter un regard de glace à ses trois amis – Narcisse ayant décidé de ne pas sortir de sa chambre.

– Toutes mes traques resurgissent dans ses rêves, les informe-t-il en adoptant un ton plus calme.

– Elle sait que t'es un vampire, réalise Bastian.

– Elle a vu mes crocs.

– Comment se fait-il que ton pouvoir soit insuffisant sur elle ? questionne Jose qui ne comprend pas.

Sulli est un vieux vampire qui gagne en puissance à chaque décennie ; alors pourquoi l'hypnose semble s'ébranler comme si elle était pratiquée par un charlatan ?

– J'en sais rien et c'est pour ça que je dois la massacrer. Elle nous nuira.

– Tu sais où elle habite ? s'intéresse Bastian.

– Oui.

– Tu peux y entrer ?

– Oui.

– Je crois que tu as compris ce qu'il te reste à faire cette nuit.

– Non ! objecte Rosalie. Sulli, tu avais promis d'attendre.

– Je n'ai pas le choix.

Bastian et Josephte remontent à l'étage alors que Rosalie s'approche de Sulli.

– Sa peur t'a excité ?

– Oublie ça.

– Je pourrais te détendre, murmure-t-elle en caressant son torse dénudé.

Il éjecte sa main avec rapidité. Il a horreur qu'on le touche, horreur qu'on lui donne des ordres, horreur du sexe, il a… il se fait horreur.

Il déteste ce qu'il vient de faire. Jamais il n'aurait dû s'amuser avec sa proie en pleine journée. Il aurait dû être plus prudent, maintenant il est coincé.

***

Délila s'enferme à double tour dans son appartement et se laisse tomber sur le canapé avant de s'envelopper dans une couverture, tentant de respirer calmement et de mettre ses idées en ordre.

Sulli est un vampire. C'est une chose gérable.

Mais c'est bien la seule. Parce que le reste est totalement ingérable. Il l'a attaquée. Sans l'intervention de la rousse, il l'aurait violée, et si elle en croit ses rêves, ce n'est pas sa première tentative. Il n'a peut-être jamais essayé d'abuser d'elle, mais il la terrifiait et la faisait courir en la pourchassant. Il la traquait. Elle déglutit en arrivant à cette conclusion.

Autre chose l'interloque, pourquoi n'a-t-elle aucun souvenir de tous ces moments où elle tentait de le fuir ? Et que lui faisait-il quand il l'attrapait ? Elle devrait pouvoir obtenir des réponses auprès d'Antoine Tringle.

En pensant au spécialiste des créatures nocturnes, elle songe à leur conversation de la matinée : elle a été marquée par un vampire. Une créature qui l'a choisie pour jouer, à qui elle appartient. Sulli.

Elle ferme les yeux. Pourquoi a-t-il fait ça ?

Qui a commis les meurtres ? Est-ce Sulli ou les autres vampires ?

Décidément, elle a trop de questions sans réponses.

Elle saisit son téléphone et appelle au Journal où elle demande à son patron un numéro pour joindre Antoine Tringle. Après quelques notes d'humour douteux sur son départ précipité de ce matin, il le lui donne. Sans perdre un instant, elle le compose.

– *Antoine Tringle, j'écoute.*

– Délila Nagar. J'ai besoin de vous parler.

– *Je suis désolé de vous avoir effrayée ce matin, mademoiselle Nagar.*

– Oh, ce n'est rien.

Si elle a bel et bien été apeurée, ce n'est rien en comparaison de ce qu'elle vient de subir.

– *Vous voulez que je vous retrouve à votre bureau ?*

– Je suis chez moi, si ça ne vous pose pas de problème de m'y rejoindre.

Elle réalise qu'il est peut-être un peu tôt pour l'inviter dans son appartement, mais elle se sent bien incapable d'affronter l'extérieur en cet instant.

– *Donnez-moi votre adresse.*

Elle obéit et il lui promet d'être sur place dans un quart d'heure. Ce qui lui laisse à peine le temps de se doucher pour se débarrasser de l'odeur de Sulli et se changer. Elle opte pour un jean et un pull à col roulé, elle veut être totalement couverte.

À peine deux minutes plus tard, elle se retrouve assise dans son canapé en face d'Antoine Tringle.

– Vous avez dit que je suis marquée. Qu'est-ce que cela signifie ?

– Vous êtes la proie du vampire. Il jouera avec vous aussi longtemps qu'il en éprouvera le désir avant de boire votre sang. Aucun mâle n'a le droit de vous approcher. Un vampire peut sentir l'odeur de votre maître sur vous, mais pas un humain.

– Que suis-je supposée dégager comme effluve ?

— Celle de celui qui vous a marquée.

— Est-ce qu'il peut me libérer ?

— Non. La mort est votre seule délivrance.

Charmante perspective.

— Généralement, elle survient rapidement, les vampires se lassent tôt de leurs proies, surtout si elles ne sont pas à la hauteur.

Ne te résigne pas trop vite. Tu fais ça très bien pour une fois.

Les paroles de Sulli résonnent dans sa tête. Ce qui lui prouve que non seulement il est celui qui l'a marquée, mais également qu'il se lasse d'elle.

— Pourquoi ai-je tout oublié ?

— Il vous hypnotise après vos séances.

— Qu'est-ce qu'il me fait pendant ces... séances ?

— Il vous traque. Peut-être même qu'il abuse sexuellement de vous.

Elle n'en a pas le souvenir. La traque par contre, c'est une certitude. Et ce rêve qu'elle a fait d'elle et Sulli en train de faire l'amour, c'était tout sauf un viol. Avaient-ils couché ensemble avant aujourd'hui ?

— Est-ce qu'il boit mon sang ?

— C'est possible, mais pratiquement exclu, un vampire qui avale du sang humain a beaucoup de difficulté à s'arrêter avant de tuer sa proie. Il compte sans doute le faire quand il aura décidé de stopper le jeu avec vous.

Elle a vraiment la sensation d'être dans un cauchemar, tout ce qui lui tombe sur la tête est ahurissant.

— Est-ce que je peux me souvenir de ce que le vampire a voulu effacer ?

— Tout dépend. Si c'est un jeune, il se peut que vous recouvriez la mémoire, mais si c'est un ancien, il est puissant, aucune chance que vos souvenirs reviennent.

Elle en déduit donc que Sulli est un jeune vampire.

— Comment puis-je le tuer ?

— Il faudrait déjà que vous sachiez qui il est. Un vampire intelligent ne laissera aucune trace de lui en vous. Il se peut que vous pensiez ne pas le connaître.

Sulli n'est donc pas un sensé.

– Vous n'avez pas répondu à ma question.

– Pour les jeunes vampires, plus fragiles, un objet contondant dans le cœur suffira, pour les plus vieux, cela ne fera que les immobiliser un court instant pendant lequel vous devrez sectionner leur tête.

Un objet dans le cœur suffit, parfait. Sulli vit ses dernières heures. Et dire qu'elle avait peur d'un insignifiant vampire... elle en rirait presque. Cependant, le plus dur reste encore à faire. Elle va lui donner rendez-vous et le tuer, purement et simplement. Il pense qu'elle se résigne bien trop vite à mourir, c'est mal la connaître. Elle n'est pas journaliste pour rien, elle n'a pas peur de plonger tête baissée dans les histoires dangereuses, et même si le fait d'avoir été marquée par un vampire lui a fichu la trouille sur le coup, maintenant c'est passé.

A-t-elle besoin de savoir autre chose ? Elle ne doit rien laisser au hasard.

– Comment faire pour ne pas être hypnotisée ?

– Il ne faut pas regarder un vampire dans les yeux, il est capable de prendre le contrôle de votre corps ou de vous effacer la mémoire. Un vampire puissant peut lire dans vos pensées.

Mais Sulli n'est pas puissant.

– Autre chose sur les jeunes vampires ?

– Non, je ne vois pas. Ils n'obtiennent leurs pouvoirs qu'avec le temps.

Dans ce cas, elle pense être parée pour l'affronter.

– Un dernier détail néanmoins, ne l'invitez jamais à entrer chez vous.

Oui, la fameuse porte invisible qui empêche les vampires de pénétrer chez les humains sans y avoir été convié au préalable. Donc, ce n'est pas chez elle qu'elle mettra fin aux jours de son agresseur.

– Je vous remercie infiniment pour toutes ses précisions. Mais... euh... comment reconnaît-on un vampire ?

– Leur peau est froide, leur corps est dur, leur cœur ne bat pas, ils n'ont pas de reflet dans un miroir, ils vivent la nuit et dorment le jour, possèdent une force surnaturelle, et oh... ils sont très rusés.

Elle a bien remarqué que Sulli a la peau froide, mais n'a pas fait attention aux battements de son cœur.

– Ils ont des crocs, précise-t-elle plus qu'elle ne le questionne.

– Effectivement. Ils apparaissent et se rétractent selon leur volonté.

Très intéressant tout ça, mais il est temps de remercier monsieur Tringle parce qu'elle a des choses à faire maintenant.

– Je ne peux que vous conseiller de vous méfier des gens que vous côtoyez.

Inutile, je sais déjà à qui j'ai affaire.

– Bien sûr, je prendrai le pouls de quiconque m'approchera.

Elle rit de son idiotie, et lui aussi, puis il lui demande de faire attention à elle et s'en va.

D'ailleurs, une question lui trotte en tête : pourquoi Sulli dit-il qu'elle se résigne ? Elle n'est pas de nature à baisser les bras et s'avouer vaincue. Ce n'est pas elle, elle est plutôt du genre fonceuse à tout écraser sur son passage. Il a dû lui faire atrocement peur pour qu'elle en vienne à *se résigner.*

Il est temps de prendre contact avec le vampire à exterminer. Elle attrape son téléphone et appelle ce cher Duc Lancaster.

– *Délila ? Quelle surprise !*

– J'imagine. Il faut que je te voie.

– *Pourquoi ?*

– Hum... voyons voir, je sais qui tu es et je peux donner l'alerte.

– *Il me suffirait de disparaître et de m'établir ailleurs.*

Surtout pas. Elle veut qu'il paie, pas qu'il fuie.

– J'ai des questions et j'estime avoir droit à des réponses.

Elle l'entend rire, il est en train de l'exaspérer et elle ne va pas garder son sang-froid longtemps.

– Après tu m'hypnotiseras et tu ne risqueras plus rien.

Cette seule phrase le fait reprendre son sérieux.

– *Vraiment ?*

– À vingt-deux heures à mon bureau au Journal de Montréal.

– *Où est le piège, Délila ?*
– Il n'y en a pas.
– *Je vais te faire cet honneur, après tout, je suis le prédateur et toi la proie, je ne risque rien.*
Vraiment ?
– Tu viendras seul, bien sûr.

De nouveau, elle l'entend rire.

– *Tu me crois vraiment capable d'amener des renforts alors que je suis imbattable ?*

Quelle suffisance ! Il n'a pas la moindre idée de ce qui l'attend. Il la prend pour une petite idiote trouillarde, il va avoir une jolie surprise.

– *J'ai hâte de t'avoir en face de moi.*

Elle déglutit. Elle n'est plus certaine... Si. Elle le vaincra.

Elle raccroche aussitôt, laissant tomber son téléphone ensuite. A-t-elle pris la bonne décision ? Ce tête-à-tête n'a pas eu l'air de l'effrayer. C'est sans doute l'arrogance de jeune vampire qui a parlé.

Chapitre 17

Il n'y a plus personne au Journal depuis un quart d'heure, Délila a ce qu'elle voulait, elle est seule dans le local. Elle a glissé un pic à glace – l'arme du crime – dans la poche arrière de son jean. Elle l'utilisera dès qu'elle aura eu les réponses à ses questions, et sera ainsi libérée de son emprise.

Elle sursaute quand une légère brise pénètre dans son bureau, ce qui est très étrange puisque la fenêtre est fermée. Soudain, le vent fait claquer la porte et Sulli se matérialise juste à côté d'elle, laissant la jeune femme stupéfaite. Il croise les bras sur son buste, il est entièrement vêtu de noir et il est beau à tomber, c'est la première pensée de Délila.

– Bonsoir, mon ange. Comment trouves-tu mon entrée ?

Elle commence par respirer calmement pour se faire à l'idée qu'il peut... c'était quoi ?

– Incompréhensible.

– Je m'amusais avec le vent. Bon, que veux-tu savoir ?

– Pourquoi m'as-tu marquée ?

– Pour me distraire avec toi sans qu'un autre t'arrache à moi. Vois-tu, si un vampire avait senti mon odeur sur toi sans que tu sois marquée, il n'aurait pas hésité à te vider de ton sang.

Charmant.

Que voulait-elle encore savoir ? Sa beauté malsaine la trouble intensément, à moins qu'il ne soit question d'autre chose. Pourquoi est-elle aussi attirée par ce monstre qui la répugne ?

– Parce que je t'ai marquée, voyons.

– Non... c'est impossible, tu ne peux pas faire ça.

Comment fait-il pour lire en elle ? Il n'est qu'un jeune vampire.

Elle le voit rire.

– Tu seras attirée par moi, peu importe ce que je ferai, et ce, jusqu'à la fin de ta courte vie.

– Tu ne devrais pas lire en moi ! peste-t-elle.

– En toi ? Tu sais que tes pupilles suffisent à te trahir.

Elle baisse le regard, mais juste quelques secondes, elle ne doit pas le quitter des yeux où il pourrait l'attaquer, il pourrait aussi l'hypnotiser, mais en cet instant ça lui semble moins dangereux qu'une attaque-surprise.

– On a déjà couché ensemble, n'est-ce pas ? Je veux dire, avant ce matin.

– Oui. Ton rêve est la réalité. C'était la seconde fois de la nuit, après que je t'ai marquée.

Pourquoi n'a-t-elle aucun souvenir de ce moment où il l'a faite sienne ?

– Comment tu t'y es pris ?

– L'alliance du sexe et du sang. Je n'étais pas certain de réussir, en fait, je ne suis jamais parvenu à marquer une humaine.

Les mains nouées dans son dos, Délila serre fermement le pic à glace, prête à l'utiliser s'il bondit sur elle.

– Elles sont mortes à chaque fois, je buvais trop, mais pas toi... tu es ma première réussite.

– Je suis flattée, se moque-t-elle.

– Un lien très fort unit le vampire et sa proie, je suis sûr que tu le ressens.

– Tu ne m'inspires rien que du dégoût.

– Tu me fends le cœur.

– C'est toi, les attaques ?

– Ce n'est pas drôle d'attendre bien sagement d'être intégré, d'autant que je n'arrive ni à me passer de sang frais ni à m'arrêter avant de tuer l'humaine.

Il ne bouge pas d'un pouce telle une statue de pierre inexpressive. Mais en lui, beaucoup de choses le tourmentent. Déjà, comment mettre fin à ce lien qui l'unit à l'humaine ? Doit-il la tuer ou seulement l'hypnotiser et partir sans se retourner ? Il n'est pas certain que ses pouvoirs opèrent sur elle puisqu'elle arrive à se souvenir, alors ce serait sans doute suicidaire d'opter pour cette technique. Elle se souviendrait dans quelques jours et lancerait une chasse aux vampires. Trop dangereux. Mais la tuer... il ne pense pas s'y résigner. Elle force l'admiration. Quel courage elle a dû rassembler pour lui donner rendez-vous ici afin d'avoir les réponses à ses questions ! D'ailleurs, toute fille normalement constituée n'aurait pas agi comme elle. Elle se serait contentée du téléphone, ou mieux, de disparaître, au plus loin de lui. Alors pourquoi est-elle si confiante ?

Il fait quelques pas jusqu'à s'asseoir sur le siège à trois mètres d'elle.

– Combien de fois t'es-tu fait prendre dans ce bureau ?

– Ça ne te regarde pas, et ça n'a aucun rapport avec notre affaire.

– Jamais, je me trompe ? Tu n'as pas envie d'essayer ?

– Non !

– On arrive au bout de notre conversation, Délila, on va passer à l'hypnose, alors on pourrait... une dernière fois, qu'en dis-tu ?

Qu'il a raison ! Non, qu'il est fou !

– Ne lutte pas, quoi que tu fasses, tu auras toujours envie de moi. Je pourrais assouvir ce désir, si tu t'approchais.

Elle lâche le pic à glace accroché dans la ceinture de son jean et fait quelques pas dans sa direction, s'efforçant de ne penser à rien. Elle n'est pas certaine qu'il ait vraiment vu dans ses yeux ce qui lui traversait l'esprit et préfère opter pour la prudence.

– Juste une fois, articule-t-elle en s'asseyant à califourchon sur lui.

Il plonge ses pupilles sombres dans les siennes quelques secondes avant qu'elle détourne le regard, choisissant de ne prendre aucun risque.

Elle sent les doigts du vampire glisser sous son pull et c'est très dangereux pour elle, il pourrait découvrir son arme.

– Laisse-moi faire, réclame-t-elle.

Il retire ses mains ; elle avait dans l'idée d'enlever son haut, du moins de le feindre pour s'emparer de l'arme, mais elle ne peut plus lutter contre cette maudite attirance qu'elle éprouve pour lui et décide de s'y abandonner… juste un court instant. Elle écrase ses lèvres sur les siennes et l'embrasse quelques secondes comme elle se presse contre son corps de pierre, ne percevant aucun battement de cœur. Elle se laisse perdre par ce baiser durant d'interminables minutes alors que les mains du vampire courent le long de son dos. Ensuite, tout bascule.

Elle s'écarte, presque à contrecœur, ne devant pas oublier l'objectif de cette rencontre.

— Suis-je sincèrement amoureuse de toi ou est-ce parce que tu m'as marquée ?

— Ma morsure ne peut que te faire éprouver un désir irrépressible pour moi, elle ne peut pas t'obliger à m'aimer. Là, c'est ton cœur qui parle.

Eh bien, la voilà bien !

Elle pose à nouveau ses lèvres sur les siennes comme elle attrape le pic à glace, et quand elle recule, elle le lui plante dans le cœur. Délila bondit en arrière en constatant que le vampire ne bouge plus, la tête pendant vers le bas. Elle s'attendait à ce qu'il se décompose. Alors que doit-elle faire ? Est-ce fini ?

Elle se précipite sur le téléphone et appelle le spécialiste de la race pour en savoir plus.

— *Allo.*

— Délila Nagar, dites-moi, une fois que le vampire a reçu un coup en plein cœur, il est supposé se passer quoi ?

— *Vous m'appelez à cette heure-ci pour ça ?*

— Répondez-moi, je vous en prie.

— *Le jeune vampire se décomposera jusqu'à finir en cadavre, ce qu'il aurait été sans sa transformation.*

— Bien. C'est rapide ?

— *Instantané.*

— Non, souffle-t-elle alors qu'on lui empoigne les cheveux.

Sulli raccroche le téléphone avant de la tourner vers lui, à sa merci, en tirant sa tête en arrière pour dégager sa gorge.

— Tu as tenté ta chance et tu as perdu, à moi de jouer maintenant, déclare-t-il en baissant le visage jusqu'à son cou.

— Je t'en supplie, non !

135

Il se redresse alors pour plonger son regard sombre dans la beauté du sien.

— Tu m'as pris pour un jeune, tu as eu tort, et ça va te coûter la vie.

— Alors pourquoi puis-je me souvenir ? demande-t-elle, larmoyante.

— Je l'ignore, mais cela ne devrait pas arriver. J'ai plus de cinq cents ans, je suis très puissant.

Et rien ne le lui laissait présager, elle a fait une regrettable erreur de jugement. Une méprise qu'elle ne s'explique aucunement.

— Je ne dirai rien, je t'en prie, je ne veux pas mourir.

Pourquoi faut-il qu'il l'écoute ? Il devrait l'assécher de son sang, ici et maintenant, sans état d'âme. Pourtant, il en a.

— On va passer un accord tous les deux.

Elle hoche la tête avec difficulté, les yeux noyés de larmes, terrifiée... et résignée.

— Tu es à moi, et de ce fait je peux te retrouver où que tu sois et quand je le décide. Si tu parles, je le saurai et je te tuerai.

Elle acquiesce d'un infime hochement de tête comme il desserre légèrement la pression. La seconde suivante, sur une pulsion, il écrase ses lèvres sur les siennes, puis la libère complètement avant de disparaître dans un courant d'air.

Délila pose sa main sur son crâne, il lui a vraiment fait mal. Elle prend un moment pour réaliser tout ce qui vient de se passer. Elle a failli mourir et si elle vit c'est uniquement... parce que le vampire l'a décidé. Il pourra la retrouver où qu'elle soit et en terminer avec elle facilement. Elle a fait une erreur. Ce n'est pas un jeune vampire imbécile et inconscient, mais un vampire terrible, plusieurs fois séculaire, et très expérimenté. Pourtant, une question reste en suspens de toute cette soirée : comment se fait-il qu'elle se rappelle ? Autre chose aussi : il a réussi à la marquer, or, il a échoué avec toutes les autres. Il va falloir qu'elle trouve une réponse à cela, et elle sait déjà qu'à la première heure le lendemain, elle interrogera Antoine Tringle.

Ses yeux se posent sur le pic à glace au sol ; elle croyait naïvement que cela le tuerait, la belle erreur !

Tout ça est bien assez pour une seule journée, toutefois ce n'est pas encore fini. Elle se laisse glisser le long de son bureau pour s'asseoir sur le parquet. Elle est attirée par lui parce qu'il l'a marquée... et elle est amoureuse de lui. Ce sentiment qu'elle ne doit qu'à elle. Comment le gérer ? Elle l'ignore. Y parviendra-t-elle seulement ?

Elle se remémore cette fameuse soirée à laquelle elle a rencontré le Duc Lancaster. Rien ne laissait présager de la suite des événements. Si elle avait ne serait-ce qu'imaginé qu'il était un être de la nuit, elle l'aurait fui comme la peste au lieu de baver devant lui et d'en tomber amoureuse. Elle est bien consciente de n'être rien en face de ce vampire qui aura toujours raison d'elle. Elle aurait pu en finir ce soir, si elle n'avait pas sous-estimé son adversaire. Mais aurait-elle survécu à la douleur que cette perte aurait causée ? Sulli a été clair, les sentiments qu'elle éprouve pour lui ne sont en rien liés au fait qu'il l'ait marquée.

Elle n'a pas véritablement le choix, elle devra se tenir à distance de lui, mais pas oublier pour autant. Elle veut découvrir pourquoi ses souvenirs normalement effacés refont surface. Quand elle saura, alors elle se jettera dans la gueule du loup et se rendra au château pour partager ses découvertes avec Sulli. C'est sans doute son côté journaliste qui l'y poussera. Délila aime tout savoir sur tout, surtout lorsque ça la touche de près. Il est possible que la jeune intrépide paie de sa vie le non-respect de sa promesse. Mais elle est déjà consciente que jamais elle ne réussira à se tenir à l'écart de Sulli dès qu'elle saura ce qu'il en est... pourquoi tout est si différent pour eux.

***

— Ça y est ? Elle est morte ? résonne une voix féminine dans le hall du château quand Sulli en passe la porte.

Il a bien reconnu Rosalie, et se demande en quoi cela peut l'intéresser. En fait, il imagine qu'elle désire qu'il démente.

— Qu'est-ce que ça peut faire ?

— Pourquoi se souvient-elle ?

Aucun reproche. L'attitude de la brunette déconcerte le

vampire qui s'attendait à autre chose de sa part.

– J'en sais rien, soupire-t-il, à bout de force.

– Tu l'as tuée ?

– Non.

Rosalie laisse échapper un sourire, quelque part elle s'en doutait.

– Cache ta joie !

– Sulli ! Ça n'aurait été bon pour personne qu'elle meure.

– Et qu'elle vive, alors ? Ça l'est pour qui ? Elle pourrait nous balancer ! colère-t-il.

– Tu lui as bien effacé la mémoire ce soir ?

– À quoi bon ? Tu peux me le dire ? Elle aurait fini par se souvenir !

– Oui, mais sous forme de rêve, Sulli ! Merde, tu n'as pas été assez stupide pour la laisser en vie avec ce qu'elle sait ! tonne-t-elle.

Le vampire en colère se rue sur elle et d'une main enserrant sa gorge, il la plaque contre le mur, avec une force colossale. Si Rosalie était une humaine, elle serait morte sous la rudesse du coup, mais sa nature la rend plus résistante, toutefois elle en ressent une douleur fulgurante dans le dos.

– Elle ne nous nuira pas, articule-t-il avec distinction, insistant sur chaque mot. C'est tout ce que tu as à savoir.

Rosalie lui lance un regard noir signifiant qu'elle n'est pas près de lui pardonner son acte. Les vampires ont une vie plus longue que les humains, mais aussi une rancune plus tenace. La haine et la colère qu'éprouve Sulli envers Lilith depuis plusieurs siècles en sont la meilleure preuve.

– Si toi ou un autre lui faites du mal, je vous tuerai. Fais passer le message. Cette humaine est mienne, ne l'oublie jamais.

Sullivan libère la vampire qui tombe sur le sol, avant de gravir les escaliers.

Rosalie pose sa main sur sa gorge, ressentant encore une douleur latente, en se jurant qu'il lui paiera ce geste. Qui croit-il tromper avec ce petit numéro ? Pas elle, déjà. Le vampire pathétique – à son goût – s'est entiché de l'humaine. Elle en rirait presque si l'attitude de Sulli ne les avait pas tous mis en danger. Pire encore, la seule solution pour les sortir, elle et ses congénères, de ce piège, c'est en tuant l'humaine qui en sait trop. Mais si l'un d'eux avait recours à cette extrémité, Sulli serait capable de tous les exterminer.

Cependant, comment vivre avec cette perpétuelle épée de Damoclès au-dessus de la tête ?

Chapitre 18

Bien qu'Antoine Tringle ait été étonné par l'appel tardif de Délila la veille, il a accepté de la rencontrer au Journal tôt dans la matinée. En effet, n'en pouvant plus d'attendre, la jeune femme veut ses réponses au plus vite.

Délila fait les cent pas dans son bureau depuis ce qui lui paraît être une éternité – cinq minutes en fait. L'heure ne semble pas être son amie en ce jour, elle défile avec une lenteur insolente. Elle attend l'arrivée d'Antoine avec impatience, mais une grande peur aussi. Elle craint les mots qui sortiront de sa bouche. Que va-t-il encore lui tomber dessus ?

Est-il possible que la situation empire ? Cela semble compliqué, néanmoins pas improbable.

Comment va-t-elle pouvoir en apprendre plus sur les vampires sans en dire trop ? En même temps, elle a été marquée et ce n'est pas un secret pour Antoine Tringle, alors il ne s'étonnera pas de son envie d'en découvrir davantage. Toutefois, il lui semble problématique de devoir lui dévoiler sa certitude quant à l'âge du vampire.

– Mademoiselle Nagar ? l'appelle Antoine, sur le seuil de la porte.

– Bonjour.

Le bruit de ses propres pas a couvert l'arrivée d'Antoine. Encore un peu et elle laissait une tranchée dans le parquet selon le tracé de sa ronde nerveuse. Déjà que l'état est à désirer…

– Bonjour.

Elle lui désigne un fauteuil où il prend place. Elle l'a

contacté après le départ de Sulli, il était inquiet de la coupure téléphonique même s'il ignorait qu'elle était due au vampire qui l'a marquée. Elle a inventé un problème de télécoms, bien plus simple que la vérité.

– Je me souviens, avoue-t-elle.

Elle prend place dans son fauteuil, derrière son bureau, alors que les yeux du jeune homme s'écarquillent.

– De quoi ? s'intéresse-t-il.

– De plusieurs soirées où il me traquait, de... de la fois où il m'a marquée.

Elle ne se souvient pas de ses crocs se plantant dans sa gorge, mais revit clairement leurs ébats passionnés.

– Nous avons affaire à un jeune vampire. Avez-vous aperçu son visage ?

– Non. Mais je me rappelle qu'il m'a révélé son âge.

– Quel est-il ?

– Cinq cents ans.

Le cœur du spécialiste manque un battement. Ce que lui raconte Délila est totalement impossible. Aucun vampire expérimenté ne rate son hypnose... à moins que... non, il repousse cette idée saugrenue. Jamais, une telle vérité n'a été avérée, il ne s'agit que d'une théorie. Sa théorie.

– Dites-moi, réclame la blonde en voyant son visage changer du tout au tout.

– Rien.

– Je vous en prie, je veux savoir... j'en ai le droit.

En principe, elle a raison, et s'il s'avère qu'il a vu juste, alors ça pourrait être un élément de réponse pour Délila, en particulier sur l'identité de celui qui se joue d'elle.

– Avez-vous un admirateur ?

– Je vous demande pardon ?

– J'ai une théorie sur l'unique raison qui pourrait faire rater son hypnose à un vampire.

– Je vous écoute.

– Il ne désirait pas fermement qu'elle fonctionne.

Logique. Toutefois aberrant. Sulli voulait qu'elle oublie, elle en est convaincue. D'ailleurs, pourquoi ne l'aurait-il pas souhaité pleinement ?

– Ça n'a aucun sens, réfute-t-elle. Ce pouvoir sert à faire

141

oublier les humains alors pourquoi…

— Parce qu'à mon sens, il se pourrait que cette créature ait des sentiments pour vous.

Délila est prise d'une envie de rire à gorge déployée, mais se retient par politesse. Elle voit encore les agressions répétées du vampire, son regard sombre quand il est en colère, sa façon de la traiter, de lui faire mal, les traques qu'il lui a fait subir – même si tout n'est pas clair dans sa tête –, et surtout le viol qu'il a essayé de lui infliger. Définitivement non, il n'éprouve rien pour elle si ce n'est une envie de jouer.

— Dans mes souvenirs, ce n'est pas le cas.

— Je vous repose ma question : avez-vous un admirateur ?

— Non.

Et la réponse est franche. Elle n'en a aucun.

— Personne qui vous tourne autour ou qui vous harcèle ?

— Non.

Antoine se gratte le menton, pourtant certain de sa théorie. Mais il est possible que dans le cas de Délila la raison soit autre. Si le vampire ne s'est pas amouraché de sa proie, pourquoi rater son hypnose ? Fatalement, elle se souviendrait et il en mourrait.

— Alors il veut en finir avec son état.

La journaliste ne croit pas une seule seconde à cette possibilité. Sulli, plein d'arrogance, ne peut pas souhaiter la mort.

— Il se pourrait qu'il ait envie que vous vous souveniez et que vous le dénonciez.

— En fait, vous ne savez rien, constate-t-elle amèrement.

Pire même, elle perd son temps avec ce soi-disant spécialiste des créatures nocturnes. Sait-il au moins de quoi il parle ? Jamais elle ne pourra débarquer au château pour clamer à Sullivan qu'elle connaît la raison de l'échec de son hypnose. Si elle lui dit qu'elle a compris qu'il souhaite en finir avec la vie, il rira à n'en plus finir. Si elle opte pour les sentiments qu'il pourrait éprouver pour elle, il aura la même réaction. Dans les deux cas, elle passera pour une idiote et finira en en-cas pour vampire.

— Je pourrais vous hypnotiser pour faire revenir vos souvenirs et ainsi vous permettre de voir le visage de votre agresseur.

– À quoi ça pourrait bien me servir ?

– Ce n'est pas ce que vous voulez savoir ?

Je le sais déjà !

– Vous pourriez faire ça ?

– Oui.

– Où et quand ?

Si elle refuse, il ne la comprendra pas et en déduira qu'elle lui cache des informations.

– Dans un lieu où vous vous sentez bien, chez vous peut-être.

– D'accord.

– Je vous y retrouverai vers vingt et une heures, j'ai une journée bien remplie.

– À ce soir, dans ce cas.

Il lui fait un signe de la tête avant de sortir de son bureau, la laissant sceptique. Si pour elle l'identité de son attaquant n'est pas un secret, elle pourrait néanmoins revivre toutes les heures partagées avec lui. Comprendre. Savoir ce qu'il lui a fait endurer. L'a-t-il violée ? Comment l'a-t-il marquée ? Pourquoi ? Même si elle doute d'avoir une réponse à cette question, sauf s'il le lui a dit avant de le lui faire oublier.

Finalement, cette petite séance avec le spécialiste se révèlera sans doute très utile. La nuit s'offrira à elle ensuite et elle pourra en finir avec son pire cauchemar. Elle ignore juste encore comment !

Elle est marquée à vie par un vampire, ce qui signifie qu'elle lui appartient et que seule la mort la délivrera. Sa mort à lui parce que la sienne n'est pas envisageable. Ou vivre avec. C'est vrai que c'est l'une de ses options. Si elle oublie celui qui l'a faite sienne, il n'interviendra pas dans sa vie, c'est peut-être cette solution qu'elle devrait choisir. Mais Délila, tête de mule qu'elle est, ne se satisfera pas de la facilité. De plus, elle est certaine qu'elle ne va pas aimer les images qui se révèleront à elle ce soir, alors que fera-t-elle ? Elle ira crier son indignation. Où ? Au château des vampires évidemment. Elle a bien compris que ceux qu'elle a vus avec Sulli au club sont ses congénères et qu'ils vivent ensemble. La propriété ne sera jamais rénovée.

***

La journée est atrocement longue pour Sulli qui est coincé dans ce maudit château qu'il a payé une fortune et dans lequel il n'est même plus certain d'être en sécurité.

Pourquoi a-t-il voulu migrer ici ? Pour recommencer une nouvelle vie, loin des émeutes qu'il a lui-même créées au Mexique, et ailleurs. Partout où il passe, il sème le chaos. À chaque fois, il va trop loin, ce qui entraîne son obligation de quitter l'endroit. Mais pas seulement lui, les autres également – ses amis. Tout était tellement plus simple quand il vivait en Transylvanie. La population redoutait le Comte qui l'a engendré, et lui aussi, jamais personne n'a tenté de le rendre à la terre. Il était adulé et craint.

Ici tout est différent... depuis des siècles tout est différent – depuis qu'il a été chassé de son pays. Il est nostalgique de cette époque.

Partout où il va, il doit s'adapter, cacher sa véritable nature. Il a toujours été soutenu par Bastian, Jose et Rosalie, mais cette fois, il sent que les choses sont différentes. Ils ne sont pas là pour traquer et tuer. Non, Sullivan les soupçonne de vouloir s'intégrer et vivre parmi les humains comme certains de leurs congénères. Bien sûr, aucun ne l'avoue et ils continuent tous de lui assurer qu'ils attendent le moment de mettre la ville à sang. Mensonge !

Pour la première fois, il se sent comme seul au monde. Aucun ne pense comme lui, aucun n'a besoin de la même chose que lui. Il est un incompris... il est malheureux.

Il se sent idiot d'avoir fait confiance à Rosalie qui lui conseillait de jouer avec une humaine. Il aurait dû la tuer quand il en avait l'occasion. Parce que maintenant... il est perdu.

Délila.

Il serre les poings en songeant à elle. Cette femme est forte, elle a réussi à bousiller sa vie. À cause d'elle, il ne sera plus jamais le même. Il s'est embrouillé avec Rosalie et ça ne s'arrangera jamais parce qu'il refusera de s'excuser pour sa brutalité. Il a définitivement perdu une amie.

144

Et puis, il n'y a pas seulement cela… il se pose beaucoup de questions. À commencer par : pourquoi se souvient-elle alors que théoriquement c'est impossible ? De plus, il a réussi à la marquer. Cela aussi aurait dû être infaisable.

Il soupire. Il n'aura aucunement les réponses.

Personne n'est capable de lui fournir une explication, personne à part le vampire – son créateur – qui lui a gentiment demandé de disparaître il y a quatre cents ans. L'idée de se présenter devant lui pour comprendre ne séduit pas Sulli. Jamais il ne remettra les pieds en Transylvanie.

***

Délila accueille Antoine Tringle chez elle pour une séance d'hypnose des plus surprenantes. En effet, elle voit les images du film de sa vie défiler dans sa tête. Le spécialiste des créatures nocturnes n'est peut-être pas capable de répondre à ses questions, toutefois il maîtrise l'art de l'hypnose à la perfection.

La journaliste s'observe en train de courir à travers les rues sombres de Montréal ou dans une forêt. Elle ressent la peur foudroyante qui l'habite et sa lutte pour survivre. Plusieurs fois, elle discerne les crocs pointus de son agresseur, mais aussi son visage. Elle le savait bien entendu, mais c'est plus réel maintenant. L'instant qu'elle redoute finit par arriver et elle se souvient des moments intimes qu'elle a passés avec Sulli, de leur première fois… ici… chez elle.

Oh mon Dieu !

Elle réalise alors qu'il est entré dans son appartement, qu'elle l'y a autorisé. Et que cela s'est terminé dans son lit. Elle rougit en ressentant le plaisir la submerger en se remémorant ces caresses délicieuses. Jamais il n'a été brutal, au contraire il était tendre. Enfin, elle le voit planter ses crocs dans sa gorge et étouffe un cri à ce souvenir. Elle comprend mieux ce que faisait sa lime à ongles dans son lit quand elle a conscience de toute la scène.

– Comment vous sentez-vous ? s'intéresse Antoine après avoir claqué des doigts.

Délila revient doucement à elle, ses souvenirs encore

vivaces et ses émotions trop présentes.

– Il ne m'a pas violée, articule-t-elle en le réalisant soudainement.

Antoine lui avait suggéré qu'il avait peut-être abusé d'elle, mais aucunement. Sulli ne lui a rien fait subir d'autres que des traques angoissantes et exténuantes.

– Racontez-moi tout ce que vous avez vu.

C'est impossible bien sûr. Elle se contente de lui parler de ses courses effrénées pour survivre à travers des rues qu'elle ne connaît pas. Elle oublie intentionnellement de mentionner la forêt à côté de la propriété, pour éviter qu'il la situe. Ce n'est pas Sulli qu'elle protège par ce silence, mais elle. Délila ne doute pas que le vampire soit capable de la localiser à n'importe quel instant, et de l'anéantir.

– Avez-vous vu son visage ?

– Oui.

– J'appelle les autorités, ce monstre sera mort avant le lever du jour.

Délila l'en empêche avant de lui révéler qu'elle ne connaît pas l'auteur de ses agressions.

Antoine soupire. Puis, il l'accuse de masquer la vérité. Il lui a rendu ses souvenirs grâce à l'hypnose, alors il est impensable que Délila ignore à qui elle a affaire, il pense qu'elle le couvre.

– Vous avez perdu la tête ? s'offusque-t-elle. Pourquoi est-ce que je le protégerais ?

– Parce qu'il vous a marquée et que vous éprouvez quelque chose pour lui.

Décidément, il s'avère que le spécialiste est très perspicace. Elle a bien une idée pour se sortir de cette fâcheuse situation, mais ignore si elle n'est pas plus suicidaire et pire que la réalité. Toutefois, elle n'y réfléchit pas et agit.

– C'est ce que vous pensez ?

– Vous l'aimez, n'est-ce pas ?

Oui.

– N'importe quoi ! Écoutez, j'ai besoin… accordez-moi quelques minutes pour me remettre.

– À votre guise, mais je ne quitterai pas votre appartement

sans une réponse.

– Et si je refuse ?

– Je suis capable de devenir votre pire cauchemar pour le bien de l'humanité.

Sans ménagement, il la menace de faire intervenir le gouvernement, de lui imposer des séances de tortures psychiques durant lesquelles son cerveau serait fouillé jusqu'à ce que le nom du vampire soit démasqué.

Elle déglutit. Jamais elle n'a cru que ce type pourrait s'avérer cruel. Ce qui la conforte dans la nécessité de ce qu'elle s'apprête à faire.

– Je vais me rafraîchir.

Antoine ne cille pas alors que la jeune femme apeurée se réfugie dans sa chambre. Elle saisit son téléphone et appelle le seul capable de l'aider : son agresseur.

– *T'es incroyable !* s'amuse Sulli après avoir décroché.

Jamais il ne pensait que Délila le rappellerait un jour. Il imaginait même qu'elle avait quitté la ville ou était sur le point de le faire. N'importe quelle humaine sensée l'aurait fait.

– J'ai besoin de toi, Sulli.

– *Moi aussi, ma douce, je ne fais que penser à toi.*

Puis il éclate de rire, se moquant ouvertement d'elle, persuadé qu'elle lui conte son manque de lui.

– J'ai vu un spécialiste des créatures nocturnes, l'informe-t-elle pour le faire taire.

Elle obtient effectivement le silence et toute son attention.

– Il m'a hypnotisée et je me souviens de tout.

– *Où veux-tu en venir ?* s'énerve-t-il.

– Il ne me croit pas quand je lui affirme que je ne connais pas mon agresseur.

– *Je me fiche de ça, Délila !*

– Donc je peux lui dire qui tu es.

– *On a un accord, n'oublie pas.*

– Si je m'obstine, je vais me retrouver avec des électrodes dans le cerveau. Il veut contacter le gouvernement.

– *Alors adieu.*

– Sulli !

Elle n'entend que la tonalité pour réponse. Il a raccroché,

se fichant éperdument de son sort.

Elle laisse tomber son téléphone, se sentant perdue... impuissante. Comment a-t-elle pu croire qu'il viendrait à son secours ? Décidément, la théorie absurde d'Antoine Tringle ne se vérifie aucunement.

Quels choix lui reste-t-il ?

Livrer le vampire qui en réchappera sans aucun doute et viendra la tuer ensuite, ou garder le silence et subir les pires tortures ?

Quoi qu'elle décide, l'issue sera la même : la mort. Il lui reste plus qu'à déterminer la façon dont elle souhaite quitter ce monde.

Chapitre 19

– Je maintiens ce que je vous ai dit, j'ignore de qui il s'agit, déclare Délila en pénétrant dans son salon où le spécialiste n'a pas bougé.

– Vous faites là une belle erreur, ma chère.

Elle en est consciente, mais elle préfère mourir des mains du gouvernement que de celles de Sulli.

Antoine se lève et fait quelques pas dans l'appartement pour se poster devant la fenêtre. Il regarde à l'extérieur, il fait nuit et il est étonné de voir que les volets ne sont pas tirés. Une femme agressée par un vampire serait prudente, terrorisée, recroquevillée chez elle. Mais pas Délila. Il ne pense pas se tromper en affirmant qu'elle est amoureuse de son agresseur et qu'elle le protège malgré les risques auxquels elle s'expose. Ou alors, il l'a menacée. Il aimerait y croire sincèrement, mais quand il y réfléchit davantage il comprend que ce n'est pas ce qui motive son silence. Sinon, elle se barricaderait.

– Je vous pose la question une dernière fois : qui est-il ?

Il pivote pour fixer ses yeux sur la jeune femme aux longs cheveux blonds qu'il a tout de suite trouvée belle quand il a croisé son chemin. Dommage que ça doive se finir ainsi.

Délila se mure dans le silence. Elle refuse de dénoncer Sulli, estimant que cette histoire lui appartient et que ce spécialiste n'a pas à s'en mêler. Toutefois, elle ne réplique rien et son silence est éloquent pour l'homme en face d'elle.

Il saisit son téléphone quand une brise fait chuter la température de la pièce. Il fait froid soudainement et le vent se met à tourbillonner à côté du canapé jusqu'à ce qu'un être dépourvu d'âme se matérialise.

Antoine est abasourdi, la bouche ouverte, sans qu'aucun son n'en sorte. Il conclut sans le moindre doute que l'individu qu'il a en face de lui est l'agresseur de la délicieuse Délila.

Cette dernière n'arrive pas à réaliser que Sullivan Lancaster se tient dans son salon. Elle sait déjà qu'elle lui a permis de pénétrer chez elle, mais était bien loin d'imaginer qu'il y reviendrait, surtout après leur dernier échange téléphonique.

Le vampire ne reste pas immobile bien longtemps, il se rue sur l'homme qu'il ne connaît pas, bien qu'il sache que c'est lui qui a menacé Délila. Il le force à le regarder et lui ordonne de s'asseoir par contrôle mental. Sans le quitter du regard, il demande à Délila ce qu'il a raté.

– Je n'ai rien dit. Il s'apprêtait à contacter le gouvernement.

Elle a du mal à réaliser qu'il est près d'elle... pour elle. À moins qu'elle n'interprète mal sa présence ici. C'est sans doute le secret de son identité qu'il préserve.

– C'est donc ton fameux spécialiste.

– Oui.

Elle hoche la tête comme elle répond, même s'il ne peut pas la voir, fixant toujours l'humain.

– Pourquoi est-ce que Délila se souvient ? Je suis un vampire ancien et c'est insensé.

Il questionne Antoine qui ouvre la bouche instantanément pour lui énoncer sa théorie selon laquelle il ne souhaitait pas réellement que l'hypnose fonctionne parce qu'il éprouve des sentiments pour elle.

– Putain ! Qu'est-ce qu'il ne faut pas entendre ! crache Sulli après un moment de silence. J'ai réussi à marquer Délila alors que j'avais toujours échoué jusqu'à présent, comment t'expliques ça ?

– Vous la voulez pour vous et vos sentiments à son encontre vous ont aidé à parvenir à la faire vôtre.

Sulli ricane.

– Tu es trop romantique, imbécile !

Il articule cette phrase sur un ton nostalgique qui

n'échappe pas à la jeune femme. Elle est en train de penser que la créature qu'elle a devant elle a dû donner son cœur jadis et qu'il a été brisé.

– Tu n'as jamais hypnotisé Délila, tu ne l'as pas non plus suggéré, et tu n'es pas venu ici ce soir. Maintenant, tu rentres chez toi.

Antoine quitte l'appartement sans demander son reste.

– Ça fonctionnera sur lui ? questionne la journaliste après un long silence.

Sulli lève ses yeux sombres sur elle et la contemple sans qu'aucun mot ne franchisse la barrière de ses lèvres. Il se perd dans le bleu océan de ses pupilles comme s'il voulait y trouver la paix... les réponses à ses questions.

– Oui, rétorque-t-il finalement en réponse à son interrogation.

– Pourquoi en es-tu si sûr ?

Elle ne l'est pas du tout. Si ça a échoué sur sa personne, ça pourrait très bien être le cas avec le professeur. Après tout, il est probable que le vampire perde de ses pouvoirs, de sa puissance... qu'il s'amenuise avec l'âge.

Elle le voit esquisser un sourire radieux, illuminant son visage.

– Tu as tout faux.

– Tu entends mes pensées ?

– Je peux lire en toi.

– Réponds-moi franchement : est-ce que la théorie de cet homme est si stupide que ça ?

Il ne sourit plus et reste figé en verrouillant son regard au sien. En s'introduisant dans ses pensées, il a compris qu'elle donne du crédit aux inepties de ce fourbe, en fait, elle aimerait que ce soit l'explication.

– Totalement. Je...

Il réfléchit bien aux mots qu'il va employer, il n'oublie pas qu'il a affaire à une humaine écervelée.

– ... n'ai pas d'âme. Je ne peux pas aimer.

– Ça t'est pourtant déjà arrivé.

– Qu'en sais-tu ? questionne-t-il, soupçonneux.

Elle lui explique alors comment elle en est venue à cette conclusion – le ton sur lequel il a répondu à Tringle un peu

151

plus tôt.

– Tu analyses bien trop ce que je dis, soupire-t-il.

– Elle t'a brisé le cœur et j'en suis navrée.

Sulli refuse de parler de sa vie personnelle, encore moins avec elle. Il est venu pour une seule raison : la débarrasser de cet humain encombrant. Il souhaitait s'assurer que Délila ne le livre pas, et accessoirement qu'il ne lui arrive rien. Maintenant que c'est fait, il doit s'en aller.

Mais...

– Tu as dit que tu te souviens de tout ce qu'il y a eu entre nous...

– Oui.

– Comment réagis-tu ?

– Tu es coupable d'un seul crime : m'avoir marquée. Tu es un vampire et je peux comprendre ton besoin.

– Je te demande pardon ? répond-il, abasourdi.

A-t-il bien entendu ? Elle ne peut pas comprendre. Elle ne devrait même pas essayer.

– Écoute, je ne dirai rien, on a un accord, et je crois que je t'ai prouvé ce soir que je tiendrai parole.

– En effet.

– Alors, va-t'en.

– Tu comprends mon besoin, mais tu me chasses ?

En cet instant, c'est lui qui ne saisit plus ce qu'elle raconte et où elle veut en venir. Alors il s'introduit dans son esprit. Il ressent l'amour qu'elle éprouve pour lui, mais aussi la crainte de ce qu'il est et ce dont il est capable. Elle préfère vivre sans lui plutôt que de souffrir et se faire tuer.

Quand Délila ouvre la bouche pour articuler sa réponse, Sulli la fait taire en levant la main. Il se moque de ce qu'elle pourrait dire, il sait exactement ce qu'elle a en tête. Des idioties d'humaine.

La seconde suivante, une brise emporte le vampire et le silence règne tout à coup dans la pièce, troublé par les battements de cœur irréguliers de Délila. Ce soir, elle a cru que sa fin était proche.

Heureusement, elle doit sa délivrance à Sullivan.

***

Deux femmes traversent la route, courtement vêtues, s'aguichant mutuellement, sous le regard haineux de Sulli. Il les suit à distance, en silence, attendant le moment opportun pour agir.

Ce soir, il a réalisé quelque chose de totalement incroyable, alors il compte tout effacer... jusqu'à sa dernière part d'humanité.

Personne n'aime un monstre et c'est ce qu'il est.

Elle ne le comprend pas, donc il va le lui montrer.

Il se fiche des représailles, il se moque des conséquences... tout ce qu'il veut : c'est oublier.

Il suit encore un moment les deux femmes qui semblent avoir quelques difficultés à tenir debout avant de se ruer sur la première : une rousse. Cette nuit, il ne fait pas de distinction, n'importe laquelle des humaines fera l'affaire. Il plante ses crocs dans sa gorge alors que l'autre s'époumone, tentant de se défaire de l'emprise du vampire sur son poignet.

Quand la première s'affaisse entre ses bras, il se tourne vers celle qui ne peut se libérer de sa poigne de fer. Elle a de longs cheveux noirs – pas de blonde pour le coup – et est incapable d'articuler le moindre mot, s'étant trop égosillée quelques secondes auparavant. Elle est impuissante quand la créature laisse tomber sa compagne telle une poupée de chiffon et se rue sur elle pour la vider de son essence vitale.

Le vampire ne fait pas dans la dentelle et lacère profondément la gorge de sa proie. Quand il relève la tête pour regarder le ciel étoilé, sa bouche salie du sang des deux humaines, il ne se sent pas mieux. Il ressent des picotements dans son organisme mort, le sang de ces femelles est en train de le brûler comme ça ne lui est pas arrivé depuis des semaines. La dernière fois qu'il a souffert – bien plus qu'en cet instant –, c'est quand il a été contraint d'avaler une coupe de champagne. Douloureuse épreuve qu'il est plus ou moins en train de revivre.

Il laisse tomber sa seconde victime et quitte la rue sans prendre le soin de dissimuler ses méfaits. Il arpente la ville à la recherche de quelque chose dont il ignore tout.

La dernière fois qu'il s'est senti aussi vide, c'est quand

Lilith l'a jeté hors de sa vie. Il aimait cette femme plus que tout, jamais il ne lui aurait refusé quoi que ce soit, mais elle n'en était pas digne. Il s'est fourvoyé avec la fille de Dracula, cette blonde de malheur, sans âme et conscience. Si l'amour ne l'avait pas aveuglé à ce point, il n'aurait pas connu la déchéance qui a suivi et qui l'a complètement brisé. Ce qu'il ressentait à l'époque pour cette femelle de sa race allait au-delà de l'entendement et, malheureusement pour lui, il éprouve la même chose ce soir.

Il sera perdu, il le sait, s'il laisse ce fichu cœur qui ne bat plus régir sa vie et prendre les décisions. Il ne peut pas en être ainsi. Jamais !

Une seule solution s'offre à lui pour s'en sortir : s'éloigner d'elle. Et c'est bien ce qu'il compte faire dès à présent.

De retour sur sa propriété, comme il le supposait, il est seul. Les vampires sont de sortie et c'est tant mieux. Il ne supporte plus la supériorité de Narcisse et son ton hautain. Il ressent la même chose pour Rosalie et ses sermons, de toute façon, il est brouillé avec elle pour l'éternité puisqu'il ne lui présentera aucune excuse.

Il se pose dans sa grande chambre délabrée et peu meublée, son seul véritable refuge dans cette immense demeure. Quand il y réfléchit, il ne s'est plus jamais senti chez lui depuis son départ de Transylvanie. Et pourtant, il a arpenté le monde et habité d'innombrables villes. Il se demande si un jour il arrivera à s'adapter à sa condition... à sa vie.

Plus rien n'a vraiment de sens...

Il est destiné à tuer, à semer le chaos partout où il passe, pourtant il n'en éprouve aucune envie en cet instant. Il a juste besoin de se reposer. La soirée a été éprouvante. D'ailleurs, pourquoi le ressent-il ? Il croyait avoir réussi à forger une carapace d'acier autour de lui, apparemment elle n'est pas si inébranlable que ça.

Il doit se reprendre, il le faut.

Il s'accorde une nuit de repos, s'allongeant sur sa couche en se faisant cette réflexion, et demain en fin de journée quand il s'éveillera, tout sera redevenu normal.

Chapitre 20

Délila sursaute quand on frappe à sa porte, il est tard et elle n'attend personne. À moins que Tringle ne se souvienne de leur séance d'hypnose. La voilà qui panique maintenant. Elle décide de ne pas répondre, mais on frappe de nouveau. Sur la pointe des pieds et sans le moindre bruit, elle s'avance jusqu'au battant où elle regarde par le judas.

Anaïs.

Elle lui ouvre sans plus attendre bien que surprise par sa venue à une heure aussi tardive.

– Je sais, j'aurais dû appeler avant, articule son amie en passant le seuil de la porte. Tu ne dormais pas au moins ?

– Non.

– C'est bien ce que je me disais.

Délila referme la porte et suit Anaïs jusqu'au salon où elles prennent place sur le canapé.

– Qu'est-ce qui t'amène... euh... si tard ?

Vingt-deux heures. Ce n'est pas vraiment une heure pour les visites de courtoisie.

– La séance d'hypnose, voyons. Je veux tout savoir !

Les yeux de Délila s'écarquillent. Comment se fait-il qu'Anaïs soit au courant, elle n'en avait parlé à personne !

– Antoine Tringle l'a dit à Claude qui me l'a rapporté, explique-t-elle devant l'étonnement flagrant de son amie.

Délila en reste sans voix. Même Claude est au courant. La voilà dans de beaux draps, et interdiction d'appeler Sullivan à la rescousse pour qu'il efface les souvenirs d'Anaïs et de son patron. Elle devra trouver autre chose.

– Je... personne ne doit savoir. Personne d'autre n'est au

courant ? s'inquiète-t-elle soudainement.

— Non. Tu sembles bizarre. Que t'arrive-t-il ?

Délila soupire. Il est peut-être temps de parler. Cela lui ferait beaucoup de bien de se confier parce qu'elle se sent totalement perdue. De plus, il est aussi temps de mettre des mots sur ce qui se passe en elle. Des mots qu'elle pourrait partager, confier.

Après une bonne inspiration, elle commence son histoire.

— Antoine Tringle m'a bien hypnotisée et je me souviens de tout.

— Tu as bien été marquée par un vampire ! affirme Anaïs plus qu'elle ne la questionne.

— Oui.

— Ouah ! Et alors… comment tu gères ça ?

— Je le savais avant ce soir… tout me revenait par bribes en rêve, la séance n'a fait que combler les quelques trous noirs qui persistaient.

— Qui est-ce ?

— Quand j'ai dit à Tringle que je ne le connaissais pas, il m'a accusée de mentir et m'a menacée de contacter le gouvernement pour qu'on m'implante des électrodes dans le cerveau afin de découvrir son identité.

— Tu déconnes ?

— Je l'ai appelé à l'aide et il est venu. Sans quoi, je ne serais pas là à te le raconter en ce moment.

— Tu l'as appelé… qui ? Le vampire ?

Délila hoche la tête en signe d'acquiescement.

— Donc tu le connais.

— Il a effacé la mémoire à Tringle, poursuit-elle sans répondre à son affirmation.

— Il ne se souvient de rien, même pas de m'avoir suggéré une séance d'hypnose.

— Claude et moi on l'oubliera aussi, je te le promets, mais je veux savoir qui est ce vampire. Je le connais ?

Anaïs semble bien plus excitée qu'apeurée.

— Je te parle d'un vampire et tu me questionnes comme s'il s'agissait d'un petit ami potentiel, s'exaspère Délila.

— Il te fait peur ?

— Disons qu'il est très effrayant et que je ne comprends

pas toujours ses réactions, mais à côté de ça...

Elle s'apprête à lui raconter qu'il est tendre et attentionné quand ils sont tous les deux, mais elle se ravise, parce que tout cela n'est qu'un rôle qu'il jouait. Il n'éprouve rien pour elle et s'il est intervenu ce soir, ce n'est pas pour la sauver, elle, mais pour se protéger, lui. Délila ne pensait pas que ça lui ferait si mal de le réaliser.

– En fait... il est terrifiant, mais...

– C'était quoi ce *mais*, Délila ?

– Je suis amoureuse de lui.

Anaïs reste bouche bée, digérant l'information.

Délila se demande soudain si elle l'est véritablement de Sulli ou plutôt de l'image qu'elle avait de lui. Parce qu'il est clair qu'elle ne pourra jamais rien éprouver pour un monstre qui tue les femmes sans pitié. Ce qu'il est au final. Le reste n'était que mensonge, destiné à la séduire. Et elle est tombée la tête la première dans le piège fatal qu'il lui tendait. Il l'a mordue, il a fait d'elle sa... sa quoi d'ailleurs ? Sa propriété ? Son jouet ? Un autre mot résonne dans son esprit, plus juste celui-ci : sa proie.

– ... seulement de celui pour qui il se faisait passer, se reprend-elle.

– Qui est-il, Délila ? Je ne dirai rien.

– C'est Sulli.

Anaïs imagine qu'elle a dû rater un épisode parce qu'elle ignore tout de ce Sulli. C'est vrai que depuis qu'elle fréquente Claude plus activement, elle voit moins Délila, mais de là à ne pas savoir le prénom du type qu'elle voit, ça devient grave !

– Oh, chérie, je te promets qu'on sortira plus souvent pour parler, maintenant.

Délila ne comprend pas bien où veut en venir Anaïs, jusqu'à ce que cette dernière ajoute d'un ton coupable :

– Je ne sais pas qui est Sulli.

– Mais si, voyons... Sullivan Lancaster.

– Le Duc ? réagit-elle, totalement médusée par la révélation.

– En personne.

– Le Duc Lancaster est un vampire !

– Chut ! C'est un secret et tu m'as promis.

Anaïs fait le signe de la bouche cousue tout en se remettant de ses émotions.

– Donc… vous vous voyiez ces derniers jours…

– Oui.

– Tu as… vous avez ?

– Oui.

– C'était comment ? questionne-t-elle, taquine.

– Anaïs !

Délila feint d'être choquée avant de sourire et de lui répondre :

– Le meilleur coup de toute ma vie.

– Bon. Dis-moi… vous en êtes où tous les deux pour que tu ne veuilles pas le dénoncer ?

– Nulle part. Sulli et moi avons un accord. Je ne révèle rien sur lui et il me laisse tranquille, énonce-t-elle en se rendant compte qu'elle vient de faillir à sa promesse. Il va me tuer !

– Arrête ! Personne ne saura. Parle-moi de ce que vous faisiez tous les deux.

La jeune femme obéit et se confie sans retenue à son amie sur les nombreuses soirées qu'elle a passées en compagnie de Sullivan, les bons moments d'abord, puis les plus affreux. Pour elle, il est de plus en plus clair que le vampire n'éprouve rien à son égard, elle n'est qu'un divertissement – n'était, parce que maintenant il ne joue plus avec elle.

Quand elle a terminé, elle se sent nostalgique, réalisant qu'avec le prince de ses nuits, tout est fini. C'est donc avec un pincement au cœur qu'elle assure à Anaïs de son bien-être et de sa capacité à reprendre sa vie.

– Mouais… Tu m'as dit être amoureuse de Sulli.

– Pas de lui, Anaïs, de ce qu'il prétendait être.

Cette fois, tout est clair pour Délila, comme pour son amie qui profite encore un peu de la jeune femme avant de rentrer chez elle.

Seule avec ses souvenirs, la journaliste se sent morose et doute de sa capacité à reprendre le dessus, après ce qu'elle a vécu. En fait, tout ce qu'elle a assuré à sa meilleure amie n'est qu'un tissu de mensonges, jamais elle ne pourra oublier.

Elle a été marquée par un vampire qui l'a manipulée pour qu'elle en tombe amoureuse et a profité de sa naïveté. Elle ignore si elle pourra s'en remettre un jour.

Toutefois, il faut bien avancer. Demain, elle se présentera au Journal, feignant un bien-être inexistant, et sourira à tout le monde. Anaïs lui a promis de faire oublier à Claude cette supposée séance d'hypnose et Tringle disparaîtra sans doute rapidement de la circulation, n'ayant plus rien pour lui faire penser au vampire.

Du moins, c'est ce qu'elle espère...

Durant la nuit, elle fait à nouveau des cauchemars, son inconscient lui dévoile des images de ses terribles soirées avec Sullivan, images qu'elle avait vues la veille sous hypnose. Encore des traques, puis cette fameuse fois où le profiteur a planté ses crocs dans sa gorge pour la faire sienne. Dans son rêve, qui serait plutôt apparenté à un cauchemar, elle entend Tringle lui murmurer sa théorie selon laquelle un vampire amoureux échoue lors de ses tentatives d'hypnose et réussit à marquer sa compagne. Elle se réveille en sursaut et en sueur, persuadée de ne jamais retrouver le sommeil. Mais en laissant la lumière éclairer la pièce, elle parvient à recouvrer un repos paisible.

***

En passant les portes du Journal, Délila feint un bonheur sans faille, souriant à tous et saluant tout le monde. Mais cet état n'est que de courte durée puisqu'un individu non souhaitable l'attendait dans son bureau. Son envie première en apercevant Antoine Tringle, nonchalamment assis sur un fauteuil, est de l'envoyer se faire voir, toutefois elle se ravise. Ses souvenirs ayant été effacés, elle ne ferait qu'envenimer les choses en faisant un esclandre.

Puis elle se sent rapidement submergée par son moment avec Sulli dans cette pièce où elle a failli mourir – et lui aussi si elle ne s'était pas méprise sur son âge.

– Bonjour, monsieur Tringle.

– Mademoiselle Nagar, je suis ravie de vous voir.

Ce qui n'est pas son cas maintenant qu'elle sait

exactement à qui elle a affaire.

— Que puis-je pour vous ? questionne-t-elle en s'asseyant devant son ordinateur encore éteint.

— Je venais voir si vous aviez des questions à me poser.

Elle actionne le bouton qui lance l'allumage de l'appareil avant de croiser ses bras sur sa poitrine.

— Aucune.

Il ignore que le vampire qui l'a agressée n'a pas réussi son hypnose, qu'elle se souvient de tout, et ne sait pas non plus que Sulli n'est jamais parvenu à marquer une femme avant elle. Ce qui est tant mieux. De plus, elle n'a pas la moindre intention de lui faire part de ces informations.

— Je suppose que vous allez retourner... d'où venez-vous ?

— J'habite une petite ville dans l'Ontario.

— Eh bien, je vous souhaite un bon retour.

Elle ouvre sa boîte mail quand elle entend Antoine rire ; ce son lui glace le sang. Elle a soudain l'impression d'avoir affaire à plus fort qu'elle.

— Je ne compte pas rentrer maintenant. Je suis là pour vous aider.

— Comment ?

— Vous êtes le joujou d'un vampire, ma chère, je me dois de vous protéger de sa prochaine intrusion dans votre vie.

Eh bien, il ne manquait plus que ça !

Comment va-t-elle se débarrasser de cet homme ? Il va bien falloir qu'il accepte de la laisser tranquille, elle ne risque plus rien, mais comment le lui faire comprendre ?

— J'ai discuté avec votre patron avant de venir vous voir...

Elle imagine que cela ne présage rien de bon.

— ... il pense que vous devriez être sous protection.

— Ah oui ? Et de qui ? De la police peut-être ?

Il ricane. Elle n'aime vraiment pas ce rire, presque carnassier, qui lui donne l'impression qu'il va l'avaler toute crue !

— Bien sûr que non, mademoiselle... Délila, se reprend-il, je suis un spécialiste des créatures nocturnes certes, mais je ne suis pas seul et j'ai toute une équipe derrière moi. Vous avez été marquée par un monstre sanguinaire, vous ne devez pas prendre cela à la légère. D'ailleurs... je constate que vous n'êtes plus hystérique.

– Est-ce un reproche ?

– Une simple observation.

– Je vous remercie pour votre inquiétude, mais tout cela n'est pas nécessaire. Je n'ai besoin ni de vous ni de votre équipe.

– Je ne vous faisais pas une proposition. C'est plutôt un ordre.

Là, elle a un problème.

Qu'est-ce qu'il croit ? Qu'elle va se faire de nouveau agresser par le vampire ? Sans doute, même si c'est totalement invraisemblable puisqu'ils ont un accord de paix – bien que théoriquement elle a violé la principale règle la nuit dernière.

– Parce que vous croyez sincèrement pouvoir vous immiscer dans ma vie et tout contrôler ? demande-t-elle, indignée.

– Pour votre sécurité, comprenons-nous bien. Je suis un spécialiste, mais aussi un chasseur de vampires.

Super ! Il ne lui manquait plus que ça ! A-t-il d'autres mauvaises surprises comme celle-là ?

Elle, qui voulait absolument oublier Sulli et l'épisode tragique des vampires, va devoir revoir son jugement parce que pour se débarrasser de ce Tringle, elle aura incontestablement besoin de Sulli. Ou pas. Elle imagine que lorsque le chasseur verra que le vampire ne traque plus sa proie, il partira. Il faudra juste qu'elle prenne son mal en patience et mette sa vie sociale et amoureuse entre parenthèses. En même temps, elle n'a pas de vie amoureuse. Pour la vie sociale, Anaïs est en permanence avec Claude, alors on peut dire qu'elle est tout aussi inexistante.

– Nagar ! rugit la voix de son patron.

Elle lance un regard suspicieux à Antoine avant de sortir de son bureau pour rejoindre Claude dans la salle de réunion. Elle est en retard, certes, mais n'en est pas responsable.

– Tu le veux vraiment ton article sur les vampires ? la questionne-t-il dès qu'elle passe la porte.

Article ? Elle n'est pas certaine de saisir de quoi il parle.

– Les meurtres, Nagar ! Où est-ce que tu es ?

– Euh... oui. Bien sûr que je veux rédiger un article sur les attaques de vampires.

Elle regarde Anaïs qui ne cille pas, merveilleuse comédienne, puis prend en main le dossier qu'elle lui tend.

– Il y a eu deux autres meurtres, la nuit dernière, rapporte Claude quand elle tourne les pages.

– Vous comprenez maintenant la nécessité de la protection que je vous impose, résonne la voix d'Antoine qu'elle n'a pas entendu approcher.

Évidemment ! Là n'est pas la question. Mais elle ne risque rien. Alors qu'apparemment, ce n'est pas le cas dans les rues de Montréal en ce moment. Une brune et une rousse ont été vidées de leur sang. Les photos sont affreuses et lui donnent des nausées. La première question qui lui vient c'est : est-ce Sulli qui a fait ça ? Elle ne peut pas l'accepter... et pourtant...

– Je dois arrêter ce vampire avant qu'il ne tue toutes les femmes de la ville, argue Antoine. Je suis certain que c'est celui qui vous a marquée. Voulez-vous risquer de finir ainsi ?

– Non, articule Délila avec difficulté.

– Alors, aidez-moi à l'arrêter.

– Comment ? demande-t-elle presque malgré elle.

– En me laissant veiller sur vous. S'il compte vous attaquer, je serai là. Vous aviez déduit que c'est un jeune vampire, c'est ça ?

Elle le foudroie du regard, incapable de se remémorer ce qu'il sait réellement et de ce que Sulli a effacé.

– Vous vous souvenez par bribes de ce que vous avez vécu avec lui, vous me l'avez confié.

Elle se traite d'idiote. Elle aurait mieux fait de se taire ce jour-là.

– Je pense qu'une séance d'hypnose vous rendrait vos souvenirs...

La voilà exactement là où elle n'aurait jamais voulu retourner.

– ... je suis qualifié pour la mener à bien.

Délila ne regarde pas Anaïs bien qu'elle sente son regard perçant sur elle, et le silence de Claude est autant inhabituel qu'éloquent. Anaïs l'a convaincu de se taire, et même s'il n'a pas dû comprendre, il l'a fait. Maintenant, il se sent sans doute embarrassé.

– Je...

Comment se sortir de ce guêpier ?

Délila s'assoit sur la chaise la plus proche. Elle a une vilaine impression de déjà-vu. En fait, hypnotiser Tringle n'aura servi à rien si ce n'est retarder l'échéance. Il finira par apprendre la vérité, il est d'une telle perspicacité, et elle se retrouvera dans la même situation que la veille, à sa merci. Elle n'a pas le choix si elle veut s'en sortir, elle doit mander l'aide de Sulli. Pourtant, il n'acceptera jamais, elle en est convaincue.

– Ça vous fait peur de vous souvenir ? cherche à comprendre Antoine.

– Je ne suis pas prête à découvrir ce qu'il a fait de moi.

Délila espère qu'avec ce mensonge elle pourra retarder l'échéance et aura suffisamment de temps pour réfléchir à la conduite à tenir.

– Le temps joue contre nous, Délila. Contre vous aussi, et toutes les femmes de Montréal, insiste Antoine.

Elle choisit de ne pas répondre et quitte la salle de réunion avec le dossier des deux nouveaux meurtres en main. Elle entend Antoine et Claude échanger quelques mots, même si elle ne les distingue pas nettement, trop perturbée. Tout ce qu'elle a fui la veille est en train de la rattraper dangereusement. Et elle ne peut rien y faire, rien empêcher... Elle va de nouveau se retrouver dans une position des plus inconfortables, sans moyen de s'en échapper... sans véritable issue.

Chapitre 21

Délila, préoccupée, prend place derrière son bureau après avoir posé le dossier sur celui-ci. Elle ignore comment se sortir des tourments qui l'attendent, elle doit y réfléchir à tête reposée, mais surtout, elle a besoin de temps. Antoine Tringle ne semble pas disposé à lui en laisser. D'ailleurs, ses craintes se confirment quand elle le voit pénétrer dans son antre.

Il s'approche d'elle sans un mot et ouvre le dossier posé devant elle pour qu'elle regarde les photos des femmes sauvagement assassinées.

– C'est ainsi que vous voulez finir ?

La journaliste réalise que jamais elle n'arrivera à se débarrasser de ce type. Sa seule issue, c'est d'accepter ce qu'il lui propose et de prendre son mal en patience. Il finira bien par la laisser tranquille quand il réalisera que le vampire ne la traque plus. Elle pourrait aussi faire appel à Sulli, elle y a déjà songé, mais à quoi bon ? Elle préfère le laisser en dehors de ses problèmes et ne plus le voir.

– Vous savez que non, réplique-t-elle.

– Vous m'en voyez rassuré.

Un long moment de silence s'installe pendant lequel Délila n'arrive pas à détourner ses yeux des photos tragiques sous son nez. Aurait-elle vraiment fini ainsi si… si quoi ? Si elle n'avait pas découvert avoir été marquée par un vampire ou si Tringle n'était pas dans sa vie ? Sullivan avait ce dessein pour elle, elle en est convaincue, même si c'est dur à accepter. Il l'a séduite impunément et a tout fait pour qu'elle tombe amoureuse de lui – du faux lui. Les mauvais moments passés en sa compagnie ne font que confirmer sa supposition, mais les bons la laissent douter. Sans compter la théorie du spécialiste : il serait amoureux d'elle. N'importe quoi ! Elle se ressaisit. Elle doit se protéger de Sulli et non pas lui demander de l'aide.

– Ma femme et ma fille ont été tuées par deux vampires qui sévissaient dans l'Alberta avant d'ajouter l'Ontario à leur tableau de chasse.

Délila lève les yeux sur Antoine, éprouvant une profonde compassion pour lui.

– Je suis désolée. Je l'ignorais.

– Ça fait maintenant deux ans, et depuis ce jour je ne vis que pour exterminer cette vermine. Vous ne vous rendez pas compte du danger que vous encourez et ça me rend fou de rage.

– Que me proposez-vous ?

– J'ai déjà appelé mon équipe, ils sont en chemin. Nous veillerons sur vous.

– En me suivant comme mon ombre ? se moque-t-elle.

– Je m'installerai chez vous.

– Je vous demande pardon ?

Elle ne s'y attendait pas du tout, et plus que surprise, elle est totalement réfractaire à cette idée.

– La nuit vous devenez vulnérable.

– Je croyais qu'un vampire ne pouvait pas entrer chez moi sans y avoir été invité, argue-t-elle en fermant le dossier macabre qu'elle a sous les yeux.

– Comment pouvez-vous être certaine de ne pas l'avoir déjà fait ?

Elle l'a fait, elle le sait. Elle l'a vu dans ses souvenirs et sans ça il n'aurait pas pu se faufiler chez elle la veille au soir. Malgré tout, elle ne le croit pas capable de l'attaquer.

Son regard se rive au dossier fermé.

Ou si.

Elle doit se protéger de lui, ce n'est pourtant pas compliqué. Alors pourquoi a-t-elle tant de mal à l'accepter ? Tous les sentiments qu'elle éprouve pour Sulli sont contradictoires.

– Je l'ignore, répond-elle simplement.

– L'hypnose nous le dira.

Elle esquisse un sourire forcé, imaginant très bien la suite des événements quand elle taira son nom. À moins que... une idée prend forme dans son esprit. Il suffirait qu'elle mente. Antoine n'en saurait rien. Elle inventerait un nom au vampire et le décrirait à sa façon : un grand blond aux yeux noirs... un peu comme celui qui accompagnait Sulli au *Stéréo-nightclub*.

– Très bien. J'accepte.

La jeune femme espère de tout son cœur ne pas avoir à regretter cette décision.

– Je vous retrouve chez vous vers dix-neuf heures.

– Est-ce que l'hypnose fonctionne sur vous ? questionne-t-elle.

Un court silence s'installe.

– Oui. Pourquoi cette question ?

– Pour rien.

Elle lui sourit, alors qu'il la fixe, le regard étrange.

De nouveau, Délila ressent un mal-être auprès de lui, cet homme lui cache des choses, elle en est certaine. Peut-être qu'il ne dit pas tout sur ses motivations ou l'étendue de ses pouvoirs.

C'est officiel, elle ne lui fait pas confiance. Dommage pour elle, car elle va se retrouver avec lui toute une nuit, et plus, elle le craint.

– À ce soir, lance-t-il en marchant vers la porte.

Quelques secondes après, la journaliste intriguée est seule. Elle peut enfin souffler. Ce Tringle ne lui dit rien qui vaille.

Encore une fois, elle pense à Sulli. Une bande de chasseurs de vampires va débarquer en ville, il serait peut-être bon qu'elle l'en informe.

Une petite voix résonne dans sa tête, lui demandant pourquoi elle commettrait cette bêtise.

Délila ignore la réponse.

– Ça y est, il est parti ? questionne Anaïs en entrant dans la pièce.

Son amie hoche la tête en fermant la porte dans un souci de discrétion.

– Je voulais te suivre avant, mais Antoine m'a demandé de le laisser y aller.

– Il va m'hypnotiser ce soir, confie Délila.

166

– Comment tu vas t'en sortir ?

– Je vais lui mentir. Mon vampire s'appellera Chad et sera blond.

– La vérité n'est pas une option ?

– Non. Si Sulli vient à l'apprendre, il me tuera.

– Réfléchis bien, Délila, Antoine pourrait te libérer de lui.

– Je ne lui fais pas confiance. Ce type est... je l'ignore, mais il n'est pas clair.

– Pourquoi tu dis ça ?

– Son regard change par moment, il m'arrive de penser qu'il sait que je mens, qu'il sait tout d'ailleurs...

– Tout, quoi ?

– Imagine une seconde que Sulli n'ait pas réussi à l'hypnotiser hier.

– Oh, Délila... tu te fais du souci pour rien !

– Ça a bien échoué avec moi ; pourquoi pas avec Tringle ?

– C'est l'excuse que tu as trouvée pour aller questionner ton homme de la nuit ?

– Ah ! Ah ! Très drôle ! peste Délila alors qu'Anaïs rit aux éclats. Je ne veux plus jamais croiser sa route !

La jeune femme reprend le sujet initial et annonce à son amie que ce satané Antoine Tringle a déjà fait venir son équipe et qu'il compte s'installer chez elle dès ce soir.

– Est-ce qu'il te plaît ?

– Anaïs ! rouspète-t-elle.

– Je suis sérieuse, Délila, est-ce qu'Antoine te plaît physiquement ?

Le spécialiste des créatures nocturnes est plutôt grand et bien bâti, presque comme un sportif. Il est jeune, il semble à peine plus âgé qu'elle et elle l'imagine célibataire puisqu'il a perdu sa famille il y a deux ans. C'est un homme blond aux yeux verts, plutôt beau, c'est vrai. Mais il dégage quelque chose d'étrange qui la force à se méfier. Elle n'imagine pas lui faire un jour confiance.

– Je le reconnais, il est beau. Mais il ne m'intéresse pas.

– Ton truc à toi, c'est les suceurs de sang !

– Arrête !

– Je ne t'ai jamais vue autant sur les nerfs à cause d'un

167

mec.

Bien sûr, Anaïs fait allusion à Sullivan Lancaster, et Délila ne peut qu'acquiescer, en même temps elle n'a jamais éprouvé un sentiment aussi fort pour un homme et paradoxalement aucun ne l'a fait souffrir au point de se moquer d'elle, de la réduire à l'état d'un jeu, d'une proie... de nourriture. Un frisson lui parcourt l'échine à cette pensée.

— J'ai un article à rédiger pour la mise sous presse de ce soir, annonce Délila.

Anaïs comprend alors que la discussion est close et n'insiste pas. Son amie est sous-pression, elle le sait bien et aimerait l'aider même si ça semble compliqué.

— Si tu as besoin de moi, tu n'hésites pas.

— Promis.

**

Après une longue journée au Journal où Délila a eu beaucoup de difficultés à garder sa concentration, elle peut enfin se relaxer chez elle, dans un bon bain. Il lui reste une heure avant que Tringle investisse son appartement. Elle ignore à quoi s'attendre, s'il sera seul ou accompagné, et s'il compte amener du matériel.

Elle appuie son crâne sur le repose-tête et imagine les traits du vampire blond qu'elle va décrire ce soir : Chad. Elle s'inspire de l'ami de Sulli, mais pas trop. Elle suppose que si elle met Tringle sur la piste de cette créature, elle verra rappliquer un Sulli enragé prêt à en finir avec elle.

La sonnette la fait revenir sur terre et elle peste contre cette intrusion. Elle voulait seulement se détendre... elle en avait même sacrément besoin.

Elle attrape son peignoir blanc et s'enroule dedans avant d'aller à la porte. Loin d'être inconsciente, elle regarde dans le judas : Antoine Tringle. Aussitôt, elle pose ses yeux sur l'horloge de sa petite cuisine : 18 h 40. Il est en avance, elle ouvre toutefois le battant. Sa tenue lui vaut un sourire du grand blond, c'est d'ailleurs la première fois qu'elle le voit sans son masque sérieux impassible.

— Je vous dérange apparemment, s'amuse-t-il en passant

168

le seuil.

– Nous avions convenu de dix-neuf heures.

– Je suis désolé, mais comme j'étais prêt je suis venu.

Elle l'invite à la suivre jusque dans le salon où elle lui désigne le divan.

– Je n'ai qu'une chambre, je vous laisse le canapé.

– Vous n'avez pas de lit double ?

– Vous plaisantez, j'espère !

– Évidemment.

Elle roule des yeux avant de l'informer qu'elle va passer une tenue plus décente.

À l'abri, dans la salle de bains, elle enfile un jean et un pull léger. Elle ne supporte déjà plus la présence d'Antoine chez elle, comment va-t-elle la gérer durant un nombre indéfini de jours ? Pourvu qu'il se lasse rapidement de sa chasse au vampire !

Elle retrouve son invité non désiré dans le salon, ravie de constater qu'il est seul et que son équipe ne se joindra pas à lui.

– Vous êtes prête ?

– Pour ?

– L'hypnose.

– Quoi ? Déjà ?

– Assise, lui ordonne-t-il.

Elle obéit devant la détermination qu'il affiche, de toute façon elle sait comment s'en sortir.

Antoine hypnotise rapidement la journaliste pour découvrir ce qu'elle cache. Il décide néanmoins de lui accorder le bénéfice du doute – elle n'est peut-être pas si mauvaise, il existe sans doute une bonne raison à ses agissements –, alors il ne la questionne pas sur ses souvenirs. Il remarque toutefois qu'elle semble à la fois craintive et passionnée, merveilleuse comédienne. À moins qu'elle n'éprouve réellement quelque chose pour le vampire.

Quand Antoine claque des doigts, Délila sort de son état de transe. Bien sûr toutes les images qui ont défilé dans son esprit durant ce laps de temps, elle les connaissait déjà. Elle est consciente qu'il va maintenant falloir mentir avec conviction.

– Vous allez bien ?

– Oui.

Elle hoche la tête en même temps qu'elle formule sa réponse.

– Racontez-moi.

La journaliste a l'impression de se revoir un jour en arrière et elle s'entend lui dévoiler la même chose que la veille, tentant d'y mettre le ton... de se retrouver dans un état identique.

Tout a été effacé de la mémoire d'Antoine, et ce soir, c'est un peu comme si elle lui rendait ses souvenirs, à une différence près : elle compte bien lui dire ce qu'il veut savoir.

– Avez-vous vu son visage ?

– Oui.

– Le connaissez-vous ?

– C'est... c'est un homme que j'ai aperçu plusieurs fois au *Stéréo-nightclub*.

– Comment se nomme-t-il ?

– Chad.

Antoine est surpris qu'elle lui donne si facilement le prénom du vampire. Finalement, peut-être qu'elle a décidé de coopérer.

– Où trouve-t-on cet individu ?

La jeune femme réfléchit un instant, elle n'en a pas besoin, c'est juste pour donner le change. Il s'interrogera sans doute si elle répond trop précipitamment.

– Je le voyais au club et aussi dans la rue.

– Est-il venu chez vous ?

Il la fixe intensément comme pour la défier de lui mentir.

Délila déglutit, elle n'aime pas quand il se montre si froid, implacable. S'il n'était pas ici pour la protéger, il lui ficherait la trouille.

– Non, réplique-t-elle avec autant de conviction que possible.

– Je vois, articule-t-il, apparemment déçu.

Elle imagine qu'il aurait adoré une confrontation dans l'appartement, cependant la raison est tout autre. Antoine vient de réaliser qu'il ne peut pas avoir confiance en Délila.

– J'ai une question, énonce la journaliste après un long

170

moment de silence.

Antoine se contente de poser les yeux sur elle, sans articuler le moindre mot.

– Est-ce que le vampire est capable de ressentir ce que moi je ressens ?

Il esquisse un infime sourire avant de lui répondre le plus honnêtement possible.

– Effectivement, vous êtes, comme qui dirait, liés par le sang, et votre maître a la capacité de percevoir la moindre de vos émotions. Toutefois, il se nourrit exclusivement de votre peur.

Maître. C'est la deuxième fois qu'il utilise ce mot pour désigner le rôle du vampire sur elle. Et elle le déteste toujours autant. Par contre, ce qu'elle vient de découvrir est très intéressant. Ainsi, Sulli pourrait sentir ce qu'elle éprouve.

Même si elle souhaite taire l'identité du vampire, Délila a besoin de réponses et décide de se confier à Antoine à propos de l'hypnose ratée et du marquage réussi de la créature sur sa personne. Apparemment, il savait déjà tout ça, elle n'en était pas certaine, ignorant exactement quelles informations Sulli a effacées de sa mémoire. Au moins maintenant, elle n'aura plus peur de commettre une maladresse, puisqu'il est au courant de tout – ou presque.

Antoine n'interroge pas Délila davantage ce soir, s'il veut qu'elle s'ouvre à lui, il doit lui prouver qu'elle peut se fier à lui. Alors il prépare le dîner et apprend à la connaître sans pour autant trop se dévoiler à elle.

Chapitre 22

Le journal du matin est en ce moment même entre les mains de Sulli qui examine l'article de Délila Nagar sur les deux meurtres récents ayant eu lieu dans la ville. La journaliste n'a pas froid aux yeux, et le Journal non plus, puisque le mot a été lâché : *vampire*. Mais cela ne procure aucune sorte de plaisir à l'intéressé.

— Tu es couché ? questionne Bastian en entrant dans la chambre du vampire.

— Je lis le journal.

Sulli est confortablement calé sur le divan, les yeux sur le papier, même si son esprit n'y est pas réellement intéressé. Il sait tout ce qu'il a à savoir.

— Ton jouet n'a peur de rien, commente Bastian qui a déjà pris connaissance des nouvelles puisque c'est lui qui a apporté ce torchon.

— Rassemble les autres, je voudrais discuter avec vous des conséquences.

Son acolyte ne relève pas et va trouver ses compères pour une réunion dans ce qui ressemble à la salle à manger.

Sulli ne tarde pas à s'y montrer, le visage impassible, et sans la moindre attention pour Rosalie. Il pose l'édition du matin sur la table, ouverte à la page de l'article de Délila Nagar. Celui-là même qui dénonce la présence d'au moins un vampire à Montréal. Quand il y réfléchit, elle aurait pu affirmer qu'ils sont en bande puisqu'elle le sait, mais elle a choisi de ne pas le faire. À cause de leur accord sans doute. Cependant, pourquoi avoir rédigé cette chronique ? Elle devait bien penser qu'il n'apprécierait pas – même si c'est exactement ce qu'il attendait. Sans doute a-t-elle obtenu de nouvelles informations et a été dans l'obligation de les divulguer au public.

– Je suppose que vous avez tous pris connaissance de ce papier ?

Les vampires murmurent entre eux avant d'acquiescer.

Bastian a acheté le journal à leur retour du *Stéréo-nightclub,* juste avant le lever du soleil, attiré par le titre accrocheur « Un vampire à Montréal ». Chacun a lu les mots de la proie marquée par Sulli.

– Je voulais aborder avec vous les conséquences d'un tel article.

– La mort de ton humaine ? suppose Josephte.

– Je parlais des conséquences pour nous, pas pour elle.

– Tu ne comptes pas lui faire payer cet affront ? lance Rosalie, ahurie.

Sulli la fusille du regard, mais ne lui adresse pas le moindre mot.

C'est vrai qu'il aurait été aisé de faire profil bas avec la vampire et de lui répondre courtoisement, ne serait-ce que pour essayer d'apaiser les choses entre eux, mais Sulli n'est pas de ceux qui deviennent faibles.

– Nous sommes exactement là où nous voulions être, articule Sulli, empreint de satisfaction. Le mot a été lâché... à nous de jouer.

– Ton humaine est capable de nous livrer, elle sait où on réside ! peste Bastian.

– Elle ne dira rien, j'ai un accord avec elle.

– Alors tu nous suggères de sortir de l'ombre et d'attaquer, poursuit Bastian, malgré le danger que représente cette journaliste ?

– J'en fais mon affaire.

Narcisse n'objecte pas. Il s'est déjà frotté une fois à la colère de Sulli et cela lui a suffi. Il n'éprouve aucune envie de réitérer l'expérience.

Bastian ne conteste pas non plus la suggestion de son ami. Il est vrai qu'il s'ennuie depuis qu'ils sont ici, s'amuser proprement ça va un temps. Maintenant, il a envie de plus... d'adrénaline, de chaos, de morts. Il est totalement d'accord

173

avec l'avis de Sulli, même s'il ne peut s'empêcher d'être raisonnable et de songer au danger que représente Délila Nagar pour eux.

Pensée que partagent Rosalie et Josephte, même si seule cette dernière ose en faire part à Sulli.

— Tu dois t'assurer qu'elle ne parlera pas.

L'intéressé sait pertinemment qu'elle a raison, d'autant qu'un spécialiste de sa race capable de mener à bien une séance d'hypnose est en ville. Bien sûr, tous les vampires présents dans la pièce ignorent cette information capitale qu'il préfère taire pour une seule raison : pouvoir commencer à semer le chaos.

— L'hypnose n'a aucun effet sur elle.

— Je te parlais d'une mesure plus extrémiste. Menace la vie de ses amis, de sa famille, et abats-en un pour lui prouver que tu ne plaisantes pas.

— Affaire conclue.

Jose est ravie, et elle n'est pas la seule.

— Ce soir, le Duc Lancaster doit faire une apparition à l'exposition d'un jeune photographe, on s'amusera après, décide Sulli.

— Je t'accompagnerai, propose Jose.

— Sois la bienvenue, ma chère.

***

Délila n'y croit toujours pas, pourtant, elle est bel et bien en compagnie d'Antoine Tringle à l'exposition photographique de Jacques Musson.

Le jeune prodige de la photo rencontre un nombre incalculable de personnes alors que la journaliste attend de pouvoir l'interroger afin de réaliser une chronique sur lui.

Anaïs devait couvrir l'événement, mais elle a presque supplié son amie d'y aller à sa place. Bien sûr, la brunette voulait passer sa soirée avec Claude, mais pas seulement, elle espérait ainsi que Délila verrait différemment Antoine et qu'elle lui trouverait du charme. Elle sait que sa compagnie lui pèse, cependant elle imagine que si Délila se détend avec le spécialiste, tout pourrait se dérouler pour le mieux.

– C'est la première fois que j'assiste à une telle soirée, confie Antoine.

Elle ne prend pas la peine de lui répondre, son objectif à la main, elle capture quelques clichés pour le Journal. Elle espère que le jeune Musson lui accordera rapidement une entrevue pour qu'elle puisse rentrer chez elle.

– Une coupe de champagne ? propose Antoine en la lui mettant sous le nez.

– Euh... merci.

Délila la saisit et en boit une gorgée. La salle d'exposition n'est pas très spacieuse et la foule la fait suffoquer. Elle a chaud et une seule hâte : s'en aller.

– Je vais essayer d'obtenir cinq minutes du précieux...

Antoine est pendu à ses lèvres, attendant la suite, mais Délila semble subjuguée, happée dans un autre monde. Il suit son regard pour découvrir ce qui la fascine ainsi. Un homme avec une superbe femme à son bras.

– Qui est-ce ?

Délila entend la question d'Antoine, mais ne peut pas lui répondre, pas tout de suite, en tout cas. Elle est comme dans une autre dimension, fascinée par la prestance de la créature hantant ses nuits. Même si la descente sur terre est très dure quand l'homme pose un regard noir foudroyant sur elle. Il lui glace le sang par ce seul acte alors que la rousse à ses côtés ne semble pas prêter attention à elle.

– Délila ?

– C'est mon ex, répond-elle sans réfléchir.

Après tout, c'est bien ce qu'est Sulli. Dans son rôle du Duc Lancaster, il est d'une beauté renversante, même s'il ne semble pas apprécier sa présence.

– Il est en très bonne compagnie.

Elle jure intérieurement, ne pas connaître la nature de leur relation la rend folle de rage – ou de jalousie, au choix.

– Mais vous n'êtes pas mal non plus, ajoute Antoine en décochant un sourire.

La jeune femme qui ne souhaite ni s'étendre sur le sujet ni s'extasier davantage devant le vampire, comme elle le fait en ce moment, part en quête de Jacques Musson.

Le photographe lui accorde volontiers quelques minutes

175

qu'elle enregistre, puis lui offre plusieurs poses avant d'aller saluer ses invités.

Ravie, Délila décide qu'il est temps de rentrer.

– On y va, ordonne-t-elle à Antoine quand elle passe à proximité de lui.

– Vous avez déjà eu votre interview ?

– Oui.

– Ce n'est quand même pas la présence de votre ex qui vous fait partir ?

Elle lui lance un regard lourd de reproches, mais n'articule aucun mot.

– C'est lui qui vous a quitté ?

Elle garde le silence.

– Pour cette rousse ?

Là encore, elle ne dit rien.

– Vous l'aimez encore ?

– Vous ne savez pas de quoi vous parlez, alors fermez-la ! rage-t-elle.

Elle ne supporte pas ces questions inquisitrices sur sa vie privée. Ce qui s'est passé entre elle et Sullivan ne regarde personne. Et surtout pas lui, le chasseur de vampires.

Elle lui fausse compagnie pour se réfugier dans les toilettes pour dames. Elles sont vides et c'est tant mieux. Délila pose ses mains de chaque côté de la vasque et se regarde dans le miroir. Le reflet qu'il lui renvoie est plutôt flatteur, mais elle ne s'en satisfait pas.

– Pourquoi ce type est-il avec toi ?

Elle sursaute quand elle entend la voix tranchante de Sulli. Un rapide coup d'œil sur sa droite lui confirme sa présence.

– Il assure ma protection.

– Contre quoi ? demande-t-il moins durement.

– Le vampire qui m'a faite sienne.

Sulli esquisse un sourire carnassier comme il penche sa tête sur le côté, tel un fou.

– Ne t'avise pas de parler de moi !

Cette remarque s'apparente plus à une menace au goût de Délila.

– Ton amie, la brune, est la première sur ma liste si tu me désobéis.

Elle déglutit. Aussi loin qu'elle se souvienne, jamais il ne lui a fait si peur. Elle le regarde, médusée, il lui arrive souvent de penser que jamais il ne lui fera de mal, mais là son jugement est revu en l'espace d'une demi-seconde.

Pour être certain de s'être bien fait comprendre, Sulli plaque la jeune femme contre le mur, à une vitesse surnaturelle qui donne le tournis à Délila. Il entoure son cou gracile de sa main de fer et plonge ses yeux ébène dans les siens.

– Je n'existe pas, articule-t-il distinctement, tâche de t'en souvenir !

Il la relâche brusquement et disparaît comme il est entré, dans le silence le plus total.

Délila tousse plusieurs fois, même s'il ne l'a pas serrée, il lui a semblé manquer d'air. Cette fois, c'est clair pour elle, ce n'est pas de Sulli dont elle est éprise, mais de l'image qu'il se complaisait à lui montrer. Elle ne le protégera plus par amour, mais bien par peur. Celle qu'il mette sa menace à exécution.

Elle a, malgré elle, entraîné Anaïs dans sa sombre histoire et se le reproche. Toutefois, tout devrait bien aller puisqu'elle fera exactement ce que le monstre lui a conseillé : il n'existe pas pour elle.

Elle se donne le temps de reprendre contenance et quitte l'endroit, encore chamboulée, pour retrouver Antoine en pleine contemplation de Sulli, ou plutôt de la rousse qui l'accompagne. Elle pensait naïvement qu'après sa petite démonstration, le vampire aurait déserté les lieux. Grave erreur. Comme si sa présence ne suffisait pas à l'importuner, il lui impose de terribles coups d'œil.

– Je veux vraiment rentrer, implore-t-elle Antoine.

– Sa présence vous met mal à l'aise ?

– Oui.

– Ne vous laissez pas démonter par cet homme. D'ailleurs… quel est son nom ?

– Quelle importance ? Vous souhaitez rester, à votre guise, moi je pars.

Elle joint le geste à la parole et sort de la salle d'exposition avec soulagement.

Comme elle le pressentait, Antoine la talonne et la raccompagne chez elle sans lui poser une seule question sur son ex-petit ami. Heureusement, car elle n'a pas la moindre envie d'évoquer le sujet avec lui ou qui que ce soit d'autre.

Sulli est un monstre... un monstre à abattre, mais qu'elle devra pourtant protéger.

Chapitre 23

Bien que Délila le rende complètement fou avec ses mensonges sur le vampire qui l'a marquée, Antoine ne laisse rien paraître. Son équipe est sur les lieux depuis deux jours déjà et rien ne s'est produit, il pensait bêtement que la créature viendrait à sa proie. Quelque chose ne semble pas logique et il soupçonne Délila d'avoir parlé de lui à son maître. Toutefois, il n'a aucune preuve. Il ne comprend pas la distance que met l'immortel avec celle qui est sienne, son désintéressement d'elle, même. Dans un pareil cas, un vampire tue sa proie et passe à la suivante. Antoine suppose que, cette fois, la créature est passée à la suivante sans supprimer l'actuelle.

Durant les deux dernières nuits, d'autres meurtres ont eu lieu à Montréal et pas l'ombre d'un doute sur leurs auteurs : des vampires. Oui, ils sont plusieurs, il en a la certitude. Un seul n'aurait pas pu faire autant de victimes. La situation devient urgente et Délila affirme toujours qu'elle ne sait pas où trouver celui qu'elle prétend se nommer Chad.

Antoine voulait se montrer patient et gagner la confiance de la jeune femme, mais il pressent qu'il perd son temps… il n'arrivera à rien avec elle !

Mais que se passera-t-il s'il utilise la manière forte ? Verra-t-il le vampire surgir pour la protéger ? Il aimerait y croire et ainsi il n'aurait qu'à lui tendre un piège, en supposant que la créature se montre seule. Toutefois, il reste la possibilité qu'il fasse fausse route, que quelque chose lui échappe. Délila pourrait le craindre, être sous le joug d'une menace et le protéger corps et âme. Il aimerait que ce soit la vérité, ainsi il ne verrait plus à travers elle une midinette éprise d'un suceur de sang.

C'est impossible ! La théorie n'est pas plausible, Délila est amoureuse du vampire et en est parfaitement consciente.

Il va devoir revoir ses méthodes.

— François, je crois qu'il est temps de faire parler la journaliste.

— Tu as une idée sur la façon de procéder ?

— Il me faut une raison pour l'hypnotiser à nouveau et je lui demanderai de me raconter ce qu'elle voit.

— C'est trop dangereux, tu as eu recours à cette pratique à deux reprises sur elle, et Dieu seul sait combien de fois le vampire s'y est amusé !

François a raison et Antoine en est parfaitement conscient, mais c'est la seule solution dont il dispose, ça et l'envoyer se faire introduire des électrodes dans la tête pour trouver l'information qu'il cherche. Il ne veut pas encore recourir à cette extrémité, car il ignore les raisons qui la poussent à lui mentir ainsi.

— De toute évidence, le vampire ne s'amuse plus avec elle.

— Tu crois qu'elle l'aurait mis en garde ?

— Ça ne me semble pas impossible.

— Plutôt que l'hypnose, essaie le whisky.

Antoine le regarde, dubitatif, alors François lui explique clairement le fond de sa pensée.

— Soûle-la et tires-en ce que tu peux !

Le jeune homme n'aime pas tellement cette alternative. Il n'est pas de ceux qui profitent des femmes enivrées, mais c'est vrai que la suggestion de son collègue semble moins invasive que les électrodes.

— Qu'est-ce que tu en penses, Yvan ?

Le grand brun resté silencieux jusqu'ici n'est pas de cet avis, si ça ne tenait qu'à lui, Délila Nagar serait entre les mains du gouvernement actuellement.

— Cette gonzesse de malheur protège un vampire, alors pas d'états d'âme !

— On ignore ses raisons, argue Antoine.

— Eh bien, je te suggère de lui poser directement la question, rétorque-t-il quand il entend la porte de

180

l'appartement s'ouvrir.

Délila rentre de sa longue journée de travail, éreintée et agacée de découvrir que les trois chasseurs de vampires sont toujours à investir son espace vital.

– Vous avez passé une bonne journée ? s'enquiert Antoine.

– Oui.

– À rédiger des articles sur les femmes saignées la nuit dernière ! peste Yvan.

La journaliste ne relève pas. Depuis qu'elle a rencontré ce type, elle ne l'aime pas et elle trouve qu'il le lui rend bien. Ce n'est qu'un être antipathique perdu dans son monde de chasse nocturne.

– Ce phénomène se déroule depuis des siècles, vous savez, explique-t-il sans se départir de son air supérieur. Il porte même un nom.

Elle aimerait lui cracher au visage qu'elle se fiche éperdument de ses histoires à dormir debout, mais son côté journaliste réveille sa curiosité et elle veut savoir.

– Cela s'appelle : *morsures nocturnes*.

– Vous pourriez peut-être développer, suggère-t-elle en s'imaginant déjà en tirer un article accrocheur.

– Antoine s'en chargera, réplique-t-il en désignant son ami du menton, je vais faire une ronde avec François.

À peine deux minutes plus tard, Délila se retrouve seule avec le grand blond, suspendue à ses lèvres en attente de la réponse.

– Je vous raconte tout ce que vous voulez savoir contre une bonne bouteille de vin.

Il décide d'essayer la méthode de François avant de songer à quelque chose de plus radical.

– D'accord. Sortez les verres.

Ils se retrouvent sur le divan, un verre de vin rouge en main. Antoine commence à relater ce qu'il sait sur le phénomène des *morsures nocturnes*.

Apparemment, cela remonte à la nuit des temps... à Dracula, le premier vampire.

Le chasseur prend le temps de raconter l'histoire de Vlad Tepes à la journaliste qui ne l'interrompt pas une seconde et l'écoute avec attention. Il boit peu alors qu'elle, pendue à ses mots, vide un verre après l'autre.

Quand il en a terminé avec les tueries de Vlad Tepes, il poursuit avec celle de sa fille : Lilith. Puis de son protégé : Sulli.

Délila se raidit à l'évocation de ce nom, elle ignorait que le vampire avait fait partie de la vie de Lilith et de son père. Bien sûr, le chasseur ignore tout de l'histoire d'amour ayant réuni les deux amants et Délila n'en saura donc pas davantage.

Antoine lui parle ensuite des femmes vidées de leur sang dans d'innombrables villes à cause de plusieurs bandes de vampires assoiffés, sans cœur ni mœurs.

— Ce phénomène de *morsures nocturnes* est courant et nous voulons qu'il cesse.

Morsures nocturnes, voilà le terme qui désigne les macabres assassinats dont les vampires sont responsables.

— Ceux qui sévissent actuellement à Montréal ne resteront pas éternellement ici. Généralement, le phénomène dure un mois au maximum, moins si les créatures sentent qu'elles vont être démasquées.

— J'ai pourtant été marquée par l'un d'eux...

— Il vous tuera avant de se diriger vers d'autres contrées où, avec ses acolytes, il massacrera de nouvelles femmes.

Horrible perspective ! Elle a pourtant un accord avec lui. Se pourrait-il qu'il n'en tienne pas compte ? Qu'il n'ait aucune parole ? C'est ce qu'elle craint. Et puis, toutes ses vies gâchées... Ne devrait-elle pas parler afin de l'empêcher — lui et les autres — de nuire à nouveau ? Elle peut arrêter ces massacres, elle en a les moyens. Elle sait où trouver les vampires, il suffirait de s'y aventurer en pleine journée et d'ouvrir les rideaux.

Délila inspire longuement avant de vider son verre des dernières gorgées comme elle réfléchit. N'est-il pas temps de dire la vérité ?

— Comment expliquez-vous qu'il se désintéresse de moi ? Je croyais qu'une proie moins amusante trouvait la mort.

— À vous de me le dire.

Elle est surprise par cette réponse. Que pourrait-elle bien

lui raconter ? Qu'il l'a menacée ? Mais plus surprenant, pourquoi pense-t-il qu'elle saurait répondre à sa propre question ?

– Comment le saurais-je ?

– Allons, Délila... nous savons tous les deux que vous jouez un double jeu. La mort de toutes ces femmes en vaut-elle vraiment la peine ?

– Je vous interdis... crache-t-elle en se levant du canapé.

– Dites-moi où le trouver.

– Je l'ignore ! s'indigne-t-elle avec force.

Antoine émet alors un rire amer, ce rire qu'elle déteste et qui lui donne des frissons d'effroi.

– Si l'alcool ne vous fait pas parler, qu'est-ce qui le fera ?

Elle est écœurée de comprendre qu'il a essayé de la soûler pour lui soutirer des informations. Même s'il est vrai que les effets de l'alcool commencent à se faire sentir, elle n'est certainement pas assez ivre pour risquer la vie d'Anaïs !

– Vous êtes ignoble, méprise-t-elle.

– N'inversez pas les rôles ! Vous avez les moyens de mettre fin à toutes les horreurs commises par votre maître, mais vous l'aimez, n'est-ce pas ! C'est pourquoi vous vous murez dans le silence.

Elle n'arrive pas à croire ce qu'elle entend. Il ne manque pas de toupet en l'accusant ainsi de tous les malheurs de la ville. D'ailleurs, comment se fait-il qu'il en sache autant ?

– Votre ex... c'est votre maître, n'est-ce pas ?

Elle ne répond rien, bien trop abasourdie par ce qu'il vient d'énoncer.

– J'ignore son nom, mais il me suffit d'interroger les bonnes personnes.

– Vraiment ? Sans photo pour vous aider ?

Il ne sait pas si sa réplique est un aveu ou si elle cherche juste à le provoquer, mais il n'a pas besoin qu'elle confirme ce qu'il sait déjà. Il veut seulement savoir pourquoi elle le protège malgré les conséquences. L'amour lui paraît être un bien piètre mobile, mais sait-on jamais !

– Je suis certain que je peux en trouver une dans le Journal.

– À votre place, je n'en serais pas aussi sûr, c'est moi qui ai couvert l'événement et ce monsieur ne figure sur aucun de mes clichés.

– Et la rousse ? Qui est-elle ? Qu'est-elle ?

Délila ne lui donne aucune réponse, elle est bien trop abasourdie par la tournure qu'a prise la conversation.

Comment a-t-il pu en déduire que Sulli, le Duc Lancaster, est le vampire qui l'a faite sienne ? Impossible. C'est tout bonnement impossible... sauf si...

– Vous n'avez pas été hypnotisé, pas vrai ?

– J'avoue. Je suis immunisé contre cette pratique de par mon esprit fortement entraîné, même si je dois bien reconnaître que votre maître est très fort.

Elle ferme les yeux un court instant avant de se laisser tomber sur le canapé. L'impact de cette révélation est dévastateur sur elle. Que doit-elle faire maintenant ?

– Vous allez encore me menacer de me livrer au gouvernement ?

– Croyez bien que cette alternative ne m'enchante guère, mais si vous ne me laissez pas le choix...

– Je ne peux rien dire.

– Pourquoi ?

– Il m'a menacée.

Antoine esquisse un sourire, mais il n'a rien de mauvais, au contraire il est radieux, comme soulagé.

– Vous m'en voyez ravi.

– Je vous demande pardon ?

Délila ne comprend pas comment cet homme peut se réjouir de la menace qui pèse sur elle et ses proches.

– Cela signifie que vous avez une conscience. Un moment j'ai cru que seul l'amour que vous lui portiez vous aveuglait.

– Je ne suis pas amoureuse de lui ! réfute-t-elle ardemment.

– J'ai vu comment vous le regardiez.

– Il n'a fait que jouer un rôle avec moi, se justifie-t-elle, blessée.

Antoine perçoit sa peine qui est immense en cet instant et si le lien qui unit le vampire à sa proie est aussi fort qu'il le suppose, alors l'intéressé doit le ressentir également.

– Dites-moi son nom.

– Ça ne vous avancera à rien de le connaître.

– Donc, dites-moi où je peux le trouver.

– Vous n'entendez pas ? fulmine-t-elle. Il m'a menacée ! Il tuera mes amis et ma famille si je parle de lui.

– Raison de plus pour me dire où le trouver. On peut attendre que le jour se lève si vous le souhaitez, ainsi il ne pourra pas s'échapper du lieu où il se cache ni s'en prendre à vous.

Délila garde le silence, doutant encore que cette suggestion soit une bonne idée.

– Quand il sera mort, vous ne risquerez plus rien. Il n'y a qu'en vie qu'il peut vous nuire, insiste-t-il.

Elle est persuadée qu'il a raison, alors elle accepte de lui dévoiler ce qu'il veut savoir dès le lever du jour.

Chapitre 24

La nuit n'est pas propice au repos pour Délila qui ne cesse de tourner et se retourner dans son grand lit, persuadée que cela est dû à la décision qu'elle a prise de tout révéler à Antoine. Du coup, tout est remis en question... Si elle n'arrive pas à trouver le sommeil, c'est qu'elle a tort de vouloir livrer Sulli, c'est peut-être dangereux pour elle. Il pourrait y avoir des représailles. Il est possible qu'Antoine et son équipe ne parviennent pas à éliminer les vampires. Elle ne doit pas oublier qu'ils sont cinq, et sans doute vieux, peut-être pas autant que Sulli lui-même, mais ce ne sont pas de jeunes transformés stupides pour autant. Alors quand elle imagine la scène des trois humains face aux vampires, elle ne donne pas cher de leur peau. Il est vrai qu'ils ont l'intention d'agir en plein jour, mais le château regorge de coins sombres et les fenêtres de l'étage où les créatures sont établies sont pour la plupart condamnées par des planches. La clarté est très peu diffusée, les *sangs froids* sont protégés dans leur demeure.

Alors qu'adviendrait-il des chasseurs ? Aussi confiants qu'ils puissent être, ils se feraient tuer et viendrait ensuite le tour de ceux qu'elle aime... puis le sien.

Elle ne peut pas prendre un tel risque, et remettre sa vie entre les mains d'hommes qu'elle n'estime pas totalement dignes de confiance.

Mais elle ne peut pas non plus leur dire que finalement elle gardera le silence. Aucun ne comprendrait. Et invoquer le manque de confiance en eux pour cette mission serait une erreur. Toutefois, si elle ne divulgue pas l'information qu'ils attendent, elle se retrouvera dans un laboratoire du gouvernement. Elle n'a pas le choix, elle doit s'enfuir.

Sans réfléchir davantage, Délila quitte son lit douillet et se vêt dans le silence le plus absolu. Deux minutes après, son sac à main sous le bras, elle passe par la fenêtre de sa chambre et s'engage sur l'escalier de secours.

Il fait encore nuit dehors et même si elle ignore où aller, Délila est persuadée qu'elle y sera plus en sécurité que chez elle.

En errant dans les rues, elle se met à craindre une attaque vampirique, mais elle se rassure, elle est marquée, et aucun n'a le droit de poser ses crocs sur elle. C'est un genre de règle chez les suceurs de sang, alors elle ne risque rien. Sauf de Sulli. Mais pourquoi l'attaquerait-il ? Elle n'a rien fait de répréhensible, au contraire, elle fuit pour justement tenir sa parole.

Après la crainte, le désir. Elle éprouve l'envie de marcher jusqu'au château et de le regarder, espérant ainsi apercevoir le Duc. Elle se sermonne aussitôt pour cette idée saugrenue ; ne sait-elle donc pas à qui elle a affaire ? Il est responsable de la mort de plusieurs jeunes femmes, dont Peggy, sans le moindre doute.

Depuis que le mot *vampire* a été prononcé, Drew est en arrêt maladie, incapable de faire face à la nouvelle. Comment le pourrait-il ? Sans la présence de ces créatures de l'ombre, il filerait toujours le parfait amour avec sa fiancée. Il a besoin de temps et de repos pour s'en remettre. C'est son frère, Andy, qui veille sur lui.

Délila doit s'abstenir de penser à Sulli. Une infime partie d'elle espère toujours qu'il n'a rien fait à toutes les femmes retrouvées mortes récemment, que la part de lui qu'il lui a montrée existe vraiment, même enfouie au plus profond de son être.

La jeune femme découvre la ville sous une autre facette, les ténèbres l'enrobant. Le calme est reposant, même si presque angoissant. Délila est intrépide et a l'habitude de s'aventurer dans des lieux peu recommandables en pleine nuit pour ses reportages. Elle n'est pas trouillarde, c'est pourquoi elle a toujours du mal à accepter qu'elle puisse se

187

résigner face à Sulli, le vampire. En même temps quand elle a vu défiler les images de leurs soirées dans sa tête, elle comprend qu'elle ait pu être terrifiée, mais pas résignée à mourir. Elle tient bien trop à la vie !

***

— Antoine, tu devrais réveiller la belle au bois dormant, suggère François alors qu'Yvan ricane.
— Vous êtes prêts ? s'enquiert-il, on va crever des vampires, aujourd'hui !
Yvan est même plus que prêt, lui aussi a perdu la femme de sa vie à cause d'un *sang froid*. Il a fait le serment d'honorer sa race et de la débarrasser des sangsues qui la déciment. Il les haït avec véhémence, ainsi que tous ceux qui ont de près ou de loin un contact avec. Autant dire qu'il ne porte absolument pas Délila dans son cœur.
— Réveille la raide dingue d'un cadavre. On attend cet instant depuis des lustres ! aboie Yvan.
Antoine acquiesce alors que François reste silencieux. Antoine leur a parlé des motivations de Délila, de la raison pour laquelle elle couvre le vampire, il ne peut que comprendre la peur de la jeune femme et sait aussi que la mort de son maître est sa seule délivrance.
— Ça me répugne les gonzesses qui baisent avec les vampires ! peste Yvan.
— Tu ne sais même pas ce qui s'est passé entre eux, objecte François.
— Elle a été marquée donc il l'a sautée !
— Elle n'était peut-être pas consciente, tu ignores…
— Elle n'est pas là ! crie Antoine, affolé, coupant ainsi la réplique de son acolyte.
— Comment ça : pas là ? T'as regardé dans la salle de bains ? questionne Yvan.
— Oui.
Yvan soupire, réalisant que celle qu'il qualifie de garce n'avait pas l'intention de leur livrer le vampire, ce qui renforce sa conclusion : elle est amoureuse de la sangsue.
— Tu peux peut-être essayer de lui téléphoner, suggère

François.

L'homme la juge moins sévèrement, sachant ce qu'elle encourt si elle parle il imagine qu'elle a pu avoir peur, craindre qu'ils ne soient pas à la hauteur pour vaincre un vampire âgé.

Antoine acquiesce et compose le numéro de Délila sur son téléphone portable.

Plus que les autres, il aimerait découvrir ce qui lui est passé par la tête. Pourquoi a-t-elle fui ? Parce qu'il est certain qu'elle n'est pas simplement allée plus tôt au journal. Elle a pris l'escalier de secours, c'est ce qu'il a déduit quand il a vu sa fenêtre ouverte.

Après plusieurs sonneries, le répondeur se met en marche, Antoine raccroche en jurant.

– Elle ne veut pas répondre, la garce ! constate Yvan.

– Et si jamais il lui était arrivé malheur, suggère François.

Antoine braque son regard sur lui, avide de connaître la suite de sa pensée.

– Son maître a très bien pu percevoir qu'elle mijotait quelque chose et venir la chercher. Il l'aurait hypnotisée pour qu'elle lui ouvre la fenêtre et l'aurait attrapée à cet instant.

– Sauf qu'il a l'autorisation de pénétrer chez elle, rétorque Antoine, il était là l'autre soir, à s'amuser à m'hypnotiser, tu te souviens ? Je vous l'ai dit.

François acquiesce.

– N'empêche qu'il a très bien pu venir la chercher.

Pris de panique, Antoine essaie de nouveau de joindre Délila et perd son calme quand, une nouvelle fois, il entend la messagerie vocale.

***

Sous les coups de midi, Anaïs rejoint Délila dans un snack pour déjeuner. Son amie l'a appelée dans la matinée, ayant un besoin urgent de discuter. La brunette n'en a pas fait part à Antoine Tringle bien que l'homme l'ait questionnée au sujet de la blonde disparue. Elle demande à Délila de lui confirmer qu'elle va bien pour qu'il arrête d'élaborer des théories plus abracadabrantes les unes que les autres.

189

– Oh, Délila, chérie, je suis heureuse de voir que tu vas bien.

Anaïs prend place en face de son amie qui manque visiblement de sommeil. Ses yeux sont cernés et, sans maquillage, son visage perd de son éclat.

– Antoine m'a convaincue de parler, mais j'ai réfléchi et je ne veux plus le faire. Je suis fichue !

Le serveur les interrompt sans plus attendre et prend leur commande avant de les laisser seules.

– Sulli était à l'exposition et Antoine a su que c'était lui, il n'a jamais été hypnotisé.

Il fallait que ça sorte.

– Il a menti.

Délila est paniquée et Anaïs tente de la réconforter en lui garantissant qu'elle ne craint rien du chasseur, mais la journaliste n'y croit pas, et pour cause il l'a menacée une fois.

Après une dizaine de minutes, leurs assiettes sont déposées devant elles, et Anaïs n'ignore plus rien des tourments de son amie.

– Bon, tu ne veux pas livrer Sulli parce que tu as peur que les chasseurs se fassent tuer, résume Anaïs.

– C'est une certitude, les vampires sont cinq.

– Antoine le sait ?

– Non.

– La seule chose qu'il te demande, c'est un lieu, c'est bien ça ?

Délila acquiesce d'un hochement de tête avant de mettre une bouchée de sa viande dans la bouche.

– Invente un endroit, ou plusieurs. Les bâtiments désaffectés, ce n'est pas ce qui manque dans le coin !

– Tu crois ?

– On peut aller faire un tour ensuite toutes les deux, et je te ferai découvrir quelques emplacements où j'ai pris des photos pour une chronique, tu verras, ça peut marcher.

– Mais ils ne trouveront personne.

Délila n'ose même pas imaginer ce qui se passera si les chasseurs découvrent qu'elle a menti, qu'aucun suceur de sang ne vit dans les lieux qu'elle pourrait dénoncer.

– Je doute qu'un vampire s'établisse gentiment dans un

190

seul endroit. Ils sont nomades.

– Sans doute, mais Sulli est au château.

– Combien de temps compte-t-il y rester ?

Délila se souvient de sa première entrevue avec le Duc Lancaster qui disait ne pas demeurer longuement au même endroit. Il prétendait aimer voyager.

– Pas longtemps, j'imagine.

– Écoute, j'ai fait des recherches pour toi, et je sais qu'un vampire est capable de ressentir les émotions de celle qu'il a marquée.

Antoine le lui a dit aussi.

– Peut-être que s'il perçoit ta peur il viendra, je te parle dans le cas où les chasseurs comprendraient la supercherie.

– Je ne peux pas miser là-dessus, c'est bien trop aléatoire.

– Il y a autre chose, si la femme marquée ingurgite le sang de son maître, alors ils établiront une sorte de connexion mentale.

– Tu délires ?

– Il pourrait te sauver dès que tu l'appelleras.

– En plein jour aussi ?

Délila secoue la tête, Anaïs lui conseille vraiment n'importe quoi. Quant à boire le sang du vampire… non. Il la chasserait rien qu'en entendant sa requête, peut-être même qu'il en rirait bien !

– L'idée est absurde. Je vais me contenter de croire aux mensonges que je raconterai aux chasseurs. Antoine aura foi en moi… enfin, j'espère.

– Quand les meurtres cesseront, ils te laisseront tranquille.

– Oui, mais dans combien de temps ?

Elle n'a aucune envie de vivre dans la peur durant des semaines. Et encore moins le désir de demander de l'aide à Sulli. C'est elle qu'elle protège, elle et ceux qu'elle aime. Pas lui.

***

Assise sur un banc, plus d'une heure après sa visite guidée avec Anaïs, Délila se décide à appeler Antoine. Elle craint sa réaction, mais ne peut pas le laisser s'alarmer davantage pour elle alors qu'elle va bien.

   – *Délila ? C'est vous ?*

De suite elle perçoit l'anxiété dans sa voix.

   – Oui, c'est bien moi.

   – *Bon sang ! On est mort d'inquiétude !*

Elle entend Yvan ricaner, elle imagine que ce n'était pas son cas.

   – Je suis désolée, j'ai eu peur... j'avais besoin de réfléchir.

   – *Où êtes-vous ?*

   – Je ne sais pas trop, dans une rue commerçante.

   – *On peut se voir ?*

   – Je vais rentrer.

   – *D'accord, je vous retrouve chez vous.*

Donc, il n'était pas chez elle. Elle imagine qu'il la cherchait dans toute la ville, mais ne se sent pas coupable pour autant.

La jeune femme regagne son appartement, sachant déjà qu'elle sera assaillie de questions auxquelles elle ne répondra pas immédiatement, elle rêve d'une douche !

Quand elle pousse la porte de chez elle, elle tombe nez à nez avec les trois chasseurs qui l'attendaient.

   – Vous allez bien ? la questionne François.

   – Bon sang, Délila ! articule simultanément Antoine.

Yvan ne dit rien, mais la fusille du regard. Elle avale la boule qui se forme dans la gorge et annonce seulement son besoin de se doucher avant de se réfugier dans sa salle de bains.

Elle se laisse glisser le long de la porte jusqu'à se retrouver assise sur le sol carrelé, épuisée. Il faut qu'elle dorme, malheureusement les chasseurs ne la laisseront pas en paix tant qu'ils n'auront rien à se mettre sous la dent !

Après quelques minutes, elle se redresse et fait couler l'eau avant de se déshabiller pour se glisser sous le jet chaud apaisant. Repensant aux lieux que lui a fait visiter Anaïs, Délila pense que les chasseurs seront satisfaits. Même si l'absence totale de vampire deviendra suspecte au bout de quelques jours.

Elle éteint le robinet et attrape une serviette dans laquelle

elle s'enroule avant de sortir de la douche pour tomber nez à nez avec Yvan qui la reluque sans scrupule.

– Je ne me souviens pas de vous avoir invité dans ma salle de bains !

– J'ai juste une question, mademoiselle.

Son respect est ironique et elle le perçoit facilement.

– Êtes-vous allée retrouver votre maître ?

– Non.

– Vraiment ?

– Quoi ? Vous allez me dire que vous sentez son odeur sur moi peut-être ?

Il ricane.

– Vous avez déjà baisé avec lui, je le sais. J'imagine que ça vous a plu.

– Sortez !

Elle hausse tellement la voix qu'Antoine accourt dans la pièce.

– Yvan ! Laisse-la !

L'intéressé foudroie du regard la pauvre Délila qui sent un frisson lui parcourir l'échine, il tourne les talons et sort de la pièce.

– Je suis désolé, articule Antoine, confus.

– Laissez-moi, s'il vous plaît.

Il acquiesce d'un hochement de tête et s'éloigne.

Délila se sèche et s'habille en s'efforçant d'oublier les yeux remplis de haine qu'Yvan a posés sur elle. Même avec la meilleure volonté du monde, elle ne pourra jamais apprécier cet homme.

Elle prend le temps de se coiffer et de se maquiller comme pour retarder au maximum l'échéance, cet instant où elle sera harcelée de questions. Elle soupire, elle aimerait faire un bond dans le temps et se retrouver un an plus tard. Que ferait-elle ? Sans doute toujours des chroniques pour le Journal, plus de reportages sur le terrain, mais surtout elle n'aurait plus Antoine et les autres sur le dos. Ni Sulli. Elle serait libérée de lui.

Malheureusement, pour l'instant il est temps d'affronter la réalité, de répondre aux questions gênantes des messieurs, de mentir avec conviction et de ne pas se laisser démonter

193

devant les accusations d'Yvan – parce qu'elle est certaine qu'il y en aura.

Elle inspire longuement avant d'ouvrir la porte.

Chapitre 25

– On attend votre explication, s'amuse Yvan. Si vous n'étiez pas avec votre sangsue, où étiez-vous ?

Les trois paires d'yeux masculins sont rivées sur elle, la défiant de leur mentir à nouveau.

– Je n'ai pas dormi de la nuit, j'étais bien trop inquiète…

– Sautez ce passage inintéressant, vous voulez bien, la coupe froidement Yvan.

Délila le fusille du regard, mais cela ne fait pas ciller le chasseur.

– Je ne suis pas certaine que vous arriviez à tuer le vampire, en fait j'en doute fortement, articule-t-elle sans baisser les yeux.

Il esquisse un sourire moqueur.

– Qui est votre maître pour que vous doutiez ainsi de nous ?

– Je dis juste que si vous échouez vous me condamnez, ainsi que mes proches.

– Ça n'arrivera pas, lui assure Antoine.

– Je l'espère, parce que je vais vous conduire dans les endroits où je suis allée avec lui.

Les chasseurs sont satisfaits et pensent déjà en terminer avant la tombée de la nuit.

Comme si ça pouvait être si simple !

– Ne perdons pas de temps et finissons-en pendant que nous avons l'avantage du soleil, décrète François.

Antoine est du même avis et s'empare déjà de son sac contenant sa panoplie d'armes. Yvan ne se départit pas de son sourire narquois en attrapant ses affaires, même s'il ne regarde pas la journaliste.

– Vous vous sentez prête, Délila ? s'assure Antoine.

– Non... mais puisqu'il le faut, allons-y !

C'est dans le Hummer des chasseurs qu'ils font le tour de la ville pour gagner les lieux que Délila leur désigne. Elle tente de se rappeler le plus distinctement possible des routes qu'elle a empruntées avec Anaïs, mais se trompe plus d'une fois, ce qui énerve Yvan, bien que cela donne plus de poids à sa parole.

– Il faisait nuit ! se défend-elle à chaque fois qu'il pousse un gémissement d'exaspération.

D'abord, ils visitent une ancienne usine à l'abandon. Délila prétend que c'est le premier endroit qu'elle a fréquenté. Elle est venue sur les lieux un peu plus tôt, ce qui facilite grandement les choses et appuie ses dires. Un peu plus loin, elle sait qu'il y a un matelas puant orné de quelques affaires sales et malodorantes, elle y conduit les chasseurs.

Antoine est sur ses gardes, ainsi que François qui fait le tour de cette pièce qui devait être un bureau avant que l'usine ne ferme, alors qu'Yvan pose ses yeux sur la journaliste qui ressent un malaise.

– C'est ici qu'il t'a marquée ?

Oh, quelle horreur ! Jamais elle ne se serait laissé faire dans un endroit pareil, empestant l'urine et la sueur. D'ailleurs, elle est certaine que quelqu'un dort ici, Anaïs pense que c'est le repaire d'un sans-abri, elle aussi.

– Non, répond-elle.

– Il n'y a personne, informe Antoine.

– Pourtant, c'est clairement habité, argue François.

– On reviendra plus tard, décide Yvan. Un vampire, ça bouge !

Le second lieu où les mène Délila est un parc, celui où a été tuée une femme récemment. Elle crée une histoire selon laquelle il la faisait courir ici... pour la traquer. Elle n'a pas à mentir sur ce qu'elle ressentait en ces instants puisque c'est encore très vivace dans son esprit, et les chasseurs acceptent volontiers de croire qu'elle a vécu les pires horreurs. Toutefois, rien ne les aide en pleine journée et le vampire ne risque pas de se montrer.

– L'extérieur, on s'en fout ! la sermonne Yvan. On veut des bâtiments !

– Je me souviens d'un immeuble qui était anciennement destiné à la location d'appartements, mais il n'y avait ni meubles ni rien du tout. Est-ce qu'un vampire vit vraiment dans une maison comme nous ?

– Tu penses à une grotte ? s'esclaffe Yvan.

– Arrête, intervient gentiment Antoine en posant sa main sur son épaule.

– Non, à une crypte, réplique Délila.

– Tu regardes trop *Buffy contre les vampires* ! s'amuse le chasseur.

Deux répliques cinglantes ! Et deux tutoiements ! Pour qui se prend-il ? Il est sans cesse en train de la rabaisser ou se moquer ouvertement d'elle ! Il l'exaspère.

Elle le foudroie du regard, mais cela ne change rien.

– Les vampires de notre temps se fondent parmi nous, explique Antoine, vous seriez surprise de voir où certains logent.

– Mais les vieux préfèrent peut-être garder leurs habitudes.

– Quel âge à ton vampire ? l'interroge Yvan.

– Plus de cinq cents ans, réplique-t-elle fièrement.

Elle le défie de se moquer encore.

– Peut-être qu'on devrait fouiller les cimetières, cède-t-il finalement.

– Allons déjà visiter l'immeuble, décide Antoine.

Durant le trajet, personne ne pipe mot, mais une fois sur place les constatations se font à haute voix :

– C'est désert ici !

– Personne n'a mis les pieds là depuis des lustres !

– Le plancher n'est même plus sûr.

– Aucun vampire.

C'est bredouilles qu'ils quittent l'endroit et Délila espère ne pas avoir commis une erreur en les conduisant dans ce lieu apparemment désert depuis bien longtemps.

– T'es sûre que t'es venue là ? l'interroge Yvan.

Ce type ne la lâchera pas, elle en est certaine, même si elle ignore pourquoi et ce qui motive la haine qu'il éprouve pour elle. Parce qu'elle est convaincue qu'il la déteste et c'est réciproque.

– Il m'a marquée ici, alors oui, j'en suis sûre !

Plus personne ne parle, Délila est satisfaite d'avoir réussi à sauver les apparences.

– Et maintenant ? On écume les cimetières ? propose Yvan après que le Hummer soit de nouveau sur la route, François au volant.

– En pleine journée, je ne suis pas certain qu'on trouve quelque chose, soupire Antoine. Vous n'avez vraiment aucun autre souvenir ? questionne-t-il la blonde, à court d'idées.

– Il me pourchassait dans les rues (là, elle ne ment pas), je n'ai quasiment jamais été à l'intérieur. À part une fois dans l'usine et une autre dans l'immeuble.

– Pourquoi est-ce qu'il t'aurait conduite dans une usine ?

Cet Yvan lui donne des envies de meurtres ! Il faut qu'elle lui fasse ravaler son arrogance.

– Quand nous étions dans l'usine, il a commencé à m'embrasser et à vouloir aller plus loin, raconte-t-elle avec dégoût, puis son téléphone a sonné et il m'a dit qu'il devait partir. Je suppose qu'il avait dans l'idée de me faire sienne lors de cette première soirée.

– Possible.

Malgré que le soleil brille encore sur la ville, les chasseurs décident de visiter les cimetières alentour et plus particulièrement les caveaux.

Délila exècre l'ambiance macabre qui règne en ces lieux et se tient à l'écart quand ils pénètrent dans les catacombes.

L'expédition dure jusqu'au coucher du soleil, mais se solde par un échec, engendrant la déception des hommes. Mais pas l'abandon.

Ils raccompagnent Délila à son appartement et deux d'entre eux partent en quête du vampire. Habituellement, la journaliste est confiée aux bons soins d'Antoine ou de François, cette nuit c'est Yvan qui veillera sur elle et elle ne peut pas s'en réjouir.

D'abord, tout se passe bien, le chasseur est silencieux, son arme blanche à la main, prêt à accueillir le maître de la femme assise sur le divan, à lui retirer la vie, même si théoriquement il est déjà mort. Ensuite, il ouvre la bouche :

– Comment se nomme-t-il ?

Délila n'a pas besoin de le questionner, elle sait déjà de qui il parle. Elle a bien donné un nom à son vampire, mais ignore si Antoine leur en a fait part. Y croit-il seulement ?

– Chad.

– Et ce Chad a donc plus de cinq cents ans.

– C'est ce qu'il dit.

– Et pourquoi vous aurait-il dit ça ?

– Parce que j'ai essayé de le tuer.

Il la considère avec étonnement, c'est vraisemblablement difficile à concevoir pour lui.

Elle lui parle alors des conseils qu'elle a demandés à Antoine sur la façon d'éliminer un vampire et de leur mise en pratique qui s'est avérée être un échec cuisant.

– Pourquoi ?

– Parce que, dans ma théorie, il était un jeune vampire. C'est là qu'il m'a dit que j'avais fait une erreur, qu'il était vieux, et que j'allais mourir maintenant.

– Pourquoi n'a-t-il pas été jusqu'au bout ?

– Je l'ai supplié.

Yvan n'y croit pas, un vampire n'a aucune conscience ni le moindre état d'âme. Il y a une autre raison, il en mettrait sa main à couper.

– Nous avons ensuite passé un accord.

– Du genre ?

– Il me laisse vivre et je ne lui nuis pas.

Il connaît cette partie puisque c'est la cause du silence que Délila s'évertuait à garder.

– Tu sais que ce n'est pas une pratique courante chez les vampires que de laisser la vie sauve. J'ai commencé à te tutoyer alors je continue, sourit-il.

– Il m'a menacée, je dirais plutôt que je suis en sursis, réplique-t-elle fermement sans relever sa dernière remarque.

– Cela ajouté à l'hypnose qui ne fonctionne pas et à son succès à te marquer, je pense que l'hypothèse d'Antoine prend vraiment un sens.

Elle le regarde, médusée, il ne peut pas lui aussi se mettre à songer que Sulli éprouve quelque chose pour elle. C'est

199

si… grotesque !

– Étant donné la façon dont ce monstre m'a traitée, j'en doute fortement !

– Ils sont différents, leur mentalité aussi. Ils n'ont aucune limite, ne savent rien du bien et du mal.

La jeune femme ne relève pas, n'en éprouvant aucune envie. Tout ce qu'elle a subi à cause du vampire ne ressemblait en rien à une preuve d'amour. Il l'a terrorisée à tel point qu'elle acceptait de mourir pour en finir. C'est vrai qu'il n'y a pas eu que de mauvais moments, il y en a même eu de très bons. Il organisait des pique-niques fabuleux hors du château, il savait précisément ce qu'elle aimait et la séduisait avec facilité. Mais tout cela n'était pas réel, c'était un amour mensonger, factice… quelque chose qui l'a beaucoup fait souffrir et qui lui fait encore mal.

– Quand on l'aura localisé et renvoyé à la terre, tu seras libre.

Elle hoche la tête en repliant ses jambes contre elle, elle aimerait que tout cela ne soit qu'un mauvais rêve, aller se coucher et se réveiller dans sa vie… sa vie sans vampires, sans chasseurs… une vie comme elle devrait être.

***

Les deux spécialistes des créatures nocturnes rentrent bredouilles au milieu de la nuit. Pas la moindre trace d'un vampire. Mais le jour suivant quand, aux informations, la journaliste relate la mort de quatre jeunes femmes, ils savent qu'ils sont passés à côté du monstre.

Afin d'essayer d'oublier le cauchemar qu'est devenue son existence, Délila a informé Claude qu'elle ne souhaite plus se charger des chroniques sur les meurtres dus aux vampires, seule Anaïs s'en occupera puisque Drew est encore plus mal en point que Délila.

Les homicides ne cessent pas, mais ne dépassent jamais quatre femmes par nuit, parfois moins.

Délila est toujours sous la protection des chasseurs et se terre chez elle après deux semaines d'ignominies dans les rues sombres de Montréal. Elle redoute la venue de son maître même si quelque part elle pense qu'il l'a oubliée.

Antoine lui a dit que le phénomène de *morsures nocturnes* n'excède pas un mois et il reste à peine une dizaine de jours. Elle a peur de mourir.

***

– La vie avec vous est exaltante ! se réjouit Narcisse.

– Tu vas rester avec nous après Montréal ? s'intéresse Bastian.

– Où irez-vous ?

– Je ne sais pas encore. Sulli ?

L'intéressé, pâle comme un mort, ne répond pas. Il est physiquement dans la salle à manger avec ses acolytes, mais son esprit est loin et aucun ne sait où.

– Oh, mec !

Sulli lève des yeux vitreux sur Bastian.

– Tu devrais penser à te nourrir.

Il ricane.

– Faudrait savoir ! Un coup vous me dites de ne pas trop bouffer, et un autre de passer à table ! Mettez-vous d'accord ! crache-t-il.

– Ça fait vingt jours qu'on a commencé, énonce Josephte, c'est ton trip et tu fais quoi ? Tu joues au zombie !

– On ira en Écosse ! décide Sulli en se levant de sa chaise qu'il fait tomber sans s'en soucier.

La seconde suivante, il n'est plus dans la grande pièce peu meublée.

Jose soupire. Elle n'en peut plus du comportement de son acolyte et sait exactement à quoi il est dû.

– Il faut qu'il se débarrasse de son entrave sans quoi il va sombrer.

Les autres sont tout à fait d'accord. Un vampire lié comme il l'est à une humaine ne peut pas passer autant de temps loin de sa proie. Il a créé un lien avec elle quand il l'a marquée et s'il ne veut plus jouer en sa compagnie, alors les règles disent qu'il doit la supprimer. Sans quoi, il mourra à petit feu, incapable d'ingurgiter le sang d'une autre sans souffrir le martyre comme s'il avalait des aliments humains. Il a scellé sa destinée en marquant Délila Nagar, maintenant il doit l'assumer ou se libérer.

Sulli se réfugie dans la pièce qu'il nomme sa chambre depuis qu'il est dans ce château qu'il quittera bientôt. Il est conscient de la douleur qui lui bouffe les entrailles à chaque seconde et de la seule délivrance possible : le sang de Délila.

Il s'installe sur sa couche, appuyé à la tête de lit, souffrant du mal qui le ronge de l'intérieur. Le manque de sang dans son organisme est presque aussi douloureux que s'il buvait à une autre veine que celle de sa proie. Il l'a fait sur deux jeunes femmes il y a plusieurs nuits – humaines qui en sont mortes – et il a souffert comme jamais auparavant, mais il avait besoin de ça... besoin de souffrir pour se punir.

Est-il normal ? Il passe son temps à se poser cette question. N'importe quel vampire normalement constitué ne s'imposerait pas un tel calvaire. Mais pour mettre fin à l'insoutenable affliction qui le consume, il doit vider de son sang la seule femelle qu'il regarde autrement qu'un dîner depuis sa séparation avec Lilith. Il ne peut pas s'y résoudre, même s'il doit en crever.

Dans son état, son corps ne tiendra plus longtemps. Encore un mois ou deux de souffrances excessives, et il sera libéré, desséché.

Chapitre 26

Trois nuits… Trois nuits qu'il n'y a pas eu le moindre meurtre. Les chasseurs en ont rapidement conclu à la fin des *morsures nocturnes* à Montréal, mais où réapparaitront-elles ? Ils l'ignorent.

Malgré les précieuses informations de Délila, ils n'ont pas réussi à débusquer le dangereux prédateur qui sévissait dans les rues de la ville. Maintenant, ils n'ont plus la moindre chance d'y parvenir, à moins d'être informés de la prochaine destination de la créature.

— Nous partons, annonce Antoine à Délila, postée devant sa fenêtre, perdue dans la contemplation de cette désolante journée pluvieuse.

— Je suis navrée que votre quête se solde par un échec.

Elle porte sa tasse de café fumant à la bouche comme elle pose son regard sur l'homme devant elle.

— Moi aussi.

— On est prêts, on attend que toi ! résonne la voix d'Yvan, pressé de quitter les lieux.

Même si entre Délila et lui les choses se sont adoucies au cours des derniers jours, il n'en a pas moins envie de partir d'ici et de reprendre la chasse aux vampires, là où il est certain de leur tomber dessus. Pas comme ce vampire insaisissable qu'est le Chad de Délila.

— Je vous souhaite une bonne continuation, exprime François gentiment à la jeune femme.

— Merci. À vous aussi.

Il lui serre la main, puis cède sa place à Yvan.

Le chasseur se contente d'un signe de tête avant

d'articuler :
- Salut.
- Au revoir.

Les deux hommes libèrent l'appartement de la jeune femme de leurs affaires alors qu'Antoine plonge ses yeux verts dans le bleu océan de ceux de Délila.

- Prenez soin de vous.

Elle tourne la tête en lui dévoilant son cou où les deux renflements sont toujours visibles.

- Et ça ?
- Ils disparaîtront quand vous ne serez plus sienne.
- À sa mort donc.
- Oui.
- Il existe une connexion entre lui et moi, pas vrai ? Et il est parti sans finir son travail... Qu'est-ce que ça signifie ?
- Que j'ai vu juste.
- Mais encore ?
- Il vous aime, sans quoi il n'aurait pas réussi à vous marquer, il serait parvenu à vous hypnotiser et il vous aurait tuée avant de disparaître.

Encore sa stupide théorie ! Même si elle a un sens et qu'elle semble plausible, Délila ne lui accorde aucun crédit.

- Vous ne risquez rien, conclut-il avant de déposer une bise sur sa joue. Prenez soin de vous.

Une idée saugrenue traverse l'esprit de Délila : *Antoine ressent quelque chose pour moi.* Totalement absurde, elle la balaye aussitôt.

- Vous aussi, réplique-t-elle.

Le chasseur attrape ses affaires et quitte les lieux à son tour, sans même se retourner une dernière fois.

Bien que ravie, Délila se sent seule maintenant que les trois hommes sont partis. Mais elle ne doit pas oublier une chose : elle est libre. Sulli aussi s'en est allé, et sa bande de morts-vivants avec, sans le moindre doute.

Sa vie reprend donc son cours en ce jour pluvieux d'octobre durant lequel elle décide de ne rien faire. Après tout, le dimanche est fait pour ça !

***

Alors que Délila reprend ses marques dans son spacieux bureau qu'elle délaissait souvent ces derniers jours et où elle n'arrivait plus à se concentrer, Anaïs, plus joviale que d'habitude, entre dans la pièce.

– Salut, ma belle !

– Salut, Anaïs. Tu me parais bien souriante !

– Claude m'a demandé de l'épouser.

Délila retient le cri de stupeur qui s'apprêtait à franchir ses lèvres et opte pour une réaction plus saine et amicale.

– Eh bien, félicitations ! Tu as accepté, je suppose ?

– Oui !

Anaïs s'approche, sa main en évidence, pour montrer la superbe pierre bleue ornant son annulaire. Elle adore les saphirs et apparemment Claude le sait et a tenu compte de ses goûts.

– Il ne s'est pas fichu de toi !

– Je sais, roucoule la jeune femme. Et toi ? Tes ténébreux chasseurs ont débarrassé le plancher ?

– Oui, hier. Je suis… je me sens un peu seule.

– Non ! rit-elle, pas possible ! Trouve-toi un mec, chérie !

Sa bonne humeur est contagieuse et Délila rigole à son tour.

Elle ne s'en départit pas de toute la semaine, cependant le vendredi tout bascule.

La journée était plutôt bien partie, Drew venait de reprendre le travail et rédigeait un article avec Délila avant que leurs collègues organisent un pot de bienvenue auquel ils se sont tous rendus en fin d'après-midi.

C'est à ce moment-là qu'Anaïs, la mine affligée, approche Délila.

– Il est arrivé quelque chose à Claude ? s'inquiète cette dernière avant de se rendre compte que le fiancé de son amie est présent dans la pièce. Vous avez rompu ?

– Regarde ça, réclame la brunette en lui tendant un journal ouvert sur une page où figure une photo du château acquis par le Duc Lancaster.

Délila observe d'abord son amie, puis prend le magazine et lit l'article qui annonce la perte d'argent du Duc Lancaster et la rénovation de la propriété qui n'aura jamais lieu.

Ce n'est pas vraiment une surprise pour la journaliste qui sait bien que Sulli a quitté l'endroit depuis plusieurs jours, mais ça l'atteint bien plus qu'elle ne l'aurait voulu... qu'elle ne l'aurait cru.

— Il va vendre ? demande-t-elle d'une voix presque inaudible.

— Si tu lis en bas de l'article, tu verras que la propriété a été mise en vente.

Effectivement, les mots sur le papier confirment les dires d'Anaïs. Elle sent son cœur se serrer à cette annonce, même si c'est incompréhensible étant donné les horreurs qu'elle a subies à cause du vampire, dans cette propriété.

— Ça va aller ? s'assure Anaïs.

— Il ne pouvait pas y avoir meilleure nouvelle, promet-elle avec un sourire forcé.

Anaïs qui la connaît par cœur n'y croit pas une seconde et sait parfaitement que son amie souffre. Elle éprouvait des sentiments véritables pour le vampire, même s'il n'en était pas digne et que ce qu'elle aimait en lui n'existait pas.

— Viens, je vais te servir une coupe de champagne.

La brunette n'attend pas la réponse et attire son amie au bar.

***

Dès que Délila réussit à s'extirper du pot de bienvenue de Drew, elle se sent soulagée et libérée. Elle n'en pouvait plus de faire semblant d'aller bien alors qu'au contraire rien ne va plus.

La semaine avait pourtant si bien commencé !

Ses pas la guident à la propriété du Duc Lancaster, elle veut la voir une dernière fois, avant qu'elle ne lui appartienne plus.

La pancarte « à vendre » lui déchire le cœur, toutefois elle y trouve un soulagement, elle a quand même vécu les pires horreurs dans ce lieu.

Il vous aime, sans quoi il n'aurait pas réussi à vous marquer, il serait parvenu à vous hypnotiser et il vous aurait tuée avant de partir.

Les mots d'Antoine résonnent dans son esprit alors qu'elle contemple la demeure derrière la grille de fer. Elle n'a pas que de mauvais souvenirs ici, quelques-uns sont bons, même très bons.

La jeune femme sourit en repensant aux pique-niques qu'organisait Sulli quand elle le rejoignait à cet endroit, après le travail. Lorsqu'elle y songe, il ne mangeait pas alors qu'elle, si. Il lui prévoyait de quoi se nourrir parce qu'il supposait qu'elle avait faim après sa journée. Il se souciait d'elle, en quelque sorte. Elle refuse qu'il en soit autrement. Elle a envie et besoin de croire qu'il tenait à elle, qu'elle n'est pas complètement naïve au point de se faire manipuler avec tant de facilité par un homme, quel qu'il soit.

Ses mains se posent machinalement sur la grande grille en fer qui émet un bruit strident à ce contact en s'ouvrant légèrement. Étonnée, Délila constate que le portail d'entrée n'est pas verrouillé. La chaîne est bien là, mais pas le cadenas.

Encouragée par la curiosité, elle le pousse, le faisant ainsi grincer, et pénètre sur le domaine. Elle s'avance à pas menus en direction du château, persuadée que celui-ci n'est pas accessible, mais quand sa main se pose sur la clenche, elle constate que la porte est ouverte, alors elle entre.

L'entrée lui rappelle de mauvais souvenirs, elle, entourée de vampires, tentant d'échapper à une mort certaine. Sulli avait décidé de la violer et sans l'intervention de la femme, il serait parvenu à ses fins, elle en est bien consciente. Un frisson d'effroi parcourt son corps. Elle n'a jamais compris cet homme – ce vampire.

Le rez-de-chaussée qu'elle traverse rapidement est vide et sinistre. L'endroit aurait bien besoin d'un brin de ménage. Elle souhaite d'ailleurs bonne chance à celui qui acquerra la propriété.

Les escaliers grincent sous ses pas, Sulli disait qu'ils étaient dangereux, mais Délila pense plutôt que c'était une façon de la tenir à l'écart des étages. Elle sait que le premier n'a jamais été habité, mais le second abritait les vampires. Elle pousse la première porte sur sa route pour dévoiler une chambre. Le lit n'est pas fait et seulement quelques vêtements trônent dans la penderie, apparemment l'occupant de ce lieu n'a pas souhaité emporter toutes ses affaires. Dans les autres chambres, c'est identique, elle en conclut que les créatures de la nuit voyagent léger et ne s'encombrent pas. Sans attaches.

Une fois qu'elle a exploré les quatre pièces qu'occupaient les compagnons de Sulli, elle se dirige vers celle de celui qui l'a marquée. Elle doit revenir sur ses pas, mais n'avait pas le cœur d'affronter ces souvenirs-là directement. Elle pousse la porte non enclenchée pour se retrouver devant la même vision que dans les autres chambres. La couette traîne presque sur le sol, des vêtements sont éparpillés ici et là, l'armoire est beaucoup plus remplie que celle de ses congénères, elle en déduit qu'il n'a rien – ou presque – emporté.

Elle s'approche du lit où elle a connu des ébats passionnés, les meilleurs de sa vie, et y songe un instant en s'asseyant sur le matelas qui aurait bien besoin d'être changé. Elle attrape le tee-shirt à proximité de sa main et le porte à son visage pour en humer l'odeur musquée. Celle de Sulli.

Une larme perle du coin de son œil à la pensée que plus jamais elle ne le reverra. Elle reste dans cette délicieuse torpeur un long moment, ses réflexions convergeant toutes vers le même homme : Sulli.

Puis, quand elle relève la tête, elle l'aperçoit dans l'embrasure de la porte. Il est là, appuyé sur le chambranle, son visage plus blême qu'habituellement, ses yeux cernés d'un noir d'ébène terrifiant.

Sans réfléchir, elle laisse tomber le vêtement qu'elle tient et se rue dans les bras de l'être aimé.

Chapitre 27

Sulli avait bien senti une présence humaine dans les lieux, mais ses sens ne sont plus assez aiguisés pour qu'il identifie cette personne. En retournant dans sa chambre, il a été stupéfait de surprendre Délila, il pensait ne jamais la revoir. Il l'est d'autant plus de la serrer contre lui.

Ils restent ainsi, collés l'un à l'autre, un long moment.

Sulli ressent l'appel du sang, mais pas seulement. Quelque chose d'intolérable est en train de se passer dans son organisme. Une chose contre laquelle il lutte depuis qu'il a compris, mais qui l'entraîne dans les méandres du mal. Il a accepté de souffrir pour la préserver et la voilà qui se présente devant lui, ne ressentant aucune crainte, juste un profond soulagement.

Délila finit par s'écarter du vampire pour le contempler. Il semble malade, mais elle ignore si c'est une possibilité pour cette race. Elle les croyait immortels.

– Tu es souffrant ?

– En quelque sorte.

Incapable de supporter son poids plus longtemps, dévoré par la faim et la douleur, Sulli s'assoit sur le bord de son lit.

– Depuis quand ne t'es-tu pas nourri ? le questionne-t-elle, certaine que le problème vient de là.

– Un mois.

– Quoi ! Un mois ?

D'abord, elle le croit fou, même inconscient, puis elle repense aux meurtres du mois dernier, s'il ne s'est pas sustenté, alors cela signifie qu'il n'a pas participé aux tueries.

– Ils ont tué des femmes et sont partis, mais pas toi.

Pourquoi ?

Elle se joint à lui sur le lit, décidée à avoir des réponses à toutes ses interrogations, c'est peut-être sa seule chance de comprendre les choses, d'obtenir de lui ce qu'il lui a toujours refusé : la vérité.

– Parce que si je bois le sang d'une humaine, c'est comme si je me nourrissais d'aliments, ça me brûle à l'intérieur.

– Pourquoi ?

Il affiche un sourire mal à l'aise qui le rend divinement beau malgré sa peau blafarde et ses traits creusés.

– Parce que je suis lié, rétorque-t-il en levant les yeux sur elle.

– Ça ne t'empêchait pas de te nourrir avant.

– C'est vrai. C'est compliqué, Délila, mais pour faire court...

Il s'arrête un moment, se demandant si c'est vraiment une bonne idée de lui confier la vérité. Mais après tout, pourquoi ne pas être honnête avec elle au moins une fois ? Dans plusieurs semaines, il ne sera plus là pour le faire et partir avec des regrets n'est jamais bon, dit-on.

– ... le fait de te marquer n'a eu aucune incidence sur moi au début. Maintenant, c'est différent parce que j'ai compris et admis ce qui se passe en moi, je ne t'ai pas seulement marquée, mais je me suis lié à toi. Présentement, c'est un fait, et contre ça, je ne peux pas lutter.

– Je ne comprends pas.

– Quoi donc ?

– La différence entre marqué et lié.

Un nouveau sourire trahit son malaise.

– Marqué, c'est pour... affirmer sa proie, lié, c'est... quand un vampire s'éprend de sa proie.

Il fuit le regard de la jeune femme après son aveu alors qu'elle n'est pas certaine de bien réaliser ce qu'il est en train de lui dire.

– Le seul moyen de me nourrir sans souffrir, c'est de boire le sang de ma compagne : toi.

Sa compagne ? Et elle alors, n'a-t-elle pas son mot à dire ? Si elle ne ressentait pas une explosion de papillons dans son ventre à cet instant, elle fulminerait de colère.

Le vampire, épuisé, s'allonge pour reposer ses muscles atrophiés.

– Qu'est-ce que tu attends de moi ? questionne-t-elle en se penchant au-dessus de lui.

– Ton pardon.

Sa réplique lui coupe le souffle, elle imaginait une autre réponse, était certaine qu'il réclamerait son sang parce qu'il est clair qu'il en a besoin.

– Je te pardonne, assure-t-elle en effleurant son visage de ses doigts.

Sulli ferme les paupières de soulagement, maintenant il peut s'en aller en paix.

– Que va-t-il se passer à présent ?

En gardant les yeux clos, il répond :

– Tu vas rentrer chez toi et vivre ta vie. Dans quelques semaines, la marque dans ton cou ne sera plus visible.

Délila sait qu'il ment parce que la seule manière de faire disparaître cette trace c'est la mort du vampire, et... Oh, mon Dieu ! Elle est en train de réaliser ce qu'il lui dit. Tout prend un sens soudainement. Il a décidé de se laisser mourir.

– Pourquoi ? Tu ne peux pas faire une telle chose.

Sulli ouvre la bouche en même temps que les paupières, mais aucun son ne sort, pris au dépourvu par l'opposition de la jeune femme.

– Il y a un moyen pour que tu ne meures pas alors accepte-le !

– L'accepter, Délila, revient à te faire du mal.

– Tu as réussi la première fois, tu y parviendras cette fois aussi.

– Non, je refuse. Ma décision est prise.

Délila n'arrive pas à croire ce qu'elle entend. Il a décidé d'en finir avec la vie parce qu'il ne veut pas prendre le risque de lui faire du mal. Si ça, ce n'est pas une preuve d'amour ! Il a des sentiments pour elle, Antoine avait donc raison, et elle en a aussi. Il est temps pour elle de les assumer et de prendre les choses en main afin qu'il ne quitte pas ce monde.

– Tu sais que je suis capable de me montrer têtue et obstinée quand c'est nécessaire.

– Pas avec moi. Je ne céderai pas.

– Très bien, soupire-t-elle. Combien de temps cela va prendre avant que…

Elle ne finit pas sa phrase, mais c'est inutile, il a très bien compris ce qu'elle lui demande.

– Quelques semaines, deux à trois mois tout au plus.

– J'imagine que ça te fait souffrir.

– Tout mon corps me tiraille et tu ne m'aides pas avec ton odeur alléchante.

– Je vais partir puisque c'est ce que tu veux, mais j'ai une requête avant.

– Laquelle ?

– C'est la dernière fois qu'on est ensemble, tu sais que j'ai des sentiments pour toi, je… j'ai envie qu'on fasse l'amour une ultime fois.

Il sourit avant de porter ses doigts au visage délicieux de Délila.

– J'aurais aimé te dire oui, mais je refuse pour deux raisons. La première, énonce-t-il en laissant tomber sa main, c'est que je serais soumis à une forte tentation de te mordre et je ne suis pas sûr de réussir à me contrôler. La seconde, c'est que mon état physique ne me permettrait pas de te satisfaire.

Délila le croit sans mal. Il n'a plus rien du fringant vampire qu'elle avait l'habitude d'admirer et devant lequel elle salivait presque.

– Juste un baiser, alors ?

Il n'a pas le temps de répondre qu'il sent déjà ses douces lèvres s'écraser sur les siennes. Il n'aurait de toute façon pas refusé, mais il voulait y émettre une condition : pas d'invasion. Ça semble compromis quand il sent la langue de l'humaine se glisser entre ses dents. Mettant toute sa volonté à l'œuvre pour ne pas déraper, il s'abandonne dans le jeu qu'elle lui propose. Toutefois, le cœur battant la chamade de sa compagne n'a pas un bon effet sur lui et il est obligé de repousser celle qu'il chérit avant de lui faire du mal.

– Je ne peux pas ! Tu ne te rends pas compte du danger ! peste-t-il en reculant jusqu'à se retrouver adossé au mur, l'air désemparé. Pars, maintenant.

– Non. Tu as besoin de moi et je suis toute disposée à t'aider.

– Tu ne penses pas ce que tu dis, crache-t-il.

– Vraiment ? Entre dans mon esprit et tu comprendras.

– Je n'y arrive pas, Délila. Je n'arrive plus à rien. Je n'ai plus mes pouvoirs ! Tu ne comprends pas à quel point je souffre pour toi !

– Pas pour moi, Sulli ! Parce que tu te l'infliges. Je veux t'aider, laisse-moi faire.

Elle s'approche de lui avec lenteur pour ne pas le faire fuir et glisse ses mains dans ses cheveux noirs pour attirer son front contre le sien.

– Je t'aime, murmure-t-elle. Ne me laisse pas.

– Tu mérites mieux que moi. Je suis un monstre, colère-t-il en la repoussant.

Le vampire, incapable de se soutenir davantage, se laisse glisser contre le mur jusqu'à se retrouver assis sur le sol.

Délila ne sait plus quoi faire ou quoi dire pour qu'il accepte de se nourrir sur elle. Elle refuse de le laisser en proie à sa douleur, de le regarder mourir à petit feu. Son corps le tiraille en cet instant, elle peut le voir sur son visage, il souffre le martyre.

– Je t'en prie, supplie-t-elle d'une voix à peine audible comme elle s'accroupit devant lui.

Elle pose sa main sur la cuisse de celui qu'elle aime, guettant une réaction, mais il n'en a aucune, la tête contre le mur, les yeux fermés, il semble attendre la délivrance de la mort.

Il garde la position plus de dix minutes et elle le croit capable de ne plus jamais en bouger, alors elle tente sa dernière chance :

– Pendant plus d'un mois, trois chasseurs de vampires vivaient chez moi pour me protéger de mon maître...

Sulli ouvre les yeux et la regarde.

– ... j'ai été hypnotisée pour me remémorer mes souvenirs. Je t'avais appelé à l'aide, tu te souviens ?

– Oui.

– Tu as cru que tu m'avais débarrassée de lui, et moi aussi, mais il n'a pas été hypnotisé, il a juste joué le jeu.

– Comment ça ?

– L'hypnose n'a aucun effet sur lui. Je me suis rapidement

retrouvée dans la même situation que le soir où tu es intervenu. J'ai dit que celui qu'il cherchait s'appelait Chad. Mais à l'exposition, il a compris que c'était toi ; normal puisqu'il t'avait vu chez moi.

Elle marque une pause. Sulli garde le silence.

— Pour ne pas me retrouver avec des électrodes dans la tête, je leur ai montré des endroits où nous étions allés ensemble, tout était faux bien sûr, mais c'était le seul moyen de survivre.

— Pourquoi tu ne m'as rien dit ?

— Tu avais été très clair : je devais t'oublier.

— Je suis désolé. Si j'avais soupçonné…

— Laisse tomber. Ce que je veux que tu comprennes, c'est que je ne t'ai pas livré. Je t'ai protégé.

— Pour sauver la vie de tes proches.

Il fait référence à sa menace et cela l'énerve qu'il refuse de comprendre.

— Sulli, la part de toi que tu me montrais quand on était tous les deux et que tu étais charmant, n'était-ce que du vent ?

— Si je te dis oui, tu partiras et tu me laisseras à mon sort, mais ce serait un mensonge. Je suis très vite tombé sous ton charme, mais je refusais de me l'avouer. Et le prédateur tapi en moi était plus fort que la minuscule part d'humanité que je peux encore avoir.

— J'aime cet homme-là et je sais que tu es capable de prendre le dessus sur le prédateur.

— Tu fais erreur.

Elle enrage devant son obstination. Tous ses efforts se soldent par un échec. Alors, comment faire céder un vampire ? La réponse vient à elle comme une évidence : le sang. Cependant, il refuse de s'abreuver sur elle, peu importe la douleur qui le consume en ce moment même.

Elle se redresse et jette un rapide coup d'œil dans la pièce à la recherche d'un objet contondant. Évidemment, il n'y a rien.

— Qu'est-ce qu'il y a ? questionne-t-il devant sa mine soudainement sérieuse.

— Accorde-moi quelques minutes.

Il ne comprend pas sa requête et la regarde sortir de la pièce à la hâte. Il pense tout de suite à un danger imminent. Manquant cruellement de sang, il est incapable d'entendre quoi que ce soit à plus de cinq ou six mètres. Il se redresse difficilement et se traîne jusqu'à la fenêtre. Il voudrait regarder derrière les rideaux, mais le soleil n'est pas encore couché et une brûlure lui ferait un mal de chien dans son état. Il souffre déjà bien assez sans en rajouter.

Soudain, il se fige et tressaille. Il perçoit une odeur délicieuse lui piquer les narines, lui faire perdre ses dernières bribes de volonté. La porte derrière lui claque et quand il pivote il aperçoit ce qu'il avait déjà compris. Délila a ouvert les veines de son poignet gauche.

– Je te donne le choix, soit tu te nourris et tu refermes ma blessure, soit je me vide de mon sang à tes côtés.

– Je pourrais choisir de simplement te guérir.

– Je sais.

Elle s'approche de lui en tendant son poignet dans sa direction.

D'abord, il refuse d'y toucher, mais forcé de constater que l'entaille est profonde et qu'elle perd beaucoup de sang, il n'a pas le choix. Il lui saisit le bras et l'approche de sa bouche. Avec toute la volonté dont il est capable, il lèche la plaie, s'obligeant à ne pas planter ses crocs en elle, il doit juste faire cicatriser la blessure.

– Tu vas boire, à la fin ! tonne Délila, médusée de voir qu'il ne s'abreuve pas comme elle l'a cru.

Il n'y fait pas attention et poursuit, léchant le sang qui coule de sa plaie jusqu'à la faire se refermer complètement.

– Tu m'énerves ! peste-t-elle, même si le contact de sa langue sur son poignet la rend toute flageolante.

– Je ne te ferai pas de mal, Délila. Peu importe ce que cela m'en coûtera.

Le vampire retourne s'allonger sur le lit, posant son bras sur ses yeux clos, le goût du sang de Délila dans la bouche. Son corps en veut davantage, réclame qu'il se jette sur sa proie et la vide jusqu'à la dernière goutte, mais il reste immobile, décidé à tenir bon, à ne pas flancher devant cet ange machiavélique qui le tente sans relâche.

Délila n'a plus d'idées. Elle ignore comment le sauver de lui-même, il est encore plus buté qu'elle !

Alors elle renonce…

Elle s'allonge à côté de lui sur le grand lit, se blottissant contre son corps plus froid qu'habituellement, ne réclamant qu'une seule chose : qu'il la prenne dans ses bras.

Le temps s'écoule, accentuant la peur et le chagrin de Délila, ébranlant la résignation de Sulli.

Le vampire embrasse la tête de la jeune femme qu'il pense endormie puisque sa respiration est calme et lente. Il bouge légèrement jusqu'à pouvoir la voir, elle ne dort pas.

– Tu dois avoir faim, dit-il.

– Chut…

Elle pose son doigt sur ses lèvres, puis sa bouche pour un baiser passionné. Sa main droite glisse sous son tee-shirt comme sa langue caresse la sienne, affaiblissant davantage Sulli.

Quand Délila met fin à toutes ses caresses, c'est pour ôter son pull et entraîner une protestation du vampire qu'elle fait taire de son doigt sur ses lèvres pâles.

– Tu veux que je parte, je te veux en moi une dernière fois. Accède à ma demande et j'en ferai de même.

– Tu me le promets ? Sans te retourner ?

– Si c'est ce que tu veux, après. Oui.

En articulant cette réponse qui lui brise le cœur, elle espère de toutes ses forces qu'il ne voudra pas de son départ après lui avoir fait l'amour.

– D'accord.

Elle retrouve rapidement les lèvres froides du vampire comme elle caresse sa peau glacée à l'effet terriblement aphrodisiaque.

Sulli qui ne souhaite pas rester passif malgré le danger s'allonge vite sur l'objet de son désir, son corps nu recouvrant le sien. Il la soupçonne d'avoir manœuvré une ultime tentative pour le faire céder parce que lorsqu'il s'enfonce en elle, elle lui dévoile son cou gracile. Tentant de se concentrer uniquement sur le plaisir qu'il procure à sa partenaire, il oublie son sang, ses pulsations, sa faim, et agit comme s'il était un humain amoureux. Il y arrive, il y arrive

216

même très bien... jusqu'à ce que l'audacieuse femme le piège. Il a toujours cru qu'il était un danger pour elle, en fait c'est l'inverse. Elle est le plus grand péril qui peut exister pour lui, elle causera sa perte.

Malgré toute sa volonté et ses bonnes résolutions, il ne peut pas résister quand elle attire ses lèvres contre sa gorge où elle vient de faire une entaille. Le sang afflue tel un mince filet couleur grenat, à l'odeur alléchante. Il fait corps avec elle et lorsque sa bouche effleure la plaie superficielle, il a du mal à garder la tête froide.

– Bois mon sang, Sulli.

Ses dernières bribes de volonté volent en éclats et il plante ses crocs dans sa gorge. Sexe et sang, c'est le cocktail explosif auquel aucun vampire ne peut résister.

– Oui... gémit-elle, plus heureuse que jamais.

Elle l'a fait céder. Il aspire son liquide de vie sans qu'elle éprouve la moindre peur, elle lui fait confiance, persuadée qu'il s'arrêtera quand il le faudra.

Sans quitter sa veine, Sulli recommence ses va-et-vient, plus forts qu'auparavant, entraînant des gémissements incessants de plaisir de sa partenaire satisfaite. Il explose en elle en libérant sa gorge de ses crocs, rassasié de toutes les manières possibles.

Il se retire et s'allonge à côté d'elle qui n'ose dire un mot, pétrifiée à l'idée d'affronter la rage de l'homme qu'elle aime.

– Il est temps que tu partes, articule-t-il.

Délila reçoit un coup de poignard en plein cœur et ose à peine le regarder. Elle perçoit son visage qui reprend des couleurs et la noirceur de ses yeux qui disparaît peu à peu.

– Très bien.

Ses sens de nouveau affûtés, le vampire est touché en plein cœur par la tristesse dans la voix de Délila.

– J'aurais pu te tuer, peste-t-il.

– Mais tu ne l'as pas fait. Tu as su quand t'arrêter. Tu as raison, Sulli, tu ne me feras jamais de mal... sauf peut-être en me jetant hors de ta vie.

Instantanément, il pose ses yeux sur elle.

– Je suis lié et je souffre du manque de toi... mais je ne peux pas t'imposer ça.

– Moi aussi je suis liée à toi. Que crois-tu que je ressente en ce moment où malgré tout tu me demandes de partir ?

Il le sait parce qu'il discerne sa douleur bien mieux que celle de n'importe qui.

– Dans ce cas... ne pars pas. Je prends le risque que tu me détruises.

– Ça n'arrivera pas, promet-elle en se blottissant contre lui après un baiser.

Ils restent ainsi, dans les bras l'un de l'autre, durant plusieurs heures, la nuit est tombée depuis longtemps sur la ville, jusqu'à ce que Sulli brise le silence apaisant.

– J'ai besoin de... je ne suis pas rassasié de toi.

– Je suis à toi, Sulli.

Le vampire prend de nouveau possession de son corps, des heures durant, jusqu'à ce que la faim dévorante qui l'anime disparaisse. Il la possède, l'enlace, ne faisant qu'un avec elle, de toutes les façons physiques possibles, mais pas seulement, en unissant son âme à la sienne pour faire d'elle sa seule compagne, pour la vie.

– Je t'aime, souffle-t-il à sa belle endormie, épuisée.

Son flair, à nouveau à son paroxysme, lui indique la présence d'un vampire dans le bâtiment. Il se redresse, inquiet plus pour Délila que pour lui, même si selon les lois vampiriques aucun n'a le droit de s'en prendre à elle, qui est protégée aux yeux de sa race en tant que sa compagne.

Une superbe jeune femme blonde apparaît dans l'embrasure de la porte, vêtue d'une longue robe blanche aussi pure que du coton. Fine, le visage agréable, la créature a des yeux de feu, un regard perçant qui atteint Sulli en plein cœur.

Toutes les émotions qu'il a enfouies en lui depuis des siècles refont surface en cet instant. Il n'arrive plus à réfléchir ou à aligner deux pensées cohérentes, happé par cette femme qu'il a chérie si longtemps.

– Lilith...